魅丽文化 桃夭工作室

你的味道我喜欢

二月生 / 著

江苏凤凰文艺出版社
JIANGSU PHOENIX LITERATURE AND ART PUBLISHING, LTD

图书在版编目（CIP）数据

你的味道我喜欢 / 二月生著. — 南京 : 江苏凤凰文艺出版社, 2020.5
ISBN 978-7-5594-4504-9

Ⅰ. ①你… Ⅱ. ①二… Ⅲ. ①长篇小说 – 中国 – 当代
Ⅳ. ①I247.5

中国版本图书馆CIP数据核字（2020）第012884号

你的味道我喜欢

二月生 著

责任编辑　李龙姣　张　倩
特约编辑　刘思月　戴　铮
装帧设计　ⓣTITI设计
封面绘制　金　金
出版发行　江苏凤凰文艺出版社
　　　　　南京市中央路165号，邮编：210009
网　　址　http://www.jswenyi.com
印　　刷　湖南凌宇纸品有限公司
开　　本　880mm × 1230mm 1/32
印　　张　9.5
字　　数　210千字
版　　次　2020年5月第1版，2020年5月第1次印刷
书　　号　ISBN 978-7-5594-4504-9
定　　价　38.00元

目录

CONTENTS

目录

CONTENTS

第一章
番茄龙利鱼

骤雨初晴，城市被大雨洗刷一新，连空气都变得格外清新。

不过坐在驾驶室内还被溅了一身水的江小鱼，心情就不那么清新了。她盯着前面的红色跑车，脚下的油门一踩到底，发动机抗议般地发出“轰隆”一声。

车载电话响起，唐棠的声音通过扩音器传来：“亲爱的小鱼儿，你到了吗？出门前有没有给自己美颜一下？穿的是哪件战袍？”

江小鱼追着跑车猛地甩尾，咬着牙回答：“美得比美颜相机还专业，穿得比巴黎街拍还时髦。”

“特别赞。”唐棠老妈似的唠叨起来，“到了餐厅先去化妆间补一下妆，相亲第一面就是看脸，其他都是虚的。所有的一见钟情都是见色起意。你选的这位赵先生，我可是和同事争破了头才帮你优先安排见面的，难得他这个年纪、这个身份，还不秃顶、不大肚……总之，你好好把握，等跨过三十那座大山，选择面就更窄了……”

唐棠在一家知名婚介网当红娘，催婚的大道理说起来就像机关枪似的“突突突”不停歇，这两年为了江小鱼找对象的事可谓是操碎了心。

不过很可惜，今天注定要让她失望了。

“赵先生这块肥肉你先帮我留着，我这边出了一点小意外，今天大概是无法赴约了。”

“你说什么？”唐棠的声音瞬间高了八个分贝。江小鱼来不及解释，直接挂断电话。随着红色跑车缓缓停靠，江小鱼的小 Polo 直接插到了它准备停靠的车位上。刺耳的刹车声将街道的喧嚣划破，路人纷纷侧目。

跑车车门打开，车主是一个很年轻的女孩，一身名牌，满脸不悦：“你怎么开车的？”

“这话应该我问你才对。”江小鱼也下了车。她早上造型了二十分钟的刘海儿像刚被海潮推上岸的海带，软趴趴地贴在额头上，脸上的妆一言难尽，白色的洋装上也是水渍斑斑，整个人狼狈异常，“溅完水就跑，你有没有公德心？”

“溅水？”女孩看了看那辆与江小鱼同样狼狈的 Polo，又上下打量她一番，不屑地冷哼一声，“现在碰瓷的真是越来越不讲究技术了。”

碰瓷？江小鱼气得瞪眼：“是不是碰瓷去交警部门看看监控就知道了。”

“我可没那个美国时间陪你玩。”女孩不耐烦地甩上车门，大有把车子就这么横在街边的意思。

江小鱼怎么可能就这么让她跑了，两步上前直接拉住她的手臂：“话没说清楚就想走？没门。”

“你这人怎么还动手？”女孩皱着眉头甩手，偏偏怎么甩都甩不开。正打算叫人，一双大手同时握住两个女孩的手腕，稍一用力就将两个人分开了。

“这是演什么节目？”男人笑呵呵地询问，一双桃花眼熠熠生辉。长得倒是人模人样，可惜浑身上下都透着不正经的气质。一看就是这跑车女的同伙，标准的纨绔子弟。

女孩看见男人，眉宇间立即浮现喜色，伸手缠住他的手臂，嗲声嗲气地撒娇："从简，这个神经病诬陷我溅了她一身水，又抢我的车位，还拉着我不让我走，太欺负人了。"

宁从简挑挑眉，扫了一眼江小鱼，又去看她的车。白色Polo车身上满是飞溅的污渍，车里的内饰也沾着污水，可见并非是欧莳萝所说的诬陷。他笑了笑，开口道："多大点事啊，何必剑拔弩张的。"他抽出被欧莳萝缠住的手臂，掏出钱包，数也没数就把一沓现金递给江小鱼，"美女，别生气了，这点钱你拿着，就当清洗费。"

这种自以为有钱就能为所欲为的人最不招人待见了。

江小鱼当然不会接钱，冷着脸质问："做错事连道个歉都不会吗？"

"给你钱你就收着，还想让人道歉，多大的脸啊。"欧莳萝抱着手臂翻白眼，明显不认为自己需要道歉。

江小鱼的视线落在宁从简的身上，见他只是无奈地耸耸肩，并没有继续劝和的意思，于是伸手接过钱，突然又笑了。她圆圆的眼弯成月牙，一脸无害的表情让对面的俩人一愣。下一秒，只见她拉开车门，随手拿起一个水杯，没等两个人反应过来，满满一杯鲜榨的番茄汁便迎面泼来。随之而来的还有那一沓现金，正好砸在宁从简的脸上。

"这点钱你拿着，就当清洗费。"她原话奉还，利落地甩头走人。江小鱼坐在车里，看着倒车后视镜里站在街边尖叫的男女，被毁了相亲的糟糕心情总算是好了一些。

为了今天的相亲，从挑选对象到梳妆打扮，她前前后后花了不少心思。倒不是对相亲对象有多期待，而是就像唐棠说的那样，好对象就像是限量版的名牌包，不用上架就已经被预订没了。

机会稍纵即逝，年华一去不返。如此一想，江小鱼又郁闷了，垂头丧气地回了家。在家门口蹲了一小时的乔木看到她这形象，惊得险些一屁股坐在地上："你这是掉泥坑里了？"

“不是泥坑，是天坑。”祸从天降，也懒得解释。江小鱼开了门，也没招呼乔木，先去洗漱一番，换了衣服后才问他来干吗的。

“还是私厨那件事。”乔木难掩兴奋，“对方又提高了一倍的价格。”

“十倍也不行，江家祖训，只能堂食，不可外带。虽然我现在还没开店，但规矩还是要遵守的。除非这个人住在我隔壁，否则免谈。”江小鱼把脏衣服丢进洗衣机后便进了厨房，厨房拉门自动开启。与普通的家庭厨房相比，这个厨房绝对可以称得上“奢华”，中西烹饪设备齐全，厨具、餐具有序摆放。她将煮锅注满水，放在燃气灶上，又从冰箱里拿了几个清洗好的番茄，在表皮划上十字刀。

乔木像条尾巴似的跟了进去，不依不饶地劝道：“何必和钱过不去呢？”

“我不缺钱。”一句话噎得乔木哑了，且不说江父江母意外离世留下的大笔遗产，光是这几年她出的食谱、餐单，外加微博广告收益，让他这个抽两成佣金的经纪人都能腰包鼓鼓，就更不用说她本人了。

“住你隔壁就能谈？”乔木只好换个方向。

煮锅里的水沸腾起来，江小鱼将番茄放入锅内，门铃声急促地响起来。她关了火，匆匆回了句：“他要是能住到隔壁，你就代我签约。”

“那就这么说定了。”

能定下来才怪，隔壁房主去年就被公派出国了，至少要明年才能回来。她就不信那个人能把房主从国外给叫回来租赁房子。

江小鱼慢悠悠地去开门。大门还未打开，唐棠就已经扯开嗓门嚷了起来：“江小鱼，你今天不给我一个合理的解释，我就把你当带鱼红烧了。”

“还红烧鱼段呢，你会开燃气灶吗？”乔木嗤笑一声。

“乔胖子，你怎么在这儿？”唐棠眉头微蹙，美眸一瞪，“是不是你破坏了小鱼儿的相亲？你个死胖子，我早就看出来你对小鱼儿意图不轨。我警告你，趁早别做梦了，你这一身肉就不合格。”

“我的肉怎么了？厨娘的老公要是个瘦瘦的男人，像话吗？”

唐棠勾着嘴角，嗤笑一声：“照你这么说，整形医生的老婆还必须得是蛇精脸了？”

“你……蛮不讲理，胡搅蛮缠。”

“总比你癞蛤蟆想吃天鹅肉强。”

“你说谁是癞蛤蟆？”乔木的嘴皮子明显没有唐棠的利索，气得直喘。

“谁急眼谁就是！”

江小鱼早就习惯了这俩人一见面就吵，正好趁机溜回厨房。她捞出锅里的番茄，用冷水冲一下，番茄皮很容易就剥掉了。将剥好皮的番茄用手捏碎放入锅中，加入冰糖、柠檬汁，一边搅拌一边小火烹煮，待汤汁浓稠，再加入一小勺盐搅拌均匀后关火，酸酸甜甜的味道充斥了整个厨房。

江小鱼趁热将番茄酱装入干净的果酱瓶中，习惯性地舔了舔搅拌勺。番茄并没有捏得很碎，酸甜的酱汁中有果肉的口感，味蕾的愉悦令她满足地眯了眯眼。

嗯，就是这个味道。

“小鱼儿，我走了。”乔木气呼呼的声音传来，明显是败阵的一方。

江小鱼抓了两瓶番茄酱追出去送客：“一瓶给你，一瓶给奶奶。还有，不许告诉奶奶我相亲失败的事。”

乔木的父母是开养老院的，江家老房子拆迁后，江奶奶不习惯都市生活，自己做主去了养老院。好在老板是老邻居，又有乔木照看着，江小鱼也没什么不放心的。

“知道了。”乔木敷衍地答应，抱着番茄酱，狠狠地瞪了唐棠一眼才走。

唐棠不轻不重地哼了一声，身上穿的是红娘网的工装旗袍，一看就是从公司直接杀过来的，可见气得不轻。她本就长得艳丽，此时抿着红唇，微挑着眉看着江小鱼，那眼神若是再配上一句“贱婢，你还不如实招来”，就是活脱脱的奸妃一枚。

江小鱼被她看得腿发软，都不用逼供，就立即招了：“这次真不怪我，都是那两个‘溅人’的错。”

宁从简走进公司的一瞬间，前台小姐的眼神都直了。不是因为老板太帅看直了眼，而是从没见过老板这么狼狈的一面，高级西装外套上黏着一大片红色不明污渍，实在令人无法忽视。

“看什么看？没见过啊？”一个眼刀飞过去，前台小姐立即低头，恨不得自戳双眼，瞬间瞎给他看。

宁从简气呼呼地进了电梯。

“宁……宁总，你怎么了？”助理苏籽惊得说话都结巴了。

宁从简脱下外套，泄愤般地摔在办公室的地板上，整个人都要暴走了：“你瞎吗？看不见我怎么了！怎么了？天知道我怎么了。”

苏籽被骂得一头雾水，老板上午约了和欧小姐谈新品代言的事，难道谈崩了？被泼了饮料？

正疑惑不解，宁从简已经开始暴走开骂：“老子这辈子第一次被人泼饮料，第一次被人用钱砸脸……你知道吗？人民币，啪，砸在脑门上！”

“欧小姐这么暴力？”按理来说不应该啊，欧小姐每次见到老板都嗲得像只羊。

“不是欧莳萝……不过如果没有欧莳萝那个神经病，我也不会遭此横祸。”宁从简气得头晕，抚着额头坐在沙发上，“气得我头晕。”

苏籽也顾不上到底是谁那么暴力，赶紧转身去冲糖水。上个月宁从简晕倒在会议室的情景还历历在目，他想起来就有些触目惊心：“宁总，您是不是又没吃午餐？”

“气都气饱了，哪有胃口吃饭。”宁从简有气无力地握着水杯，很是嫌弃地灌了一口白糖水，闭着眼静待眩晕的不适感退去。

不生气也没见你有什么胃口，不然也不会这么大个人了还营养不良。苏籽腹诽，对自己这位挑食到病态的老板着实没有办法。

“私厨的事有进展吗？”宁从简问。

“正要和您汇报这件事。”苏籽轻轻叹了口气，“那位厨娘说除非您与她比邻而居，不然给多少钱她都不干。”

“比邻而居？要不要我直接住进她家啊？”宁从简睁开眼，挑了挑眉，讽刺地问，“知道雇主是我？”

“不知道。谈条件的一直是她的经纪人，他们以为雇主是我。他们给出的理由是时间会影响餐品的质量。”苏籽又道，“其实做营养膳食的美食博主和私厨还有很多，我们不一定非要……”

没等苏籽说完，话就被打断：“她家住哪儿？”

“紫竹江畔。”

“江边那个小区？”

“对。”

“厨娘的收入这么高吗？如果我没记错的话，那个小区的公寓可不便宜……算了，你直接去把她对门的公寓给买下来。”宁从简彻底没了耐性，身体疲乏得异常难受，明明知道是因为营养和热量的缺乏导致，却偏偏一点进食的欲望都没有。再这么下去，不久的将来一定会有一个头条是“从简科技老板厌食而亡”。

“非她不可？”

“这个月搞定公寓和合同。”他异常坚定，想到视频里那一幕幕简单的烹饪过程，有些口舌生津。

这是目前唯一能引起他食欲的一个人……不对，准确地说是一双手。

一双短小又白嫩的肥手。

是审美出了问题还是怎么回事？

宁从简也不明白自己的胃为何会有如此癖好。

苏籽的办事效率一向很高，没到月底，公寓的买卖合同和私厨聘用合同就签好了。之前的房主是一位设计师，公寓内的装修风格勉强能入宁大少的眼，换一下家具软装就可以入住了。

搬家这日，苏籽充当了苦力和司机。

“公寓的车位是和门牌对应的，蓝牙门卡已经安装好，不过最近这段时间您可能都要开同一辆车了。”苏籽停好车，帮宁从简打开车门后，又转去后备厢拎行李。再转过来时，他发现老板皱着眉头盯着隔壁车位上停着的白色 Polo，以为老板是对三个月只能开同一辆车表示不满，立即解释，“这个小区设置的车位数量与公寓数量正好是一比一，所以没办法买到多余的车位。”

“嗯。”宁从简不轻不重地应了一声，又看了一眼那辆白色 Polo，居然与泼了他一身番茄汁又用钱砸他的那个神经病的车是同款，只觉得晦气，又恨自己没记住那辆车的车牌号。

宁从简不快地哼哼了两声，跟着苏籽上楼。进入公寓后，他发现室内的设施、装饰比自己想象中要好很多，那点不快才散去。

“厨娘的名字叫江小鱼，今年二十七岁，单身，独居，无不良嗜好。”苏籽将江小鱼的个人状况简单地介绍一番，并将正式合同递给宁从简，“合约期为三个月。在这三个月内，江小姐会根据您的要求准备早、晚两餐和一顿加餐，每个月有八天不固定的休息日，休息时间你们双方协商即可。”

宁从简坐在沙发上，跷着腿看合同，发现大部分条约都是约束对方的，满意地点点头。才刚要说话，门口就传来了对话声。

“不用送了，这里打车很方便的。你千万别忘了明天的约会，再有意外我真的要拿刀上门了。”

“念叨得我耳朵都要生疮了，我不会忘记的，你就别唠叨了。我去买菜，正好顺路送你回公司。明天那位土豪雇主就要出现了，我得多准备一些食材。”

这声音有点熟悉，宁从简正在想什么时候听过，苏籽已经笑道：“应该是江小姐。既然这么巧遇见，就提前打个招呼吧。”没等他答应，苏籽已经迈步走向门口。

那就招呼一声吧。宁从简也起了身，弹了弹衣摆上因坐下形成的褶皱，落后一步跨出大门。

“江小姐您好，我是之前和您联络过的苏籽，这位是我老板宁……”

“是你？”

“是你！”

近乎尖锐的声音同时响起，惊呆了另外两个人。就在苏籽还在揣度老板的脸色之时，唐棠已经发问：“你们认识？”

“他就是那个让我无法赴约的‘意外’。”江小鱼咬牙切齿地回答。

唐棠转过头正视宁从简，精心打理的发型，面孔精致，身上穿的手工定制西装，腕上戴的名牌手表，是普通人奋斗一辈子都买不起的。她无比震惊：“他就是那个‘溅人’？”

“溅人”居然是个帅土豪！

“不是他还能是谁。”江小鱼气鼓鼓地瞪着宁从简。

宁从简反手指了指自己：“你骂我贱人？”

“溅了我一身水还拒不道歉没有公德心的人，简称‘溅人’。有毛病吗？”江小鱼叉着腰做茶壶状，一脸凶悍。

经她这么一番曲解好像没毛病，但是……

“当然有问题了。”宁从简不知道是被气的，还是早午餐吃得太少，有些眼冒金星，“溅你一身水的是那个和你一样疯的女人，与我何干？我还没找你算账呢！我好心调和又出钱又费唇舌的，你不领情也就罢了，居然泼果汁、用钱砸人，简直是个不分青红皂白的女疯子。”

江小鱼哼笑：“当我看不出来你和那女的是一丘之貉、狼狈为奸啊。

还调和？别搞笑了。”

“不可理喻。”

“胡说八道。”

“胡搅蛮缠。”

“胡……”

“好了，好了，别吵了。”看着他们一个气得脸通红，一个气得脸发白，苏籽果断隔开两个人，尴尬地调节气氛，“这么吵多伤和气啊，我们这就叫不打不相识。以后门对门地住着，在同一口锅里吃饭，多大的缘分啊！”

“还想在同一口锅里吃饭？多大的脸！”江小鱼坚决地道，“解约！姐姐我不伺候。”什么不打不相识，根本就是冤家路窄。

苏籽的脸颊抖了抖，身后已经传来冷笑：“解约？你赔得起解约金吗？”

“定金的三倍，二十四小时保证到账。”江小鱼满脸写着“姐不差钱”。

“谁告诉你是赔偿定金了？”宁从简的声音低了很多，带着一丝不易被人察觉的虚弱，“我们付的是全款，因你个人的原因解约，赔偿金是全款的十倍。”

“十倍？”江小鱼不信，合同是乔木代签的，她直接转身回房去拿手机给乔木打电话，唐棠不放心地追了进去。

苏籽和宁从简站在走廊上，听着公寓内传出某人暴躁的怒吼，一个不自觉地缩了缩脖子，另一个伸手摸了摸额头上冒出的冷汗。

片刻的安静后，江小鱼怒气冲冲地又出现了。

苏籽唯恐她做出什么过激的行为，挺身而出挡在老板面前：“江小姐，请您冷静点。”

江小鱼深吸一口气，想到那个天文数字的赔偿金，紧紧地攥住拳头，垂死挣扎着商量：“谈一谈。”

“白纸黑字，没得谈。”

她狠狠地瞪着对方，恨不得在他脸上瞪出个窟窿来：“你就不怕我给你下毒？”

“下毒……”宁从简很想冷笑一声，不过嘴里刚吐出这两个字，后半句“那也得我给你机会”却是根本发不出声音，整个世界瞬间颠倒，江小鱼愤怒的脸像慢动作一样变成惊慌，然后沉入一片安静之中。

“宁总、宁总……”苏籽抬着宁从简的头，见他眼睛半眯，嘴唇动了动却发不出声音，这种状态和在会议室那次晕倒如出一辙，“糖水，快给我一杯糖水。”

江小鱼慌了一瞬，立即冲回自家厨房冲糖水。唐棠主动帮忙将宁从简抬进了他的公寓。待宁从简恢复意识，眼前便见一双白嫩的小胖手，一只手握着马克杯，一只手拿着小勺，一勺一勺将红糖水送到他的嘴边。

红糖水？这不是女人喝的吗？

宁从简蹙了蹙眉，视线落在那双嫩嫩的小肥手上，眉头又缓缓舒展开来。

算了，味道好像比白糖水好喝些。

“江小姐，宁总工作太忙，从早上到现在一直都没用餐。能否请您现在就弄一点吃食，简单点的就可以。”苏籽小心翼翼地开口请求。刚刚吵成那样，今天又不在合约期，苏籽已经做好了被拒绝的准备。

“好吧。”江小鱼一脸的心不甘情不愿，可看着躺在沙发上的人，心里默念着“救人一命胜造七级浮屠”，还是硬着头皮答应了。

“宁总不吃芹菜、香菜、茴香、茼蒿、黄豆芽，其他的随意就可以。”

江小鱼脸一黑，苏籽又是千恩万谢地接过糖水杯，就差恭送她出门了。

午餐剩下的米饭还带着余温，江小鱼将电饭煲设定成保温状态后转身去翻冰箱，看看有什么食材。可惜除了几瓶酱料外，一无所获。那位苏助理就是想让她做香菜、芹菜她也没有食材，她略微想了一下，随即拿出番茄酱，又从冷冻格拿了一盒龙利鱼，用微波炉解冻。

唐棠靠在门口看着她忙碌，忍不住八卦：“你的这位新雇主，看行头真是个大土豪，又帅又有钱。你说他有没有女朋友？”唐棠双眸放光，意图明显。

江小鱼用厨房用纸将解冻好的龙利鱼吸干水分，然后切成一点五厘米见方的小块，再加入适量的橄榄油、胡椒粉、姜丝腌制。

“你应该问他这种土豪有几个女朋友，而不是有没有女朋友。”

“错，我应该问他结没结婚。如果能拉这种帅土豪入网相亲，佣金肯定翻倍。”唐棠掐着手指盘算，“多金、英俊、有事业……只可惜身体不太好，少吃两顿饭都能饿晕，这个有些减分。不过要是他有什么绝症就另说了，像那种结婚没几年就可以继承遗产的大土豪，抢手得不得了。”

江小鱼无语地朝她翻了一个大白眼，一边热锅一边吐槽：“唐小姐，我觉得你的职业病又严重了。”考虑到宁从简两顿没吃，她只倒了少量的油，然后直接将自制的番茄酱倒入锅中，用中火翻炒。酸甜的味道立刻在厨房内飘散，江小鱼满意地吸了一口气，倒入小半碗水，接着将龙利鱼块放入锅中煮两分钟。

“哪个职业没有点职业病？没有职业病的职工算什么敬岗爱业？我不管，这件事就拜托你了。你们要相处三个月，这么长时间总是能打探一些隐私的。你帮我拉到这个土豪客户，我分一半佣金给你。”

“你看我像是差你那点佣金的人吗？”江小鱼用玉米淀粉调了半碗水淀粉，倒入锅中后再转到大火收汁，然后加入盐和糖。

“以前你的确不差，不过跟这个土豪一比，明显是差的。”唐棠想到她听见赔偿的金额后那吃瘪的样子，没忍住笑了一声。接收到一个恶狠狠的眼神后，她又把笑容硬憋了回去，“我先回公司了，你乖乖招呼好我的潜在大客户啊。”没等江小鱼再瞪她，脚底抹油开溜了。

江小鱼无奈地叹了口气，将番茄龙利鱼盛放在白瓷盘里，又装了一碗米饭，用托盘端去了对面。

宁从简这时已经坐了起来，苏籽像古时候的奴才似的站在沙发边，见她进门立即迎上来，接过托盘，卑躬屈膝地给主子奉上。

简直殷勤谄媚得辣眼睛。

宁从简接过汤匙，看着那酸甜浓厚的汤汁和嫩滑的鱼肉，丢失已久的食欲突然就像找到了回家的门，而他不得不控制住迫切想要进食的冲动，以免在外人面前丢人。

他端着架子优雅地用餐，不时地瞄一眼江小鱼的手。

江小鱼发觉他的视线后，稍一琢磨就想到自己刚刚喊着“下毒”的事。她这是被怀疑了？小胖手攥成拳头，她有些生气地嚷嚷：“怕有毒就别吃。”

宁从简哼了一声，喝掉最后一口番茄汁，放下汤匙，不紧不慢地说：“这次是没下毒，下次可就说不定了。”

“就算我不下毒，早晚你也会被自己的毒舌给毒死。”看着已经吃得一干二净的碗盘，她觉得这好饭好菜算是喂了狗了，“怕被毒死的话，你解约啊。”

“做梦，除非你赔钱，不然别想。”宁从简不留情面地戳破她的小伎俩，看着她气呼呼的河豚脸，勾着嘴角道，“为了防止你做出什么损害我身体的事，我要求在你的厨房安装监控装置，以确保我的饮食安全。”

“凭什么？”

“就凭这个。”他将合同置于桌上，指了指合约的第六条，“合同上白纸黑字写着：甲方有权用任何方式查看乙方制作饮食的全过程，乙方必须无条件配合。”

江小鱼连杀了乔木的心都有，这签的是什么狗屁合同啊。

“我是有职业道德的厨师，就算是想毒死你，也不会对自己做出的食物下手。”

宁从简突然站起身，一米八五的身高瞬间将她笼罩，一股无形的压迫感袭来：“谅你也没有下毒的胆子，不过……吐口水什么的还是有可能的。”

江小鱼气得有种想让他把刚吃下去的饭菜吐出来的冲动，不过一想吐出来也太恶心了，便冷哼一声收拾了碗筷走人，连多看一眼都觉得闹心。

听见门口传来摔门声，宁从简抿了抿唇，口腔里还残留着酸甜的鲜味，他自己都不记得有多久没感受到这种被食物填满胃部的满足感了。他嘴角微挑，双眸晶亮，好似刚得了某种新玩具的孩子，内心有种控制不住的窃喜。

“小苏，安装监控设备的时候，顺便通知那个疯女……”

“江小鱼。”苏籽立即提醒，再“疯”下去，他真怕那位厨娘真的疯了，把他老板给毒死。

“对，就是那条江鱼。告诉她，明天早上我还要吃今天这道菜。”

“早餐就吃？”苏籽的嘴角抽了抽。

“你觉得今晚她会给我做晚餐吗？”

江小鱼刚刚就差把碗盘扣在他们俩脸上了，怎么可能还有晚餐。

苏籽猛摇头。

“所以，我只好明早吃了。”他语气里是满满的遗憾。

江小鱼站在厨房门口，气愤又好奇地看着刚刚安装好的四个监控摄像头，摄像头分别对准水槽、面案、炉灶和冰箱，最后一个机位尤为奇怪。

连冰箱也要监控，简直是变态。

她无望地摇摇头，索性离开厨房，眼不见心不烦。不过就算是进了卧室，一想到从明天开始，要有三个月的时间每日给那个“溅人”准备三餐，就烦躁得想骂人。

江小鱼倒在床上，气呼呼地蹬了蹬腿，烦躁得就像顽固的脂肪一样黏着她。

难以泄愤，唯有骂人。

她抓起手机，毫不犹豫地打给了乔木。

“小鱼儿？”电话那边的声音有些沙哑，明显是被吵醒的。

很好，他竟还能睡着！江小鱼出声问：“睡了？”

“嗯，找我有事？”

“有事！”江小鱼翻身而起，气沉丹田，“正经事！”

“你说。”

“你是怎么签的合同？你知不知道那个死变态在我的厨房里安装了四个监控摄像头，而我必须无条件配合。签字前你没看合同吗？那么大的陷阱你也敢签字。法律系本科生连这点常识都没有，老师上课时候讲的知识都进了狗耳朵了。大学四年光见你长肉不见你长脑，我要是乔叔、乔婶，就去学校把学费讨回来……我也是个猪脑子，居然会信任你这种经纪人。这两年你没把我卖了，算我走大运了……”

乔木一声不吭，不知道是被骂蒙了还是正在自我检讨中。江小鱼又骂了一大通，气急了连自己都骂，他就更不敢出声了。直到她骂到词穷，电话那边才传来弱弱的一声辩解：“我要是法律学得好，早当律师去了，谁还干经纪人的活啊。”

“你还有理了？你怎么不去死！”

“我这就去死。你说吧，我怎么死能解你心头之恨。上吊？我太重，绳子断了就尴尬了，还是跳楼吧。”电话里竟真的传来呼呼的风声，“小鱼儿，我已经站在楼顶了，你一句话，我立即跳下去。”

乔木哀哀戚戚，一把鼻涕一把眼泪地哭诉：“是我被巨额薪酬迷花了眼，才会给你签了丧权辱国的合约，让你被四个摄像头监控工作，我肤浅、我贪财、我该死。小鱼儿，我死了以后，你看在我们从小就相识的情分上，记得探望你奶奶的时候也顺便看看我的父母，替我尽尽孝心。”

江小鱼没有被勾起一丝同情，而是冷笑道：“行，你死了我替你父母养老，你家的养老院我都替你继承了！不过你可要记得，跳一次摔不死你，你就一直跳。”说完，她直接挂断电话，翻了个大大的白眼。乔木家的老人院是一栋凹型小二楼，就是站在楼顶跳下去，除非大头朝下，不然也就是崴个脚。

死胖子！猪队友！

她咒骂一声后倒回床上，决定这三个月都拉黑他才闭眼睡觉。

江小鱼做了一夜乱七八糟的梦，起床后还得认命地走进厨房，给对门的神经病准备早餐。仍旧是那道番茄龙利鱼，不过这一次她加入了一颗新鲜的番茄，味道更佳。

江小鱼盛出一半的鱼放入昨天的白瓷盘，又装了一碗白米饭放在托盘上。看着闪烁着红灯的监控设备，她抬手敲了敲镜头，然后指了指托盘。

随即门铃声响起。

她开门，头都不抬地将托盘递出去：“吃完将托盘放在门口就行了，午餐想吃什么发信息给我。”也不管对方听没听清，直接关门。

门关上的一瞬间，江小鱼立即趴在门上，从猫眼里看到宁从简那吃瘪的表情，露出得逞的微笑。

哼哼，这种人就得这么对待。

宁从简险些被门板拍到鼻子，端着托盘，特有种把门踹开，揍那个疯女人一顿的冲动。

不过闻到那阵阵的鲜香，他吞了吞口水，忍了。

他竟然也会有为了五斗米折腰的一天，这要是被人知道了，绝对是人生污点。

他气闷地端着托盘回到家，客厅的餐桌前立着一个超大的显示器，显示器分成四格，画面正是江小鱼的厨房。他伸手想按回放，左上角那一格突然出现一双白嫩的小胖手，于是他又吞了吞口水。

他用勺子将番茄龙利鱼的汤汁淋在米饭上，因为加了新鲜的番茄块，口感比昨天的更加鲜甜。他大口大口地吃着，眼睛却是贪婪地盯着显示器。

江小鱼本人并不胖，偏偏那双手肉嘟嘟的，让人特别有食欲。

她的手法干脆又利落，在剩余的番茄龙利鱼中加入一碗水进行加热，将它变成浓汤后，再倒入青花大瓷碗里。烤箱发出“叮”的一声提示，她走出了画面。再回到画面里的时候，她手里多了一个与瓷碗同样花色的小盘子，盘子里盛放着两块掌心大小的烤饼，起酥分明，色泽金黄，看上去好吃极了。

她端起瓷碗，带着那两块引人食欲大增的烤饼彻底消失在画面里。

宁从简用遥控器操控镜头随着她的身影旋转，可惜除了照到一个背影外，便只剩下自动关上的厨房拉门。他低头看了看剩下的小半碗米饭，咂巴咂巴嘴后放下汤匙。

现在去敲门，那条江鱼会分他一块烤饼吗？

第二章
土豆馅包子

宁从简出门时顺手将托盘放在对门的鞋柜上，走进停车场时，江小鱼的Polo正好从他身边驶过。想到那次的不愉快，他轻嗤一声，拉开车门上了车。

车子驶出停车场，好友甘菘的电话就打了过来。

“我在公司楼下的February Coffee（二月咖啡馆）等你，快点来。”

“知道了。”

二十分钟后，宁从简停好车，走进咖啡馆。甘菘从一片绿荫中伸出手挥了挥，他抬脚走过去，看见满桌的蛋糕，下意识就皱了皱眉。

甘菘一看他的表情就想叹气：“你这厌食的毛病，真不用找个心理医生看看？”

“找死呢？谈不谈？不谈我走了。”宁从简作势要走，甘菘立马将人拉住。

“别别别，还有正事要和你说，喝杯咖啡总行吧。”

“快说。”宁从简说完端起面前的咖啡，皱着眉头抿了一口，显然对这味道十分嫌弃。

甘菘不再开玩笑，打开随身的笔记本电脑，将屏幕转向宁从简："从今年年初开始，技术部发现红娘网的资料库有黑客入侵的痕迹，这几个月，几乎每一次有新会员录入，这人就要逛一圈资料库。"

红娘网是近两年口碑最好的相亲平台，老板甘菘拉了一众好友入会，网站上挂了一排钻石单身汉，立即就吸引了大众的目光。不过很少有人知道，宁从简也是这家网站的股东。

"技术部的人是死了吗？让人把资料库当公园大门一样随便进出？还是你克扣了他们工资，让他们提不起兴致干活？"他接过笔记本电脑，浏览完上面的数据和记录，挑了挑眉，"竞争对手派来窃取资料的？"

"最开始我也是这么想的，不过几个月下来，这个人似乎真的就是来逛一圈，完全没有进一步动作的意思。上个星期网站主页抽了，他还给修了个 bug。"甘菘被这位黑客弄得好气又好笑，这就像家里进贼了，贼不偷东西，却还给打扫了卫生的感觉。

冒充田螺姑娘的神经病患者吧！宁从简腹诽一句后才问："会不会是内部人？"

"内部有这种大牛，还用黑客给修 bug ？"

"也是。"宁从简对这位入侵者提起了兴趣，"周末录入新会员资料，我们来一次请君入瓮。"他勾勾嘴角，眼角眉梢更透出几分玩世不恭，确切地说是兴奋。这种兴奋使得原本就英俊的面孔散发出慵散的气质，格外吸引异性的目光。

甘菘作为宁从简的好兄弟兼合伙人都忍不住多看两眼，随即又在心里骂了一句：妖孽！像是承认了宁从简的颜值，就显得他的取向有问题似的。甘菘正了正神色，想到他的饮食问题："我听苏助理说已经帮你找到那位厨娘了……"

宁从简侧头看向窗边的位子，突然出声："这么巧？"

"什么巧？"甘菘顺着他的目光看过去，窗边的位子上坐着一男一女。

男人大概三十五六岁的年纪，长相平平，一派商务人士的打扮。他和宁从简是光着屁股长大的，一起读书又一起创业，朋友圈几乎是共享状态。见男人面生，他的注意力立即就放在了女人身上。

女孩圆圆的脸，五官清秀，谈不上惊艳，不过笑起来嘴角弯弯很是讨喜。甘菘笑道："什么时候换了口味，喜欢这种邻家小妹了？"

"鬼才喜欢那种疯女人。"宁从简嗤笑一声，端起咖啡抿了一口，奶油的甜腻味道又一次让他皱起眉头。他又侧过头看向窗边，这一次视线落在桌上，江小鱼的面前放着一个与他一模一样的咖啡杯。圆润的手指正在摩挲着杯耳，不知道对方说了什么，她礼貌地笑了笑，然后端起杯子放在嘴边抿了一口。

口腔里的甜腻感随着她的动作慢慢融化，宁从简随即又端起咖啡喝了一大口。这一次眉头轻轻地舒展开来，眉宇间甚至浮现出一抹愉悦。

甘菘将他的表情变化尽收眼底，瞟了一眼只剩下半杯的咖啡，又惊又喜："不对劲啊！你这是什么情况？"

宁从简朝江小鱼的方向努努嘴："她就是那个厨娘。"

甘菘惊得瞪圆了眼睛，举起手晃了晃，他是唯一一个知道宁从简厌食原因的人。

宁从简无奈地点点头。

"啊。"他立即转头，恨不得把中间隔着的绿植拨开将人看得更仔细些。

"你给我坐好，能不能别丢人。"

"我得把拯救我哥们儿性命的女人看清楚才行。"甘菘不顾形象地趴在了隔断上，拨开从梁上垂下来的绿植，抻长脖子使劲看。

可能是动作太大，引得江小鱼都转了头。宁从简立即隐身在绿植后，甘菘却是大大咧咧地冲着她龇牙一笑，像一只纯种哈士奇。

神经病！

现在的偷窥狂都这么猖狂吗？被抓包连躲都不躲，还露出那么猥琐的笑？江小鱼瞪了一眼隔断后面的男人，把注意力尽量集中在对面的男人身上。

赵无寄，上次被她爽约的相亲对象，三十四岁，外资企业中层管理人员。有房有车有学历，外貌也说得过去，在相亲市场的综合得分能达到九十分。

自从两个人坐下后，赵无寄就侃侃而谈，生活、工作、兴趣爱好，明明是在说自己，却拐着弯将江小鱼的家底问了个一清二楚。等她察觉，对面的人已经满意地结束了话题。

临别时，他问："我叫你小鱼行吗？"

"可以。"

"我下午有会，时间有点紧，就不送你了。你到家发个微信给我，好让我放心。"赵无寄一只手帮她开门，另一只手在她的肩膀上虚扶一下，既是表达亲昵，又是出于礼貌。

换了是别人，在对赵无寄印象不错的情况下，肯定是不会抗拒的。江小鱼却是身子一僵，明显带有抗拒的意思。与之分别后，她径直去了停车场，上了车后沉沉地叹了口气，回忆起见面的种种情景以及他的手掌擦过她皮肤的一瞬，打心底里冒出的抗拒令她很不舒服。

这毛病已经不是一天两天了，对于陌生男性的肢体碰触她会下意识地抗拒、反感。曾有一个相亲男，见面就动手动脚，她一时没忍住扇了他一巴掌。男人失了风度骂她神经病，她却直接冲到卫生间去洗手，觉得掌心是满手油腻的恶心。

还没等她发动车子，唐棠就像装了追踪器一样，及时打来了电话。

"怎么样？"

"不怎么样。"江小鱼懒懒地回答。

"什么叫不怎么样？赵先生一表人才，工作、外貌、家庭条件都说得过去，还有什么问题？”唐棠显然很不满意这个答案，“小鱼儿，你到底在挑剔什么？”

“他是挺好的，十五分钟就能把我的家底给套出来，也不知道是来相亲还是来谈判的。”

“当然是相亲了。相亲相什么？第一眼看长相，觉得顺眼就聊工作，工作可以再看家庭条件、学历阅历。旗鼓相当就继续，差距太大就拜拜。相亲和谈判是一样的，不要对相亲抱有什么罗曼蒂克的幻想，想要浪漫去艳遇，别相亲！”唐棠骂完人，又忍不住软声劝道，“别一面死，多接触两次再做决定好不好？”

“唐棠，我对他没感觉。他碰我的时候，我一点悸动的感觉都没有。”

电话那边传来一声沉沉的叹息：“感觉？悸动？呵，我已经好几年不知道那玩意儿是什么了……唉，算了。江小鱼，我已经懒得说你了。”唐棠欲言又止，负气地挂断电话。

江小鱼垂着肩膀，疲惫地趴在方向盘上。就算唐棠不说，江小鱼也知道她要说什么。相亲相的是条件、是婚姻，不是感情，更不是爱情。如果她抱着对爱情的憧憬去相亲，怕是这辈子都相不到那个人了。

对于婚姻，她的定义是与一个相爱的人白头偕老。可是她连爱一个人到底该是什么感觉都不知道，又该如何去爱呢？这两年平均每周一次相亲，从期待到麻木，直到现在已经变成一种负担，甚至产生了生理上的抗拒。

她很迷茫，对婚姻、未来，还有那个不确定的人。

爱情是什么？悸动又是什么感觉？她已经忘记了。

江小鱼回到家一头就扎进了厨房，拿出面板开始揉面，似乎随着面团的成型，坏情绪也被揉走了一样。面团揉好，盖上保鲜膜，放在温暖处发酵后再去剁馅。猪肉、土豆、青椒、豆腐，再加入少许调料，馅料的颜色格外鲜艳。

她将发好的面分成小剂子，擀成边缘薄中间厚的圆饼，然后放入馅料。她的小手托起圆饼周边，收口向上，先随意捏一下，打一个折，然后紧挨着旁边再捏一下，和第一下捏合到一起。一下接着一下，直到褶皱重合，一个圆滚滚的漂亮的小包子就成型了。

江小鱼包包子的手法极快，很快就摆满了一个蒸笼，冷水上屉，水开后十五分钟熄火，为了防止包子塌陷，又焖了五分钟她才掀开锅盖。

锅盖掀开的同时，门铃声响起了。

她匆匆将包子取出，急忙跑去开门。看着门外的人，若不是知道宁从简出门了，她真的会以为他就蹲在监控后面盯着她，包子一出锅立马就来敲门了。

“我来取晚餐。”宁从简似笑非笑地看着她，表情有些欠揍。

江小鱼哼了一声，转身又进了厨房。

宁从简看见厨房门在她靠近时自动打开，轻轻地挑了挑眉。在家里安装感应门？这是有多懒！他下意识地向内探了探头，不过没等他看清什么，江小鱼已经端着托盘走了出来。

托盘上放着一盘包子、一碗黏稠的小米粥和两碟小菜。

“只有包子？”

“瞧不起包子？”江小鱼摆出一副“你不吃我就端回去”的架势。

宁从简哪能让她再端回去，一把接过来，又不甘心地问了一句：“什么馅的？”

“土豆。”

他端着托盘的手一抖：“土豆也能包包子？”不会是什么黑暗料理吧？

江小鱼轻呵一声，赤裸裸地鄙视他：“没见过世面。”

“你说我没见过世面？”宁从简愣了一下，随即笑了。这次真的是被气笑了，因为一个包子，堂堂宁大少被个丫头片子鄙视没见过世面。

这梁子他们算是结大了！

“我没见过世面？她居然敢说我没见过世面！厉家菜、花家菜、米其林……爷见世面的时候她还在学揉面团，包子怎么捏褶子都不知道。”宁从简从鼻腔里喷出气来，对着电话那头的甘菘接着吐槽，“就没见过这样不识抬举的女人，整个人硬邦邦的，白瞎了一张软萌脸，时刻戒备着，好像随时会遇见坏人似的。什么玩意儿？”

“宁大少，您不是最有风度的吗？什么时候开始和女人斗气了？这个厨娘看来还挺特别的，除了能引起你的好胃口，还能掀翻你的好脾气。而且她居然对你的颜值免疫，我真的对她越来越好奇了。”从小到大，女人见到宁从简一贯是像蜜蜂见到花蜜，江小鱼这样的还真是百年难得一遇。甘菘没忍住笑了一声，转了话题问，“土豆馅包子好吃吗？还别说，我就没吃过这种馅的包子。”

“平民百姓的玩意儿，不吃也罢。”那语气，说得好似自己是皇亲国戚似的。

“别呀，我也是平民百姓，怎么着也得尝尝。包子还在吗？我现在就去你家。”

“在……”宁从简垂眸看了看空空如也的盘子，有些得意，“在爷肚子里，你要吃，爷给你吐出来俩。”

“宁从简你恶不恶心，滚！”

一阵忙音传来，宁从简感觉在那条江鱼那儿受的气总算是都撒出去了，吹着口哨进了浴室。

人的身体状况真的会影响心情，他已经有一年多没有这种好状态了。挑食是自小就有的坏毛病，挑食到厌食却是一年多前胃出血导致的。康复出院后，他的胃就像是留下了后遗症，对任何食物都提不起兴致。直到看到江小鱼的美食视频，那双料理食物的手神奇地引发他的食欲，唤醒了他的胃口。

他和江小鱼签的合约只有三个月，三个月过后他又要怎么办呢？

宁从简的口哨声骤停，突然意识到了危机。以他和那条江鱼水火不容的关系，续约简直是天方夜谭，难道三个月后要接着过没胃口的日子？

他关了花洒，狠狠地甩了甩头，裹了条浴巾在腰上，边走出浴室边琢磨，要怎样改善关系呢？

送礼？那条江鱼一定会说他是黄鼠狼给鸡拜年。

加薪？那条江鱼视金钱如粪土。

“总不能泡她吧！”宁从简懊恼地叫了一声，见客厅的监控显示器有人影，抬脚走过去，却不料脚下拖鞋一滑，身体失去平衡，竟是直愣愣地砸向了显示器。

“砰”的一声巨响，连隔壁都听到了声音。

江小鱼正在蒸馒头，包子剩下的面团被她捏成了小鱼形状的馒头。手掌大小的小鱼馒头，蒸好了放进冷柜，想吃的时候一加热，可爱又方便。小鱼馒头刚出锅，她端着笼屉，听见响声吓了一大跳。

“这个‘溅人’又在作什么妖？”她嘟囔一声，将小鱼馒头从笼屉里拿出来。刚出锅的馒头特别烫手，她拿出一个便将指尖捏在耳朵上缓解热度，这个习惯也是跟妈妈学的。

这么多年过去，每当想到父母，她还是难免会感伤。那种想念的疼痛感是从骨子里透出来的，一辈子都无法释怀。她轻轻地捏了捏耳垂，再次去拿馒头，炉灶边的监控摄像头突然左右摇摆起来。

她的手顿住，皱着眉盯着那个摄像头，伸手敲了敲。

摄像头静止一秒，然后摆动得更加厉害了。

她指着摄像头，摄像头再次静止。

“你要干什么？”

江小鱼狐疑地移开手，这一次，摆动来得更猛烈了。

“搞什么鬼？”她皱了皱眉，懒得理会，继续拿出小鱼馒头，看见摄像头还在垂死地摆动，心猛地一紧。那个神经病不会是又晕倒了吧？

上一次宁从简倒下的瞬间在脑海中浮现，她丢了笼屉转头就出了厨房。脚刚迈出去，又收了回来。她打开柜门拿出红糖，冲了杯浓浓的糖水才再次往外冲去。

好在宁从简的家门是虚掩着的，她直接推门而入，就看到了趴在客厅地板上的人。她两步并成一步冲过去，跪在地板上二话不说捏开他的嘴就灌糖水。

“呜呜——喀喀喀——”宁从简差点没被呛死，硬被灌了半杯糖水才把人推开，“你干什么？报仇也不至于这么狠吧。”

他的声音底气虽然不足，却也不太像是因为低血糖而晕倒的人。江小鱼狐疑地看着他，方注意到他半裸的装扮，以及手上握着的监控设备遥控器。握着杯子的手一僵，她不经大脑就一巴掌扇了过去：“变态！你这是骚扰我，我可以告你的。”

宁从简摔得整个人都晕乎乎的，被她灌了糖水后再来这么一巴掌，眼泪都要流出来了。他也顾不上胳膊疼不疼，见她起身，赶紧用尽全力揪住她的围裙，咬牙切齿地说道：“先把我扶起来。”

“扶你妹……你怎么了？”已经骂出口的脏话生生被白浴巾上沾染的血色给噎了回去。

宁从简已经没力气了，松了手，咬着牙又补了一句：“你不扶，就帮我打个120，见死不救可是会下十八层地狱的。”

“你下我都不会下。”摔成这样了嘴还这么贱，江小鱼真想再扇他一嘴巴。可见他一副面无血色的可怜样，着实有些不忍心，“你是摔了还是晕了？”

“先摔后晕。”

江小鱼下意识地觉得麻烦，却还是耐着性子查看他的胳膊：“动动胳膊和腿，看看有没有骨折什么的。”

简单地摆动几下，排除了骨折后，她先把人从地上扶起来，安置在沙发上。她又从卧室里取了睡衣丢给他：“你先换一下，我给你拿医药箱去。”也不管他能不能自己换，转头就走了。

好在再回来的时候宁从简已经换好睡衣，脸色稍稍好了一些，闭着眼仰靠在沙发上，睡裤拉下一边，露出受伤的部位。

他摔倒的时候胯骨磕在了什么尖锐的东西上，伤口像小孩子的嘴一样张着，视觉效果有些恐怖。不过他一个大男人，就算是胯骨摔裂了也不至于晕过去啊，这位大少爷还真是病弱。江小鱼先给他量了血压，高压 90，低压 55，眩晕应该是因为低血压。

宁从简看着她简易的医药箱，又看看狰狞的伤口：“不用去医院吗？”

“又没有骨折，去医院干吗？”她拿出碘酒帮他清理伤口，忍不住唠叨，“就你这身体还敢不吃这个、不吃那个？动不动就晕倒，白长了这么大的个子。”

“那也不是我想不吃的。”

还犟嘴？江小鱼抬头看他，在他脸上看到委委屈屈的表情，只觉得好笑：“不是你想不吃，还是谁捂着你的嘴不让你吃不成？”

宁从简从鼻子里哼出声，虚弱地辩白：“没食欲的感觉你不懂。”

江小鱼冷呵一声：“你们这些有钱人就是矫情，好饭好菜摆在面前还说没食欲。让你们饿上十天半个月的，看你们还说不说没食欲。”

“哪来的好饭好菜，我花那么多钱聘你，你不还是就给我做了三个包子、一碗粥吗！”宁从简说完，捂着伤口“哎哟”了两声，娇气得还不如一个小姑娘。

江小鱼收起碘酒：“谁让你高薪聘我的？现在解除合约还来得及，这几天的饭钱也不用给，我就当做慈善了。”救助富贵病患者。

“你想得美！”听见“解除合约”四个字，宁从简的神经立即紧绷起来，

“解约不可能，续约倒是可以谈。”

还续约？江小鱼无语地看着他，倒也不是生气，反而有些想不明白，这个人到底是真跟她赌气，还是受虐体质，就喜欢有人和他作对呢？难道她做的饭菜真的就那么好吃？她拧着眉想了想，倒不是没有自信，对于烹饪她还是很有天赋的。可她却也有自知之明，自己的水平处于中等偏上，绝对达不到让人非她不可的程度。

“宁……”糟了，一直“神经病、神经病”地叫他，都忘了他叫什么了。

“宁从简。”

她尴尬地笑出声：“宁从简，我们放下成见，开诚布公地谈一谈。我们俩之前的确有一些不愉快，不过你觉得有必要因为那一点不愉快就花钱找罪受吗？你付给我的薪资，完全可以找一个更好的私厨，我相信下一位私厨的服务态度一定比我好。如果你真的是因为我泼你果汁的事耿耿于怀……”她深吸一口气，摆出一副忍辱负重的模样，“我向你道歉总行了吧，我们没必要这样相互折磨下去。”

“泼果汁的事你的确应该向我道歉，因为那件事根本就与我无关。那个女疯子只是我的客户，我是被波及的。”提起那件事，宁从简还是有些愤愤不平，甚至有些委屈，“我好心给你洗车钱，你还用钱砸我！”

“那女的对你可是亲密得很，谁看都以为你们是一起的……好好好，是我误会了，算我不对，行了吧？”

“既然你有认错的态度，我就大人不记小人过，算了。”

“那合约的事……”

“误会都解除了，以后我们就可以和平共处了。”宁从简龇牙咧嘴地笑笑，完全没想到这一摔把之前的困扰给摔出了转机，隐隐有些欢喜。

江小鱼却蒙了，这是什么套路？她看着宁从简那得意的神情，满心不解和疑惑：“我做的饭菜就那么好吃？”

“还行。”是一个很中肯的评价。

她更不理解了："那你为什么非要我做厨师呢？找个更好吃的岂不是更好。"

宁从简咬了咬嘴唇，后悔刚才说"还行"了，应该把她夸上天才对。他转了转眼球子，视线不由自主地落在她肉肉的小手上。因为帮他处理伤口，她手指上沾了一些碘酒，淡淡的褐色衬得小手更白嫩，怎么看怎么觉得有食欲。就像是被那双手蛊惑了一般，他吞了一口口水，没经过脑子就把实话给说了出来。

"你做饭的手让人特别有食欲。"

做饭的手？江小鱼的脑子转了好几个弯，低头看看自己的手，猛地勾了勾嘴角，举起手问："你看见我的手有食欲？"

宁从简恨不得把刚刚的话给吞回去，可惜已经来不及了，索性硬着头皮点点头。谁知头才刚点下去，他的肩膀就挨了重重的一拳。

江小鱼瞪圆了眼，小脸气得发红："我的手是猪蹄还是羊蹄，有你这么骂人的吗？"说着，又是一拳砸了过来。

"你怎么这么暴力！"宁从简又痛又晕，稍一躲就会牵动胯骨上的伤口，疼得他龇牙咧嘴，豁出去似的扯着嗓子嚷，"不是猪蹄也不是羊蹄，就是你的手，我一看就有食欲。"

"一看我的手就有食欲？"这是什么操作？

宁从简郁闷地解释："我也不知道为什么，之前生了一场大病，病好后就吃什么都不香了。起初也还好，好不好吃都能吃点，可后来越来越严重，哪怕是饿得胃痛、发晕，都提不起吃饭的兴致。"

"你这是病，厌食症听过吗？你不应该找厨娘，应该去看心理医生。"江小鱼撇嘴道。

宁从简不满地哼了一声："你的手比医生好用。"

江小鱼拧了拧眉头，突然把手背到身后，身体也戒备地挪开一定的距离，看他的目光又多了两分嫌弃："你知不知道有种心理疾病叫恋手癖？”

宁从简苍白的脸黑了三分。

江小鱼背着手看他，好似在确定他是否在说谎。在没找到任何痕迹后，倒是真相信了他这个奇怪的原因。心情一时复杂，她叹了口气，嘟囔道：“变态啊。”

宁从简的脸彻底黑了。

“我再说一遍，我不是恋手癖！”宁从简手捂着胯骨，歪在餐桌旁边，咬牙切齿地强调。

江小鱼端着夜宵正好进门，大大的托盘上盛着一碗素面和一小碟牛肉酱，完全没理会他的话，径直端着托盘走到餐桌旁边，亲手将面端给他，又将牛肉酱放在面碗旁边。

宁从简看了看面碗，再看到手擀面上铺的一层黄豆芽，不满地皱眉道：“我不吃黄豆芽，换成绿豆芽。”

“豆芽还有区别？都是豆芽，有什么好挑剔的。”

他嫌弃地说：“当然有区别了，黄豆芽有一股豆子味，我不喜欢。”

这说法还真是开天辟地了，对于江小鱼这种不挑食的好宝宝来说，简直无力吐槽。她转了转眼珠子，起身回了自己家。

宁从简以为她是去给他换豆芽了，却不料等回来的是一碗一模一样的面，并且还不是给他的。只见她拉开椅子坐在了他的对面，拿起牛肉酱倒在面里，用筷子拌了拌，挑起一筷子面便吃了起来。在挑面的时候，她还故意放慢动作，握着筷子的手就在他的面前晃呀晃的，让他控制不住地吞了吞口水。

听见吞口水的声音，江小鱼得意地挑了挑眉，下一筷子夹起的全是豆芽，直接送入口中，并咀嚼出声响：“要不要尝尝，豆芽是我自己发的，不是外面买的，味道真的很好。”她说着话，放下自己的筷子，拿起他的筷子递给他，小手故意在面碗上晃了晃。

宁从简的视线控制不住地盯着她的手，很想硬气地回她一声“哼”，可惜身体很诚实地出卖了他。

肚子咕噜噜叫了一声。

宁从简欲哭无泪，三个小时前的三个包子这么快就消化没了？

江小鱼笑出声，又晃了晃手：“这样还没食欲吗？”

怎么可能？宁从简一把抢过筷子，不甘心地冷哼一声，不过气势不是一般的弱，哼完自己都觉得没脸，索性破罐子破摔地埋头吃起来。

神奇的是，一向被他嫌弃的黄豆芽居然没了那股怪怪的豆子味，配上牛肉酱和劲道的手擀面，再加上那增加食欲的小手，精神和味蕾瞬间便被满足了。

江小鱼手托下巴看着他狼吞虎咽，不禁又感叹一句：“真是变态啊！”

话音刚落，对面的人猛地被面噎住，捂着胸口咳嗽起来。这一动牵动了伤口，又是“哎哟”又是“咯咯”，真的把眼泪都给呛出来了。

宁从简等不及收拾自己的狼狈，气急败坏地嚷道：“我不是恋手癖，你查一下百度百科就知道了。恋手癖喜好的手是那种纤细又长的，对手指短粗、手掌肥大的手会避而远之。你看看你的小肥手，符合要求吗？”

江小鱼看了看自己的小手，也不气恼，毕竟人家说的是实话，她默默起身收拾碗筷。

宁从简没接收到意料之中的反击，反而有些心惊。好像女孩都挺在意“肥”这个字的，她不会是真生气了吧。他小心翼翼地瞄她，犹豫着要不要道歉。

江小鱼收拾好碗筷，端起托盘，突然就笑了。在他愣怔时，她留下一句“也许你的眼光异于常人，毕竟变态和正常人肯定是不一样的”，然后就在他的瞪视下一溜烟跑了。

关门的一瞬间，屋里爆发出“我不是变态”的怒吼声，屋外却是压制不住的笑声。

深夜，江小鱼躺在床上查完百度百科后，想到宁从简暴怒又委屈的样子，嘴角又勾了勾，有种揪住了他小尾巴的感觉，突然觉得这个人也挺有意思的。

可睡在对面的宁从简却是辗转难眠，猛地翻身而起。因为牵动了伤口，他疼得龇牙咧嘴，咬着牙打了甘菘的电话："给我联系一个心理医生，要很权威的那种。"

第三章
松仁炒茼蒿

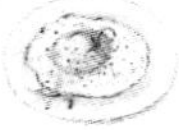

宁从简大半夜的要找心理医生，吓得甘菘第二天一早就杀到了他家：“什么情况？以前让你找个心理医生看厌食症就像是要把你杀了似的，这次怎么还主动要求了？”

“让你找就找，哪来那么多的废话。”宁从简恹恹地骂一句，捂着胯骨歪在沙发上，只觉得浑身上下就没有不痛的地方。

甘菘转到他的面前，正要再嘲弄几句，看清他的脸色后吓了一跳，伸手就在他的额头上摸了摸，脸色一沉：“你这额头烫得都快能煎鸡蛋了。”

宁从简蹙了蹙眉，小声嘟囔：“我说怎么浑身疼呢！”

“少爷，我真是服了你了。赶紧换衣服，去医院。”甘菘是第一次来这里，好在公寓不大，很快就翻到了衣服。俩人是光着屁股长大的发小，也没什么好避讳的，甘菘上手就把他的睡衣给扒了，刚要去拽他的裤子，就听宁少爷“哎哟哎哟”地叫起来。

“都快烧傻了，你就别矫情了。”甘菘愤恨地骂，“哥哥我只对小姐姐感兴趣，不喜欢小弟弟。”

宁从简心里也在咒骂，哪里是矫情，明明是真疼。他小心翼翼地拉了拉睡裤，伤口暴露出来，甘菘倒吸一口冷气。

“怎么弄的？”

“摔的。”他没力气解释，接过裤子穿上，晃晃悠悠地站起身。甘菘赶紧上前把他架住。

在医院折腾了小半天，伤口发炎导致发热，胯骨轻微骨裂，洗个澡能把自己摔成这样的也只有宁少爷了。偏偏这位少爷还不是个听话的主，医院的饭菜一口不动，退热后死活都要回家。甘菘为了不把他饿死，不得不又把人给送了回来。

进了电梯甘菘还在唠叨：“要是被阿姨知道你这么照顾自己，一定五花大绑把你押回老宅……”电梯门打开，甘菘看着门口拎着垃圾的小姑娘一愣，“咦，你不是……”

“偷窥狂？！”江小鱼指着甘菘大叫一声。

甘菘扶着宁从简的手一抖，直接把人给推了出去。

宁从简踉跄了一步才站稳，捂着胯骨上的伤口疼出一头虚汗。

这日子简直没法过了。

“偷窥狂”这件事解释起来并不难，听完解释，江小鱼看着他们俩感叹：“果然是物以类聚，人以群分，变态都是和变态一起玩。”说完，她留下一句“我去拿午餐”便摇头晃脑地回了家，留下两个“变态”面面相觑。

“这女的嘴挺毒呀！”甘菘还是头一次被人当面骂“变态”。

宁从简一副过来人的模样：“不仅嘴毒，人也毒。”他把泼果汁的事件简单地复述了一遍。

甘菘听完，拍拍他的肩，劝慰道：“此女彪悍，郎君小心。”

江小鱼将午餐端过来，排骨山药汤、炒杂菌、松仁炒茼蒿，外加一盘子小鱼馒头。两菜一汤，色香味俱全。

甘菘忙乎了一早上，此时也真是饿了，说了句“等我一起吃”就钻进卫生间去洗手了。江小鱼没料到午餐会多一个人，看了看那一小盘馒头，明显不够两个大男人吃的，便说：“馒头不够，我那儿还有。”

“你不和我们一起吃？”宁从简起身，还没站稳就捂着胯骨“哎哟哎哟”地叫唤。

江小鱼好笑地道：“怎么？现在的厨子还得陪吃？”

宁从简知道她是故意的，嘟着嘴瞪她，没把人吓到，自己先委屈了，哼哼唧唧地嘟囔：“揣着明白装糊涂。”

“我装什么糊涂？合约上可没有规定我必须陪吃。”她边说边瞄着客厅里超大的监控显示屏，企图明显。不管在什么情况下，谁都不愿意被监控着生活。

她也不着急走，就靠着沙发等他的答案。

甘菘从卫生间出来，觉得俩人之间气氛古怪，就像是高手过招，在比谁的内力强。他左看看右看看，明明饿得肚子都抗议了，却愣是没敢出声，就怕自己一出声，败下阵的那位会恼羞成怒，拿他泄愤。

“你与我一同用餐，让我观看你烹饪的全过程，我拆掉监控。”

“你拆掉监控，在时间允许的情况下我与你一同用餐，在我心情好的时候让你参观烹饪过程。”

宁从简提出抗议：“时间允不允许、心情好不好这不都是你自己说了算，你这是霸王条款！”

江小鱼玩着手指嗤笑：“你以为你和我那位蠢经纪人签的就不是霸王条款吗？”

以前还真是小瞧她了，宁从简眯着眼睛故作淡定，可惜龇牙咧嘴的表情着实有些影响气场：“各退一步，我拆掉监控，你每天至少与我共进一餐。至于是否让我观看烹饪过程则由你来决定，不允许我观看的时候，你要发视频给我。”

“行。”江小鱼毫不犹豫一口就答应下来，直接拿了一张打印好的补充协议出来，条款内容居然和宁从简所谓的“各退一步”一模一样。

宁从简傻眼了。

甘菘愣怔了片刻，突然爆笑：老狐狸居然着了小白兔的道，了不得呀！

签好补充协议，江小鱼心情极好地又回自己家取了两道菜，四菜一汤往桌上一摆：“庆祝新协议诞生。”说完还自配掌声。甘菘强忍笑意，宁从简一脸便秘样，找碴儿似的拿起筷子戳了戳那盘松仁炒茼蒿：“我不吃茼蒿的，协议上要求按照我的喜好制作饭菜这一条可没有被修改掉，你别想浑水摸鱼。”

“我忘记你不吃茼蒿了，没事，今天菜多，这道菜给我吃。”江小鱼笑嘻嘻地将松仁炒茼蒿移到自己面前，翠绿的茼蒿炒得正是火候，金黄的松子混在其中，散发着诱人的松香味。她陶醉地闻了闻，“松子是我一颗颗剥的，颗颗饱满，入菜的味道超赞。你不吃真是可惜了。”

“不可惜，我吃。”甘菘毫不客气地夹了一筷子入口，好似配合江小鱼一样，表情异常夸张，然后竖起大拇指点赞。

“好吃就多吃点。”

“你也吃。”

两个人你一口我一口，一盘松仁炒茼蒿转眼就少了半盘。宁从简吞了口口水，视线在茼蒿和她的小肉手上徘徊了两遍，再次折腰用筷子打掉甘菘的筷子，在他震惊的目光下夹起一筷子翠绿的茼蒿入口。

宁从简在没得厌食症之前也是个挑食到讨人厌的家伙，不喜欢的蔬果怎么劝都不会吃，这一点甘菘是一路见证过来的。所以此时见他真的把茼蒿给咽下去，还又夹起一筷子，除了震惊，余下的全是对江小鱼满满的敬佩。

甘菘目光灼灼地看着江小鱼的手，又去看她的脸。小姑娘此时一副得意的模样，还真是有点可爱。不过很可惜，这种可爱型女孩不是宁从简的菜，不然他倒是真想撮合撮合这俩人。

从吃饭这件事上来说，两个人还真是天生一对。

用完餐，江小鱼端着空空的碗筷，愉快地回家拆监控。宁从简坐在沙发上，看着监控屏幕一格一格变成雪花屏，莫名有些烦躁。

甘菘坐在他身边举着手摇了摇，若不是亲眼所见，他还真不敢相信江小鱼那双手居然有这么大的魅力。

“看着她的手，茼蒿就没有怪味道了？”他好奇地问。

宁从简瞪他一眼，不想回答。

甘菘“啧啧”感叹：“兄弟，看来我真的得帮你联系一位心理医生了。”

“大门在那儿，好走不送。”真的要气死了，他扭着胯歪在沙发上生闷气。

甘菘见他一副郁闷的表情，心里乐开了花。一想到他还是个病人，又拿出仅有的良心，换了话题：“明天让苏籽把办公文件给你送到家里来，这一周你就在家好好养着，公司的事就别操心了。”

“公司的事我倒是不操心，比较棘手的是请欧会长加入新项目的事。”提到公事，两个人都是一脸严肃。宁从简坐正了，眉头紧蹙，“那老东西如今架子端得十足，很是敷衍。”

“他女儿欧莳萝不是追你追得挺紧的吗？要不你就牺牲一下色相……”

“别和我提那个女疯子，以为自己开辆跑车、背个名牌包就是千金小姐、上流名媛了？素质低、脾气差，若不是因为她，我和那条江鱼也不会僵成现在这样。”提起欧莳萝，宁从简便气不打一处来，“不说了，反正项目才刚立项，等等也来得及，先把网站那边的事处理了。”

“那周末是我去你们公司，还是你的人来我们公司？”

“不去公司，都来这里。我要亲自捉那只大鳖，看看他是何方神圣。”

“好，我通知下面的人。”

两个人均摩拳擦掌，算计着捉到那只大鳖一定要让“他”好看。

周末，江小鱼出门买菜，在电梯里遇见了苏籽带着两个陌生男人过来。不用问也知道，因为那位少爷摔伤了，这是员工登门办公呢。她刚要打招呼，手机就响了。

礼貌地笑笑后，她接起电话与苏籽擦肩而过。

电话那端，唐棠的声音异常激动：“今日有新人录入，据说是大老板亲自拉来的客户，全都是钻石级会员。”

“钻石王老五不适合我，我找个经济适用男就行。”江小鱼拎着购物袋走出小区，小区门口有一个大型卖场，她直奔蔬果区域。

“都给你介绍多少个经济适用男了，哪个不是‘一面派’，见一面就被你立即拍死。简直是浪费时间，浪费生命。不管了，反正你这次瞪大眼睛好好挑，我就是豁出去不要这份工作，也帮你把人约出来。”唐棠恨不得替她把人挑了，最好连相亲也替了，恋爱也替了，直接把她送入洞房就行，“我不管，这次你至少要挑两个人，不，三个人。人多机会就多，总有一个能看上你。”

“行行行，我买完菜回去就挑。萝卜白菜，各款各型都选一个，总有一款适合我。”

“不错，今天觉悟很高嘛！”

“都是您老人家培养有方。”江小鱼抓了一根萝卜丢进购物车，把唐媒婆夸得心情舒畅了，才被允许挂断电话。她看着车里的萝卜和白菜，越看越觉得不顺心，拿起来又丢回了菜架上。

原计划做的是萝卜炖牛腩和醋熘白菜，因为这一通电话被改成了番茄牛腩和醋溜土豆丝。

江小鱼想了想对面那一屋子人，索性发了信息给宁从简，让他过来吃饭。至于剩下的工作人员怎么吃，那是老板该操心的，不归她管。

宁从简收到信息，愉悦地吹了一声口哨，视线扫过捧着盒饭的甘菘、苏粁和另外两位技术大牛，很欠揍地说：“你们慢用，我去隔壁吃。”

苏粁目露惊讶：不愧是我老板，这么快就缓和了关系。

两位技术大牛对视一眼：老板和对面的人有一腿？

甘菘：是不是哥们儿，吃饭都不说带着我？

在内心戏的背景下，宁从简一瘸一拐地进了对面的门，第一次正式登堂入室。

江小鱼的公寓比他的公寓略大一点，客厅里摆放着布艺沙发，沙发上丢着一条碎花毛毯和两本书。临近厨房的地方放置着一张餐桌，餐桌上铺的是浅绿色桌布，他在视频里见过无数次，异常熟悉。

他摸了摸桌角，正琢磨着给自家餐桌弄个同色系的桌布会不会增加食欲的时候，厨房门自动打开，江小鱼端着一大碗番茄牛腩放在餐桌上：“等我补一个镜头再吃。”她快速地转过身，从厨房拎出来一个三脚架，调整好角度，然后打开摄像机。她端起番茄牛腩重新放在餐桌上，然后拿起一小碟香菜碎，缓缓撒在上面。

整个过程一气呵成，显然是做过很多次了。她取下摄影机，回看了一下画面，确定没有问题后，再收起设备立在墙角。之后又把其他菜品端了出来，这才招呼他坐下吃饭。

宁从简第一次看她录视频，莫名有点小兴奋，好奇地问她：“人家美食博主都是边做菜边解说，再不然也要露个脸，美颜一下那可就是美女厨师。偏偏你的视频，除了一双小肉手什么都没有，是怎么火的呢？”

“可能恋手癖的人比较多吧。”

宁从简刚夹起的牛肉“吧唧”一声掉回汤碗里，瞪着对面的人，恨不得上去咬她一口。

“怎么？不服气？不服气你可以回去吃饭，不用在这里受我的气的。”她一脸毫无掩饰的得意。

宁从简眯了眯眼，深吸一口气，端起饭碗，忍了！

江小鱼被他憋屈的模样取悦了，主动帮他盛饭。宁从简对着电饭煲撇了撇嘴："你居然用这么旧款的电饭煲？"

"旧款怎么了？新款又不能把籼米焖出稻花香的味道。"

"你不试试怎么知道？"宁从简哼笑，"好的电饭煲焖出的米饭味道绝对不一样，要不几年前怎么会有那么多大妈去韩国背锅回国？不过现在不用了，我们国产的厨房家电已经领跑国际了。"

"看把你给得意的，说得好像是你领跑似的。"她夹了一筷子土豆丝，还没入口已经闻到了老醋的味道，很开胃。

宁从简见她表情自然，疑惑地挑了挑眉："你不会现在都不知道我是谁吧？"

江小鱼一愣，顺口答："你不就是宁从简吗？"

"然后呢？"

"还有然后？"她抿着嘴唇，一脸无知，着实不像是作假。

宁从简有些怀疑自己的人气了，他不敢和大明星比知名度，但在这个网络发达的时代，像他这种有颜值又有话题的年轻企业家，流量堪比小鲜肉。这个女人在知道他名字这么多天后，居然还不知道他的身份，简直堪称奇葩！

"我想我有必要正式介绍一下我自己。"宁从简不知道该哭还是该笑，放下筷子无比正式地开口，"宁从简，从简科技董事长，你厨房里有一半的家电都是我公司出品的。Easy 厨房家电的确在国际厨房家电领域处于领跑地位，为此我十分得意以及骄傲。"

江小鱼感觉喉咙被老醋呛了一下，闷咳一声，抬头看他，不敢相信地使劲眨了眨眼，再眨了眨眼，仍旧不敢相信。

这个幼稚、神经、龟毛的大少爷，居然是国内有名的家电企业老板！

现在创业这么简单吗？

老板这么好当？

江小鱼有些凌乱。

宁从简嘴角压着，强忍着笑出声的冲动。

看吧，亮出身份闪瞎这个毒舌厨娘的眼，看你以后还敢不敢跟我呛声。

别压抑你的崇拜，快来讨好我吧。

两个人各怀心思地吃完饭，宁从简挥了挥手：“明天我让苏助理送你一台最新型号的电饭煲，就当是员工福利了。”

江小鱼干笑：“谢谢。”

“不客气。”宁从简抛了个媚眼，转身出门，捂着胯骨一瘸一拐地回了家。他完全不知道身后的人一脸的不可思议。

这种人居然也能当企业家，世界真的变了。

江小鱼摇摇头，叹息着拿出电脑，连上摄像机剪辑视频。

她的视频一向只有画面和文字，胜在菜品家常健康、制作步骤简单易学，很受家庭主妇和速食上班族的喜欢。

她剪好视频发到微博上，第一条评论来自“给你一颗糖”，评论只有两个字“赶紧”，看得江小鱼头皮一麻，赶紧退出微博打开网页。

她很熟练地进了红娘网的后台，直接黑进网站的资料库，查找最近录入的资料。她正要仔细浏览，网页发出警报提醒，有人正在对她的非法入侵进行追踪。

宁从简用手机观看江小鱼刚刚更新的美食视频。

西红柿去皮炒熟，加入牛腩，注水小火慢炖。

他看着视频里忙碌的小手，回味着刚刚入腹的味道，竟有种无法言喻的满足感。

正当他美滋滋地回味，电脑响起报警声。

“来了。”技术部的两位大牛喊了一声，立即趴在电脑前，手指在键盘上飞快地战斗起来。

宁从简关了视频，也靠过去，紧盯着屏幕。

屏幕上不停地出现一些专业代码，除了两位专业人士，剩下的三个人完全看不懂，却也跟着紧张起来。时间像是被无限拉长，五分钟后，一声咒骂传来，两位专业人员狠狠地拍了一下键盘。

“没追上？”甘菘问。

两人颓败又气恼的表情已经回答了他。

“哼，白忙一场！这人到底要干什么？”

宁从简也在琢磨，这个人到底要干什么呢？

如果是竞争对手，不可能这么长时间都没有做出任何损害网站利益的事。可如果不是竞争对手，有什么人会这么无聊地黑进资料库呢？

员工、客户，或者……两者都有？

他在这个时间出现，就证明他能准确接收到内部员工的消息，才会第一时间入侵资料库。

“再有一次机会，能抓住他吗？”他盯着恢复正常的屏幕问。

“能。”之前咒骂的人斗志昂扬，甚至有些迫不及待，“这次是我们轻敌了，下次一定能抓住他。”

“正常录入新会员的资料是哪天？”宁从简问甘菘。

“十天后。”

“好，那就十天后再试一次。”

甘菘有些担忧：“下次他还会上当吗？”

“会。”如果他猜得没错，那个人一定还会出现。

“被发现了？”刺耳的尖叫自听筒的另一边传来。

江小鱼摸了摸震得快耳鸣的耳朵，耐着性子解释：“没被发现，但你们的网站应该是加装了追踪系统，我事前没防备，触动了警报。不过你放心，我第一时间就抹去了入侵痕迹，等你们网监部的工作人员上班查看的时候，已经不会有记录了。”

“吓死我了。”唐棠舒了口气，随即问道，“那资料你看没看到？”

江小鱼看着已经拷贝下来的资料库，睁着眼说瞎话：“光顾着抹去痕迹了，没来得及看资料。”

“真烦人，没事安装什么追踪系统啊，一个相亲网站弄得好像真能遭遇黑客似的！”唐棠气恼地抱怨，丝毫不认为江小鱼的行为就是在黑公司网站的资料，“算了，等十五号录入新会员资料的时候你再挑人吧。”

“也只能这样了。”江小鱼松了口气。

唐棠又问：“让你打探你雇主的消息打没打探到？前两天你不是说你们俩的关系缓和了吗？”

“你认识宁从简吗？”

“从简科技的老板？”

“就是他。”看来宁从简的知名度还挺高。

唐棠没听懂，接着问：“他怎么了？自从他和那个小明星白蔻分手后，一年多都没有什么新闻了。”

“我是说我的雇主就是他，你也没认出来吧。”江小鱼顺手百度了一下宁从简，跳出来的第一条就是“宁从简白蔻情断”，还配了一张两个人并肩的照片。照片里的宁从简比现在要胖一些，人也要精神许多，不似现在这般动不动就一脸苍白，一个大男人竟是一脸的病相。

“我去，我去，我去……”唐棠不淡定地大叫，好半晌才平复下来，开口就是骂自己，“瞎了我的美眸，居然没认出宁大少，要是能把宁大少变成我的客户，我今年一定能连升三级。江小鱼，我要搬到你家去住……”唐棠兴奋得已经开始研究“作战计划”了。

江小鱼无语，听着那边“哇啦哇啦”的叫声，咬咬牙狗胆包天地直接挂断了。

隔了两日，宁从简真的送了她一台最新款的电饭煲。礼尚往来，她录了一个排骨焖饭的视频，还特意给了电饭煲一个特写镜头。

视频发出去，宁从简就按了门铃，龇着牙说：“我来吃排骨焖饭。”

身家上亿的大老板，站在她家门口要饭，这画面若不是她亲眼所见，打死她也想象不出来。把人让进屋后，饭和汤都已经摆上桌，宁从简也不客气，直接入席，还招呼她坐下。

真是搞不清这到底是谁家了。

江小鱼又好气又好笑，坐在他的对面，看着他有些凹陷的脸颊，敲了敲桌面：“改天把你的体检报告给我一份。”

“干吗？”

“帮你改善一下体质，拿你那么多薪水，总不能真的单单喂饱你就完事，又不是养猪。”江小鱼说完，不等宁从简抗议，自己就先笑了。

她的嘴巴不是一般的毒。宁从简倒也不气，反而对她更是好奇。若是一般人知道他的身份，不说使劲贴上来拍马屁，也应该是笑脸相迎格外讨好，偏这个女人从头到尾就没把他当盘菜。

到底是欲迎还拒，还是自命清高呢？

“江鱼……”

“江小鱼！”什么江鱼？真难听！江小鱼狠狠地瞪他一眼。

这一眼，直接把他的一切揣测全拍死了。这个女人半点风情都没有，根本就是没有情商那根神经，难怪二十七岁了还在相亲。

“上次在咖啡馆看见你，你是在相亲吧？”

江小鱼嘴里含着排骨，斜眼看他。

宁从简被她那戒备的眼神盯得发毛，立即解释：“日常关心，别搞得我好像要害你似的。江小鱼，我发现你这个人戒备心太重了，你这样还怎么结识新朋友？”

江小鱼将排骨咽下去，抽了张纸巾擦擦嘴：“知己二三就够了，要那么多新朋友干什么？”

“这就是你要去相亲的原因。什么人去相亲？朋友圈太窄，接触不到合适的异性，又到了适婚年纪，无路可走，只能相亲。”宁从简分析得头头是道，见她提起了些许兴趣，得意地挑挑眉，接着问，“相得怎么样？”

“不合适。”

“是你不合适，还是他不合适？”

“都不合适。”江小鱼敷衍地回答，筷子在碗里戳来戳去。对于相亲这件事，她一直很矛盾，想跟人聊一聊，却又习惯性地逃避。理智上知道自己应该多认识些朋友，可内心却有种抑制不住的抗拒。就像宁从简说的，她除了唐棠和乔木外，就没有其他亲近的朋友了。

“要不要我帮你分析一下相亲失败的原因？”宁从简嘴角微扬，难得认真，认真得让江小鱼愣了半秒，才从他微扬的嘴角上晃过神来。就这半秒钟时间，宁从简已经当她默认，一条条分析起来，“别人介绍的时候，你还有点期待，见到人又下意识地觉得陌生，产生抗拒。”

筷子上戳着的排骨掉在了米饭上，江小鱼眼神复杂地看向他。

宁从简知道自己说到了点子上，心里暗笑，接着道：“尤其是在对方急于靠近你的时候，你内心的抗拒就会越强烈，觉得自己的领地要被占领了一样。”

被说中心事的她难掩慌乱，索性撂下筷子，直勾勾地看着他，等着他的下文。

宁从简也撂下筷子，看着她的小圆脸和那双丝毫不懂得遮掩情绪的眼睛，倒是觉出两分可爱：“孤独症听过吗？因常年缺少社交，社交能力逐步退化，性格变得孤僻，喜欢独处，甚至成瘾。”

“你是说我有病？”圆眼里隐隐透出些许怒意。

“单身病。”

江小鱼哼笑一声，她从来就没听说过这种病，八成是这个人在胡说八道。她拿起筷子，敲了敲碗：“赶紧吃，我再听你乱说才是有病呢。”

“我是说真的……”宁从简还要补充，却被她一个收碗的姿势立即封嘴，他给自己的嘴拉上拉链，看着她又是摇头又是叹气，孺子不可教也。

江小鱼默默翻了个白眼，心里又多给他加了张不靠谱的标签。

可到了晚上，她躺在床上想到“单身病”三个字，心里又有点迷茫。她翻身趴在床上，打开微信，点开唐棠的对话框。

小鱼儿：听说过单身病吗？

糖糖甜牙齿：常年单身无伴侣，性格孤僻没朋友。

糖糖甜牙齿：问这个干吗？

小鱼儿：你说我是不是有这种病？

江小鱼问完，心里突然慌了一下，她自己都不知道是希望唐棠说“是”还是“不是”。

唐棠半天没回复，江小鱼估计她是为难了，正打算说“不用回答了”，对方就发来了视频通话。

穿着蕾丝睡裙的性感尤物出现在屏幕上，江小鱼心里“啧”了一声，如此风情的女人怎么也会和她一样是单身呢？简直是暴殄天物！

“谁说你了？”尤物瞪大眼睛质问，阴气森森，似要咬人。

江小鱼缩了缩脖子，回答：“对门土豪。”

一听是宁从简，唐棠的表情瞬间就变了：“前一阵子你们俩还水火不容呢，怎么才几天就能讨论你的个人问题了？江小鱼，你和他不会是日久生情……”

“呸呸呸——我对他那种绯闻满天飞、女伴天天换的公子哥一点兴趣都没有。”江小鱼就差发誓力证清白了。

唐棠撇嘴：“认清现实，你们俩之间你有没有兴趣不重要，重要的是人家宁大少爷对你有没有兴趣。再说了，就宁从简那种高级品，你有什么好挑剔的？绯闻满天飞、女伴天天换证明人家有魅力，这种男人结了婚才会收心，因为婚前就已经玩够了。反观那些假纯情，结婚前山盟海誓，婚后就是隔壁老王。这种亏你又不是没吃过……”唐棠哑声，看着她的表情，抱歉地吐吐舌头，“对不起。”

江小鱼强撑着笑：“道什么歉啊，说得好像你不是受害者似的。”

唐棠自嘲地笑了笑，感叹一句：“我们还真是难姐难妹，得了，谁也别嫌弃谁。”两个人相视一笑，可大概只有他们自己知道心里那道坎是不是真的迈过去了，“有句话我说了你别生气，其实单身病这回事，我早就想提了。倒不是说你有病，你就是独处惯了，已经不愿意接纳新朋友了，所以每次相亲你都会下意识地拒绝。小鱼儿，婚姻没有想象中那么完美，却也没有想象中那么糟糕。我们得努力去适应和接纳，也许多见几次面、多聊一会儿微信，你就会习惯有那么一个人和你在一起了。”

江小鱼心里酸酸的，说不上是什么感觉，莫名有些委屈。可她心里却明白，唐棠说得很对，她的确应该多接触人群，接纳新的朋友和伴侣。

“下一次，我努力。”

第四章
奶油牛尾汤

答应了唐棠要努力的江小鱼，认认真真地检讨了自己，且下定决心下一次相亲时不管对方什么样，至少要和他约会三次以上。

勇于接纳！

敢于尝试！

加油，江小鱼！

就连做饭的时候，她都在给自己喊口号，喊完又忍不住骂一句“神经病啊”。

“大龄未婚女青年，真的会被相亲搞出病来。”她不由得感叹，身后传来一声嗤笑，吓得她端锅的手一抖，转身看见倚着门框偷笑的宁从简，又羞又囧，“你怎么进来的？”

“你没锁门，我看午餐时间到了就进来了。”他见她恼羞，恐其成怒，波及俩人刚刚转好的关系，立即声明，“我可不是故意偷听你说话的。”

江小鱼冲他重重地哼了一声表示不满，倒也没有不讲理地迁怒于他，噘着嘴掀开蒸笼，将蒸熟的玉米、土豆、茄子什么的装盘，又端了之前就炒好的酱料走出厨房。餐桌上已经摆好了汤和两道小菜，再加上这一大盘蒸好的菜，不大的餐桌一下就被放满了。

自从苏籽送了他的体检报告后，两个人的餐食就清淡了许多，生、冷、麻辣再未出现在餐桌上，汤汤水水也多是温补的药膳。宁从简知道这是江小鱼从饮食上在帮他调理身体，心下领情，对她的态度也越发亲近，倒真似朋友一般，还时常开一些无伤大雅的玩笑。如此相处下来，他竟一点一点发觉她的可爱，安静、简单，性格有些小孤僻、不会隐藏情绪……与他见惯了的那些名媛、千金、小明星之流着实是不一样的。

与江小鱼这样的人在一起，令人感觉异常轻松。正是这种轻松，让他很快与她亲近起来，时而故意惹恼她，看着她龇牙咧嘴装出一副“我很凶的，不要招惹我”的样子，便满心愉悦；时而被她嘲弄“变态”，明明恨得牙痒痒，可见到满桌饭菜，一饱口腹之欲后，竟只剩下莫名的满足和幸福。

如今他只盼着这条江鱼三个月后能大发慈悲地与他续约。

“又要去相亲？”宁从简自顾自地盛了一碗汤，奶白色的牛尾汤里加入了高丽菜和胡萝卜，有一股蔬菜的清甜，暖胃又可口。满足地喝了一口才抬头看她，见她拧着眉头，显然是在考虑要不要跟他倾诉一下相亲的烦恼。

他也不急，边吃边等她纠结。

不一会儿，江小鱼气馁地叹了口气，好似与自己对抗失败，开口问他：“你觉得我应该找一个什么样的男人？”

唐棠说过，只有目标明确命中率才会高，可她完全不清楚什么样的男人适合自己。

这个问题显然也把宁从简给问住了。

江小鱼一脸的烦恼之色，今天就是新会员信息录入的日子，也不知道新来的会员中有没有适合自己的。正苦思中，唐棠的微信就发了过来。

糖糖甜牙齿：新会员信息录入完毕，速去选妃。

她快速回复了“收到”，放下筷子站起身：“你自己先吃，我有点急事。”说完就钻进了卧室。

宁从简咬着半根玉米，嘴都没张开，人就跑了。玉米棒被他丢到汤碗里，原本尚佳的食欲瞬间消失。

没有小肥手，他吃个屁啊！

“江……”他刚要把人喊回来，手机就响了。他不耐烦地接起来，边说话边往江小鱼的卧室走，“不会是又让人跑了吧？”

“呸呸呸——还没开始行动呢，跑什么跑？我是问你要不要过来，今天一定能抓到那……”甘菘突然大叫一声，接着便是对那边的技术人员说什么锁定方位。

“出现了……”甘菘兴奋地告诉他。

可惜这种兴奋完全没有感染到宁从简，他冷冷地丢了一句：“这边有点事，先挂了。”说完就直接挂断电话。

江小鱼进入卧室后并没有关门，她的大门正对着书桌，此时她正聚精会神地背对着门口坐在书桌前操控电脑。

而站在门口的宁从简将她电脑网页上的内容尽收眼底。

他看着她熟练地打开网页，轻轻松松就进入了网站的资料库，对资料库进行资料提取。每一个步骤都在他的眼皮子底下顺利完成，熟练程度绝对不是第一次干这种事。

他忍不住开口：“你就这么黑进了人家的网站？”

江小鱼脊背一僵，回头看他，眉头微挑着问：“你看得懂？”

“你不会以为我是文盲吧？”宁从简踱步走近，也学着她挑眉。

从简科技的老板，总是要懂点程序的。江小鱼抱歉地抿抿嘴，指着电脑屏幕解释：“我有交会费的，不过是提前一点时间享受会员权益罢了。”

“不怕被抓？”

“他们抓不到我。”

“这么自信？”其实他想问是谁给你的自信。

江小鱼有些得意，摊手耸肩：“So easy.（如此容易。）”话音刚落，摊开的手就被一把握住。

她有一秒的愣怔，视线顺着他的手臂落在他握住自己的手腕上，手腕处传来的热度让她的心跳猛然加快。而更让她惊讶的是，对于他的触碰，她居然没有下意识地抗拒。她抬头看他，满眼的惊讶与不解。眼前人却是突然笑了，嘴角扬起，灿烂得耀眼。

这人干吗对她乱放电？

就在江小鱼脑子里一团乱麻，努力安抚自己怦怦跳快的心脏时，宁从简的一句话让她险些心脏骤停。

“不好意思，你被抓住了。”

“……”

电脑响起报警声，她发怵地回头。与此同时，宁从简的手机铃声再次响起，他直接按下免提，甘菘的声音通过手机外放传来：“定位居然是你现在住的小区，什么情况？要不要报警抓人？”

“暂时不用。”

“啊？”

“我已经抓到人了。”

“……”

“同伙是谁？”宁从简目不转睛地盯着她，视线落在被她揉搓得发红的手指上，稍有不悦地皱了皱眉。

“没有同伙，就你们那破网站的安全系统，哪儿还需要什么同伙。”她强自镇定地否认，实则脑子里已经乱成一团。除了被发现的心虚，更让她发虚的其实是手腕上的余温。

这种感觉真是要让人疯掉了。

“你确定没有同伙？”

“确定！”

宁从简哼笑，举起手机拨号：“报警处理，让警察查……”

江小鱼听见“警察”二字，哪还有什么“确定”，直接扑过去，拉住他的手臂：“哪里需要劳动人民警察，人民矛盾可以人民内部解决的。”

“可以吗？”

她用力点头，目光触及自己抓着他手臂的手，触电般地收回，嘴角抽搐，表情扭曲得让人不忍直视。江小鱼真的觉得自己要疯了，索性豁出去一般道：“我有缴纳会费，虽然黑进网站资料库是我不对，但并没有对网站造成什么实质性的伤害。况且报警对网站也没有什么好处，反而会引起大众对网站安全性的怀疑，甚至是影响客户对网站的信任。”

“分析得不错。”

江小鱼的眼睛里闪着希望的光：“那么是不是可以……”

“可以，”宁从简微微一笑，看着她眼中光芒大盛，眼里闪过一丝狡猾，“私厨合约无限期延长，我可以考虑不予追究。”

无限期延长？脑子里乱糟糟的一团像是被快刀剪断，江小鱼瞬间清醒过来。她眼里的光芒变成火焰，怒目而视这个趁火打劫的烂人：“那你还是报警吧。”

宁从简不慌不忙地道：“就算我报警，在你没有对网站造成经济损失的情况下，警察多数会让我们私下和解。”

江小鱼给了他一个“你知道就好的眼神”，却不料他话锋一转：“不过你的同伙就不同了。身为公司员工，出卖公司的内部消息，吃里爬外，就算公司不对她进行起诉，她的名字在这一行也会彻底进入黑名单。这座城市，乃至整个行业，她将终生无法立足。”

“你以为我会出卖我的朋友？”江小鱼抱臂看他，殊不知这句话已经把人给出卖了。

“朋友？”他低沉的声音伴着低笑，“让我数数你有几个朋友，蠢经纪乔木算一个，唐小姐算一个，还有吗？似乎是没了。嗯，二选一……不用选了，直接查一下职员名单就知道是谁了。”

“你……”江小鱼气结，想要反驳什么，却发现什么话都显得苍白无力。

“怎么样？无限期延长合约，抑或我把你和你的朋友送进公安局？”

她垂死挣扎：“半年，我与你续约半年。”

“打发要饭的呢？”

你不就是要饭的！还是恐吓威胁的要饭。江小鱼腹诽，咬着牙加码：“一年。”

宁从简坐回到椅子上，跷着腿弹了弹裤脚，话都懒得说了。

江小鱼要崩溃了，不要脸地学起了乔木，哀哀戚戚地求饶：“宁大老板，你也知道我相亲是为了结婚，我不可能结婚了还二十四小时为你服务，恋爱、结婚、生孩子，我的工作时间会被逐渐压缩。万一我老公要去外地发展或者出国，难道你也跟着我们一起乔迁吗？”

宁从简丝毫不为所动，看着她的目光中还多了两分同情：“不是我瞧不起你，就你现在的状态，别说结婚了，找对象都难。单身病、恋爱恐惧，还谈什么结婚、老公。持续下去，你只会注孤生！”

“你咒我！”江小鱼拍案而起，小脸气得通红。

“淡定。”宁从简也站起来，突然倾身靠近，鼻尖几乎碰上她的鼻尖。她的心跳声大得震耳欲聋，好似心脏下一秒就会从胸口跳出来。迷糊混乱地听见他说，“我帮你治单身病，你帮我治厌食症，相互治疗，谁也不占谁的便宜，怎么样？”

他退后一步，给她空间思考，然后默默等待她的答案。相比较单纯的威胁，宁从简更喜欢柔和些的利诱。这就好比蛇打七寸，省时省力。

对于江小鱼来说，生活中最令她苦恼又无法自行解决的就是婚恋问题，亦如他的胃口。

江小鱼对于他的提议的确很心动，却也知道不能随便答应。万一又是一个天坑，掉下去容易，爬上来可就难了！不过以她现在的状态就是前有狼后有虎，举步维艰。答应是必然的，她只能尽全力多争取一些对自己有利的条件："万一我们有一方先康复呢？例如你恢复食欲，我却依旧单身？"其实她更想说的是"我找到男朋友，你那个'看手吃饭的绝症'治不好可怎么办"。

宁从简不置可否地看着她，让江小鱼有种被看破心思的羞窘，脸皮发烫，她硬挺着脊背不肯认输："我觉得我们应该商量一个期限，在这个期限内，要真心诚意地帮助对方。超过期限，如果有一方仍未康复，要视情况再另行约定合约内容。"

"也行。"

他答应得干脆，江小鱼倒是愣怔了一下。不过机不可失时不再来，她也顾不得他是否有什么阴谋阳谋，乘胜追击地谈条件："两年。我们以两年为期，两年后无论双方是否治愈，合约都会自动终止。"

"三年。"

她眨巴眨巴眼睛，努力讨价还价："三年后我就三十岁了，三十岁前我一定要把自己嫁出去的。"

她略带恳求又可怜兮兮的模样让人很难拒绝，宁从简看了她半晌，不知在盘算什么。他嘴角微挑，刚要开口，江小鱼的手机"嗡嗡"地振动起来，他示意她先接电话。

江小鱼看见来电显示，头皮有些发麻，抬头去看丝毫没有要回避的宁从简，只能硬着头皮当着他的面接通电话。

按下接通键的一瞬间，唐棠的女高音便清晰地传出："小鱼儿你被抓了？千万别把我供出去，是姐妹就得扛住。你知道我要还房贷、车贷的，工作对我很重要……”

江小鱼看着宁从简因为忍笑而抽动的嘴角，想死的心都有了。她直接挂断电话，有种唐棠是被乔胖子附体的诡异感。前两天还说“丢了工作也要把你嫁出去”的人，今天居然说“是姐妹就得扛住”。

什么玩意儿？

这就是传说中的塑料姐妹花！

“你……”

“三年我同意。”江小鱼抢白他的话，恐其落井下石，坐地起价。

宁从简撇过头去笑了一声，见她有些恼羞，又将将忍住，正经地道：“稍后我会让苏籽来和你签新合约。”他严肃了表情后伸出手，难得认真地开口，“未来三年，合作愉快。”

江小鱼的目光低垂，看着伸到面前的手，平静的心湖似被春风吹皱。然后，她深吸一口气，无可奈何地握住眼前的大手，认命般地摇了摇：“合作愉快。”

正红色的旗袍完美地凸显了女人的线条，唐棠靠在椅子上，修长的双腿以一种优雅的姿势拧成一股，开衩处若隐若现出几分白皙，却又不会走光。她拨了拨头发，指尖划过发梢，不经意间的风情让任何男人都无法忽视。

至少，她可以肯定，对面的男人在她拨头发的时候偷偷吞了口口水。

她抿嘴轻笑，很得意自己的撩拨，指尖在手机屏幕上敲了敲，将男人的注意力引回正途。

男人意识到自己的失态，清了清嗓子略微侧目，发现抱着电脑的程序员们一个个均垂涎地看着唐棠，心里闪过一丝莫名的不快。他板起脸，一拍桌，惊醒众人的同时换来唐棠的一声轻笑，带着几分嘲弄。

他有些恼羞，指了指眼巴巴看着人的几个程序员：“你们先走吧。”

“哦……啊！”几个程序员呆头鹅似的排着队离开。

清了场，唐棠便肆无忌惮地打量起这间她从未踏足过的总裁办公室。巨大的落地窗能将城市的美景尽收眼底，半圆形的办公桌简洁大方，室内的摆设尽显品味。视线回到对面的老板身上，男人身材魁梧，不穿西装的话大概会让人误以为是运动员。面容谈不上英俊，不过端正的五官透着憨态，像一只笨笨的黑熊，让人莫名觉得有些可爱。她经常听女同事私下称呼他为“黑熊先生”，甚至将他列入好老公名单。这种长相的男人的确会给女人一种可靠的感觉，让女人很容易便对其产生信任。

对于同事的讨论，唐棠一向不置可否，对于一个仅仅远远见过几面的上司，她更是毫无幻想，甚至从未想过会有这样一日与这个人面对面坐着。

“老板，我已经按照您说的去做了，现在您可以解释一下了吗？”

她的声音妩媚，尾音微挑，格外勾人。

甘菘稳稳地坐着，心里已经是抖了几下。他知道网站的红娘们个个都有品有貌，却不知竟还有这样一只勾人的妖精。她哪里像红娘，哪个男人看过了她的双眸还有心思看别的女人？

他强自镇定，又清了清嗓子才开口问：“江小鱼是你的朋友？”

“你都已经抓到了，还问这个干什么？”唐棠不耐烦和他打太极，工作可以不要，但小鱼儿对她来说很重要，“我可以辞职，你也可以让我在这一行混不下去，不过如果你敢对我朋友做什么不好的事，我一定奉陪到底。”

漂亮的女人说狠话都漂亮，甘菘觉得自己真的是被诱惑了。

他压抑着二十几年来从未有过的悸动：“别激动，我没想对她做什么不好的事，反而对她来说也许是好事。”

唐棠蹙眉。

甘菘接着道：“你知道江小鱼现在的雇主是谁吗？”

“知道。”

“你说江小鱼黑进网站也只是为了找对象，你是做红娘的，宁大少爷这么好的对象不觉得错过很可惜吗？”

“你是说他们俩……”唐棠不敢相信。

甘菘轻笑：“一个没胃口，一个专治没胃口，你不觉得这俩人有种天生一对的缘分？”

唐棠的美眸里闪过亮光，不过转瞬又升起一丝戒备：“小鱼儿单纯，可玩不起你们这些富二代的感情游戏。”

“偏见！”甘菘立即瞪目，拍着桌子，急吼吼地辩白，“富二代怎么了？富二代找到喜欢的人也是一心一意白头偕老的。的确有那种有几个臭钱就拈花惹草的，可你不能一竿子打翻一船人啊，我和从简可都是正经人。”

唐棠被“正经人”三个字逗笑，看着他急吼吼的样子，强忍着笑意安抚：“别激动，是正经人就好，我们就喜欢正经人。”

甘菘脑子一木，她说什么？她说她喜欢正经人？

唐棠见他发愣，暗搓搓地想难怪他会被人叫“黑熊先生”，还真有些黑熊笨拙的样子。她伸手在他的面前挥了挥：“下面讨论一下‘天生一对’的案例吧。还有，老板您一定不会和我抢佣金的对吧？”

她的眼角眉梢都笑得谄媚，可偏偏让他觉得谄媚得恰到好处，似三月春花初绽，让人不忍拒绝。

一个小时后，甘菘倒在沙发上，脑子里全是唐棠离开时扭着水蛇腰的身影，这女人真像妖精。

不对，她就是妖精。

那双琥珀色的眼睛能勾人心魄，一颦一笑俱是风情，不需要她做什么，男人已经捧心下跪，俯首称臣。

心甘情愿地臣服。

那种悸动越压抑就越强烈，若有一面镜子在面前，甘菘便可以看见此时的自己满脸的潮红与躁动，简直就像个情窦初开的傻小子。

他迫不及待与人分享此时的心情，几乎是在电话接通的一瞬间便开了口："宁从简，我要恋爱了。"

声音里是克制不住的激动与兴奋。

"呵呵，你这不叫恋爱，叫单方面一见钟情。"宁从简毫不客气地吐槽。

甘菘不愿意了："你怎么知道是单方面？万一她对我也是一见钟情呢？"

"你见过哪个一见钟情的女孩会坐地与男人谈佣金？"他嗤笑一声，"很明显，在那位唐小姐眼里，江小鱼与她的友情最重，钱次之。至于你能不能排上号，我就不知道了。"

"你还是不是哥们儿？这么打击我。"

"是哥们儿才和你说实话的。"

"我不管，反正她认为我是要把你和江小鱼凑成一对，你最好给我演下去。"

"不用演，我刚和那条江鱼签了三年的合约。不出意外的话，你有三年的时间泡下属。"

"用不了三年，三个月我就要抱得美人归。"甘菘志气满满，已经开始畅想起来，"唐棠成了我的人，自然不可能看着我兄弟饿死，一定会让江小鱼给你吃饱饭的，你就放心吧！"

人还没追上，就开始想着帮他谋划了。宁从简真是不知该谢谢他，还是嘲笑他。甘菘这人，人如其貌，像只熊一样憨厚、笨拙，做朋友如此，做事亦然，对待感情也一样。这几年，往他身上扑的女人倒是前仆后继，不过就没听说他对哪个女人动过心。没想到这位唐小姐居然会让老房子着火，看来本事还真是不小。

如此一来他还得去江小鱼那边打探打探她的这位闺密，若是如江小鱼这般天真的姑娘还好，就怕遇见个捞女，把他那座老房子烧得连灰都不剩。

想到那条江鱼，他无声地弯了弯嘴角，也不知他哥俩儿这算是谁成全了谁。

江小鱼也在琢磨“成全”这个词，看着歪在沙发上毫无形象啃着猪蹄的美艳女人，着实觉得有些辣眼睛，这简直是对那副好皮囊的暴殄。

她默默坐到一旁，蹙着眉问：“你的老板是甘菘？”

“对呀。”唐棠舔了舔手上沾着的汤汁，轻轻地舒了口气，“我老板和宁从简是朋友，据说还是光着屁股长大的发小，一起读书，一起做生意，好得就差穿一条裤子了。”

“我不关注他们穿不穿一条裤子，我只问你，你和你老板是怎么回事？”唐棠一进门就甩了一句“我要把我老板潜了”的雄心壮志，惊呆了江小鱼，“他要潜规则你？”

“No, no, no. 是我要潜了他。”啃完了一只猪脚，口舌之欲得到了极大的满足，唐棠的眉宇间现出两分慵懒之色，看得人垂涎欲滴，堪称尤物。她抿着嘴，目光盈盈，“那只黑熊想用你来要挟我，我索性将计就计，看他怎么逃出我的五指山。”

她摊开掌心缓缓一握，江小鱼却还是稀里糊涂，皱着眉问：“你看上他了？”

唐棠点头笑道：“有钱又有涵养，最重要的是还算老实。甘菘这种男人，放到相亲市场，绝对是限量款。”

江小鱼看着她理智地分析，唯独没有说对甘菘的感觉，心里异常别扭。可是对于感情和婚姻，她自己都是一团乱麻，就更不用说帮唐棠出主意了。她轻轻地叹了口气：“你知道自己想要什么就好。”

“小鱼儿，别担心我，我一直都知道自己想要什么，也能承担一切后果。你才是那个该被担心的人，最起码你得知道你想要什么。”

想要什么？江小鱼握住自己的手腕，轻轻地摩挲，似乎有些明白自己想要什么，可更多的仍旧是不确定。

“对了，我和宁从简签了三年合约，我给他做饭，他帮我找对象。”

“他帮你找对象？”唐棠翻身坐正，眯了眯眼，像只护崽子的母狼，“怎么帮？”

“没说。”江小鱼被她盯得有些紧张，又心虚地摸着手腕，怕那点连她自己都没想明白的悸动被发现，“他是你们网站的股东，可能是网站的会员随便我挑吧。”

“哼。”唐棠不屑地冷哼，上下扫视她一番，眼珠子一转，嘴角又弯了起来，意味不明地说了一句，“不过也挺好，说不定他还真能帮到你呢！”

“啊？”江小鱼有些不明所以。

唐棠伸手在她头上揉了一把：“傻鱼儿！”

江小鱼“哎哟”一声，抬手顺了顺额头上的碎发，摸到一手的油，脑子里那些迷糊全都打破了，瞪着眼前的尤物控制不住地尖叫：“你啃完猪蹄为什么不洗手！”

唐棠举着手毫无诚意地道歉：“我忘了。”抬头看着她油腻腻的头发，像个恶作剧成功的坏小孩一般倒在沙发上笑得花枝乱颤。

江小鱼要气哭了，又提醒她“别蹭到沙发上”，然后郁闷地钻进了浴室。

唐棠听着浴室传来的水声，视线在门口与浴室间转了两圈，突然就笑了。

她有预感，这俩人有戏。

或许还真被那只黑熊给说中了，他们就是天生一对的缘分。

一纸新合约的背后，藏了四个各怀心思的人。

就在甘菘认认真真计划着如何将唐棠追到手的时候，唐棠也在认真地做着与甘菘在一起的感情风险评估。她不信任感情，更加不信任男人，唯一相信的是女人有钱腰板才硬。

两个人各自算计着，宁从简和江小鱼只能站在一旁干瞪眼地着急，一个担心哥们儿被骗财骗色，另一个担心好姐妹会误人误己。

“唉。”两声叹息一起发出，俩人抬头对视，均是心虚。

宁从简放下碗筷，开口试探：“唐小姐和你是同学？”

江小鱼脑子里警钟大响，戒备地点点头，又觉不够地补充了一句：“她是个特别好的人，每次我被别人欺负，都是她帮我。”

这话一听，就知道俩人都是明白人，估计也打探不出什么。他用手捏了根油条，不再问唐棠的事，反倒是问起了别的：“你会被人欺负？”一个当街敢拿人民币砸人的人会被欺负？

江小鱼沉默了两秒，似乎很不愿回忆过去，却还是开了口：“我父母早逝，别人觉得我是个没人撑腰的女孩，自然就不把我放在眼里。我考了好成绩、抢了荣誉，就会有人来警告我。几个人随便把我堵在小树林里，要不是唐棠护着我，还不知道会有什么后果。”

她说得含糊，宁从简却已经联想出一个校园霸凌事件，看着小丫头委委屈屈又倔强的样子，隐隐有些心疼。他丢了油条，抬手在她头上胡抓了一把：“以后有哥罩着你，再有人欺负你就报我的名字。”

江小鱼来不及感动就看见了被他丢在桌上的油条，以及他满是油花的手。她真是欲哭无泪，咬牙切齿地道：“再敢不洗手就摸我的头，我就让你三个月沾不到油水。”她拍开筷子，进了浴室。

就这小狼狗的凶样，谁敢欺负她？宁从简摇摇头，“啧”了一声，捡起油条又吃起来。

用完早餐，江小鱼的刘海还是湿的，宁从简对她只洗刘海的行为嗤之以鼻，引申出一串“没有丑女人只有懒女人”的理论。

江小鱼听烦了，直接赶人：“吃完就走，别在这里废话。”

宁从简一动都不动：“知道多少人想听我废话吗？你个不知足的臭丫头。”他无奈地叹了口气，钩了钩手指，见她不动，瞪大眼睛喊，“赶紧过来，你到底还要不要我帮你找对象了？”

江小鱼狐疑地看着他，一副吊儿郎当的模样，跷着二郎腿，歪在沙发上。若不是知道他的底细，她一定给他扣顶二流子的帽子，怎么看怎么觉得不靠谱。她心下已经有了三分悔意，嘴里腹诽着“上了贼船”，慢悠悠地坐到他对面：“你有人选了？”

“什么叫我有人选！”宁从简叹了口气，直接抓起她丢在茶几上记食谱的本子，不等她出声阻拦，就利落地撕下一张纸，“唰唰”写了几行字后递过去。

江小鱼撕了他的心都有，强忍着进厨房拿刀的冲动，接过纸看了看：“这些东西填会员资料的时候就已经填过了。”

“实事求是填的？”他挑着眉问，见她毫不迟疑地点头，眉毛舒展开，嘴角一勾，“那就没错了，现在重填吧。”

“什么意思？”

宁从简敲了敲纸上列出的条条款款：“职业厨师？”

“嗯。”

他哼笑：“男人的确希望老婆能进得厨房，可是进厨房的前提是要出得厅堂啊。没几个人会把厨师这个职业列为择偶优选，擅长厨艺是你的优势，不过不能成为你的职业。”

他直接将“厨艺”二字帮她填到了“爱好”一栏，然后在职业一栏上写下“高级程序员”两个字。

江小鱼看着“高级程序员”五个字，蹙起了眉头，不同意地道：“这不是骗人吗？”

“以你黑进网站的水平，可以在市中心任何一座办公大楼里得到一个说得出口的职位。”

“可是我并没有……”

宁从简打断她：“你只是不想要，并不是没有能力要。聪明的男人在择偶时不会单单去看对方已经拥有什么，他们更在意对方有没有创造更多的财富的能力。另外，在这种快节奏的时代，没有人有耐心去一点一点了解你的内秀，尤其是相亲。相亲就像生意场上谈合作一样，你得先告诉对方你的资本有多少，且要夸大了去说，争取到更多的信任，合作才能长久。”

“夸大之后被发现真相，岂不是更加不信任？”

“你以为对方就没夸大吗？再说了，发现的时候你们俩都已经是一条船上的人了，除非沉船，不然谁也别想下船。总之，你记住，从这一刻开始，你是一名立志成为一代厨神的高级程序员。”

立志成为一代厨神的高级程序员是个什么鬼？

“这也可以？”江小鱼傻了眼。

“当然可以。”宁从简得意地扬了扬眉，且在工作单位后面毫不犹豫地写下“从简科技”四个字。

简历改完了，下一步就是挑选对象了。

红娘网有智能配对和人工配对两种配对方式。智能配对是网站系统核对男女会员的基本条件，根据学历、职业、年收入等做出相应的配对。人工配对则是红娘将异性资料发给会员，会员在看完资料后，就将感兴趣的人告知红娘，如果男女双方互选对方，便可通过红娘获取联络方式，再进一步交流。

江小鱼之前的对象基本都是人工配对的，宁从简将她的资料更新后，直接选择了智能配对，电脑屏幕上出现了四个优选对象。

“自己选吧。”他将电脑推给她。

江小鱼看着屏幕上的四个陌生男人，仔仔细细地查看资料，又反复对比，满脸纠结。

宁从简狠狠地叹了口气：“大姐，又不是真让你选结婚对象，你这种单身癌晚期患者，不试几种抗癌药不可能好转。这些都是试验品，是让你练习如何与陌生男人相处、调情的，不用太认真。”他不耐烦地夺过电脑，直接点了一位叫钱与由的编剧。

“青年文字工作者，收入颇丰，大多数还宅，会有外出工作的机会，也可以给你留有个人空间。与这种人谈恋爱，不会有太多被侵占领地的恐惧感，适合你练手。”

听着他条条是道的分析，江小鱼觉得这位钱编剧哪里还需要练手，完全符合她择偶的标准。她眼睛冒光地盯着屏幕上的资料，却又被兜头泼了一桶冷水。

“外出工作就是艳遇和出轨的温床，别以为给你留有个人空间就是尊重你，也可能是他根本就不想了解你。编剧这个行业也算是进了半个娱乐圈，那个圈子的男女关系水深得你无法想象。”

江小鱼被泼得透心凉，斜眼瞪他：“那你还选这个人？”

“都说了是让你练手的。”宁从简朝她翻了一个大白眼，“谈恋爱也是需要练习的，情场高手也不是一蹴而就，都是在一次次恋爱中总结经验，练出火眼金睛，羽化成仙。”

“那我得练多少次？”江小鱼呆头呆脑地问。

被问的人已经无语了：“那就要看你的悟性和运气了。”宁从简看着她一副呆头鹅的样子，还没开始“教学”就生出一种“心有余而力不足”的感觉。他突发奇想，“你就应该找一个像我这样的，感情经验丰富，恋爱技能满级，带着你这只菜鸟说不定还真能干掉boss，走进婚姻殿堂。”

他目光灼灼地看着她，却不料迎面袭来一个大抱枕，伴着一句羞恼的吼声：“你做梦！”

江小鱼丢完东西，落荒而逃进了厨房。

宁从简傻了眼，侧头看着厨房里忙碌起来的人，又看看刚刚与他的脸有过亲密接触的抱枕，一脑子蒙。

这个女人不会认为自己对她有非分之想吧？

第五章
花式小馒头

只有江小鱼自己知道有非分之想的那个人是谁。

她冲进厨房拿出面袋子就开始揉面，心和脑子都是乱的，直到听见宁从简离开的关门声，那种被说破心事的慌乱才渐渐平息。她盯着已经成形的白面团，闭上眼默念“他不行，他不行，他不行”，好似被催眠了一样，再睁开眼轻轻舒出一口气。

可惜，有些东西不是自我催眠就可以忽视的。

“江小鱼，你真是疯了。”她拍拍自己的脸，也不在乎面粉黏在脸颊上，将成形的面团扣在盆里发酵，再垂头丧气地回到客厅。

天知道她怎么会对宁从简生出遐思。

那个人的确够优秀，年纪轻轻、事业有成又英俊得体，除了那个恋手、厌食的毛病，几乎挑不出缺点。

完美如此，哪个女人会不心动？

不过正因如此，他才不行。

他有太多的选择，花花世界的诱惑还没有玩够。而她不是他的选项，更加不允许自己成为别人万千选项之一。

想明白了，她抛去杂念一头钻进厨房，打开摄影机，蒸出了十二生肖的花式馒头才从厨房出来，累得腰都快直不起来了。午餐她简单地做了一个蛋花汤和两个凉拌菜，不过十二生肖馒头一上桌，也把宁从简给震撼了。

这哪里是馒头啊，简直就是艺术品。连向来不爱晒吃食的他都忍不住拍照发了朋友圈，然后才一口把小老鼠造型的馒头塞进嘴里。刚蒸出来的馒头有些烫，不过又香又软，喝一口汤，佐一口小菜，有种莫名的满足感。

江小鱼本以为宁少爷进门就会嫌弃粗茶淡饭，没想到这人竟然吃得比平日更香，完全不见挑剔和矫情。

这位也是一朵奇葩。

她腹诽，默默地揪着馒头往嘴里塞，有些心不在焉。

宁从简吃饱喝足，摸着肚子告知她："那位编剧已经联系上了，不过他人在剧组，要下周末才能回来见面。我帮你交换了微信，你们先聊着。"

"嗯。"她点头，起身收拾碗筷。

宁从简见她一副无精打采的样子，敲着桌子教学："别以为聊微信没用，往往见面前的聊天可以问出很多见面时不方便开口的问题，还能铺垫感情，进行精神交流。"

"知道了。"江小鱼嘟嘴，快速收起碗筷钻进厨房。她那副躲避的姿态，绝对是单身病的典型表现。

他看着合上的厨房门，叹了口气摇摇头。这姑娘再不多与人交流接触，搞不好会有社交障碍，得快点想办法帮她打破独处的现状才行。

宁从简离开江小鱼家不久，江小鱼就收到了那位钱编剧的好友申请。微信名是与由君，头像应该是他本人的照片，方脸戴着眼镜，一副很憨厚的长相。她的指尖在手机屏幕上转了两圈，然后才点了通过验证。

到了晚上，那位钱编剧才正式与她打招呼。江小鱼坐在沙发上捧着手机，心情复杂地与之开始“铺垫感情，精神交流”。

与由君：我是钱与由，很高兴认识你。

小鱼儿：你好，我是江小鱼。

与由君：下班了吗？现在聊天方便吗？

江小鱼被问得一愣，想起现在自己的职业不是厨娘了，无奈地抿抿嘴。

小鱼儿：下班了，方便。

与由君：不打扰你工作就好。

小鱼儿：不会。

与由君：吃晚餐了吗？

小鱼儿：吃过了。

与由君：在外面吃的还是自己在家做的？我看你的资料上写着擅长厨艺，你做饭一定很好吃。

小鱼儿：呵呵，还好吧。

与由君：不用谦虚，希望有机会能尝到你的手艺。

江小鱼蹙眉思考，她应该回“好呀”还是“看缘分”呢？回“好呀”显得太不矜持，可是回“看缘分”又有点暧昧。算了，不知道如何回答，干脆发个表情包吧。

一只小兔子抱着胡萝卜，四十五度歪头装乖巧的动图出现在屏幕上。江小鱼回复完，静静地等着钱编剧继续提问，不过好半晌才收到下一条消息。

与由君：导演召开临时编剧会，我先去忙了，有空再聊。

小鱼儿：嗯嗯。拜拜。

江小鱼结束了聊天，看着一长串的聊天记录，满意地点点头。她丢开手机，坐到电脑前，认真剪辑“十二生肖馒头”的视频。她根本不知道她自以为满意的聊天记录，第二天会遭到暴风般的群嘲。

因为江小鱼是唐棠的客户，客户的任何动态她都会收到系统通知，所以智能配对的事情很快就被她知道了。她打算下了班直接杀去江小鱼家，问问现在是个什么情况。

下班高峰期，公司门口打车的人排成一队。

一辆宾利车缓缓停靠在临时停靠站，吸引了所有人的目光。车门打开，像只笨熊一样的甘菘露出二哈般的微笑下了车："去哪儿？"

唐棠瞬间感受到周围的人向她投来那种羡慕、嫉妒又好奇的目光，虚荣心极度膨胀。她脚步未动，甚至都没有什么表情，偏偏就给人一种妖娆的美感："去江小鱼家蹭饭。"

甘菘的眼睛一亮："巧了，我正是去宁大少家蹭饭。顺路，送你。"他让出车门，做了个"请"的姿势。

唐棠也不矫情，道了声谢，落落大方地上了车。她打量着车内饰，"啧"了一声感叹："有钱就是好，出门有司机，回家有用人。哪像我们这些工薪族，打个出租车不仅要心疼车钱，还得脚疼地排队。"

明明很酸的话，偏偏从她嘴里说出来就像是娇滴滴的撒娇，让人恨不得立即就把车子奉上，还得谢主子赏脸。

甘菘递了瓶矿泉水给她："想接你上下班的人应该大有人在吧。"

"世上没有白吃的午餐。"她接过水却没有喝，把玩着瓶子，还是那副妩媚的模样，却生不出轻浮。

这女人真真成精了。诱惑世人，却又鄙视世人。

甘菘默了默清心咒，就怕自己一个激动就把佳人给唐突了。殊不知这笨拙的样子，唐棠在心里已经笑翻。

得知他们要来蹭饭，江小鱼熬了高汤做火锅汤底，一进屋就闻到浓浓的骨汤香味，格外引人食欲。甘菘带了一箱红酒，正询问江小鱼放在哪里好，宁从简就拎着一袋海鲜进了门。

"酒放在门口，海鲜给我，你们随意坐，马上开餐。"江小鱼接过海鲜进厨房处理，余下的三个人也不客气，围着餐桌落座。桌中间摆着暖锅，锅里奶白色的浓汤冒着泡泡，让整个房间里都是暖意。桌上放着切好的牛羊肉和各种蔬菜，螃蟹是江小鱼蒸好了端上桌的，虾和贝类她也简单地处理了一下，之后放在暖锅里煮就可以了。

“哇，有螃蟹。”唐棠兴奋地叫了一声，眼睛冒光。

甘菘立即将整盘端到她面前：“你喜欢，那多吃点。”

“那我可就不客气了。”唐棠捏着蟹爪揪起一只最大个的，用剪刀剪了蟹腿，优雅地吃了起来。

筷子已经伸出去的宁从简无语望天，瞪了甘菘一眼，示意他把螃蟹端回来。除了江小鱼做的饭菜，他已经许久没有什么特别想吃的东西了，下班回来听说今晚煮暖锅，突然就想吃点海鲜，所以才特地跑出去买的。

“小气。”甘菘嘟囔一句，嫌弃地拎起一只螃蟹递过去，结果没等宁从简接住，半路就被劫了道。

“这些日子刚把你的脾胃调好一些，这种大寒的东西你不能吃。”江小鱼将螃蟹丢回盘子里，她自己体质偏寒，这种东西一向也是不碰的。

“那是我买的。”宁从简怪叫，可惜根本没人理他。他郁闷地将筷子伸进暖锅捞肉，感觉这三个人今天是故意来气他的。

火锅这种东西，就是人多了吃才有气氛。唐棠啃完螃蟹，也加入捞肉的队伍，边吃边问：“小鱼儿，那个智能配对的钱与由是怎么回事？你怎么突然对文艺工作者感兴趣了？”这类职业的对象从来没有出现在她的择偶范围内过，这一点她比江小鱼自己还要清楚。

在这么多人面前提起相亲对象，江小鱼还是有点害羞的。不过没等她开口，宁从简已经替她答了：“那位钱编剧就是给她练手的，以她现在的状态，相再多人也没用，毫无恋爱技巧，能牵手成功才是奇迹。”

“练手？怎么练？”唐棠自诩恋爱达人，却也没听过“练手”这一说。

“就像做题，找出错误点，逐个解决。”宁从简端起酒杯摇了摇，摆出专家的架势，“先从聊天开始……对了，忘了问你，聊了吗？”

三个人都看向江小鱼，就像家长临时抽查假期作业，“小学生”不得不汇报完成情况。

“聊了，一直聊到他去忙才结束。”对这个结果，她自己感觉很满意。

却不料老师们还要进一步检查：“每次都是聊到他去忙？”这就有问题了。

“不是。”江小鱼咽下食物，“就聊了一次，他去忙了，就再没联系过。”

宁从简刚入口的酒差点没喷出来，瞪大眼睛看她，直接伸手要手机，咬着牙说：“给我看看你是怎么把人家给聊忙的。”

“什么叫我把人家聊忙……”江小鱼还要辩白，唐棠已经撂下筷子，板起了脸，又拿出那副宫斗的面孔，冷森森地开口：“别废话，拿手机来。我也想看看，每次给你安排先聊天，你总能把人聊失踪的原因。”

一个奸臣、一个奸妃，她看向甘菘……算了，再加一个被奸妃迷惑的大内侍卫，她这个小宫女就别垂死挣扎了。她认命地掏出手机，翻到聊天页面。

三个人头抵着头地看，甘菘倒是没什么太大的感觉，唐棠的冷刀子已经飞向江小鱼：“你就是这么跟相亲对象聊天的？”

江小鱼一头雾水：“有什么问题吗？我没不理他，他问什么我都回答了啊。”

宁从简冲着她竖起大拇指：“你是凭实力单身的。”

江小鱼更蒙了，一脸无辜地看着他们。

唐棠戳着手机屏幕：“你问题大了去了。就你这么聊天，再闲的人也会被你给聊忙了。你看看你都回复的什么玩意儿——‘下班了，方便’‘不会’‘吃过了’‘呵呵，还好吧’，最长的一句居然是‘你好，我是江小鱼’。最可恨的是人家说想尝尝你的手艺，你不问问他爱吃什么也就算了，居然回复表情包？表情包就是变相地告诉对方你要结束话题，知道吗？”

江小鱼现在的脑子里只有黑人脸三个问号的表情包。她知道什么啊，她什么都不知道，只能吞着口水弱弱地狡辩：“那个……聊天的时候表情包很好用……”

“好用个大头鬼！”如果没有外人在，唐棠一定在她的脑门上拍上一掌，“我都要被你气死了。”

她委屈地撇嘴：“那你们说应该怎么聊？我就不信你们能聊出花来。”

“你还别不信。”宁从简慢悠悠地道，给了唐棠一个眼神，对方瞬间就懂了，手托着下巴开始现场教学——

“在吗？”

“在。下班了？”

“嗯，刚下班。你呢？”

“我也是。今天上班累不累？”

“有点累，说了一天的好话，好在促成了两对男女，还挺有成就感的。”

“你好棒啊！我必须要请你吃饭，以示表扬。你平时喜欢吃什么？”

“我不太喜欢高级餐厅，喜欢接地气的小馆子。你呢？我看你穿着打扮都很有品位，一定是喜欢那种很高级、很有品位的餐厅吧。”

“不会呀，我下了班也会约人去烧烤店或者火锅店。对了，我知道有一家超接地气的烤肉店，他家的牛肉超级棒，一定要带你去尝尝。”

“真的吗？我超爱吃牛肉的。”

“那就这么说定了，周末带你去吃。”

“那我可就不跟你客气了，吃完牛肉，我请你看电影。”

“最近真的有好几部我想看的电影……”

宁从简说完这句，适时地终止话题，摊开手耸耸肩：“看到了吗？这才叫聊天。”

江小鱼傻愣愣地眨眨眼，简直不敢相信这俩人这么几句话就约了一顿饭、一场电影，而且还大有聊下去的趋势。

甘菘默默咂舌，这两位的段位和江小鱼这种菜鸟相比，就是一对王者虐一个青铜，完全不在一个等级上。

唐棠斜着眼看她，里面是满满的鄙视："聊天是要有来有往的，回答完问题，再抛出去一个问题。对方回答完，再抛给你一个。聊天聊天，互相撩起来才叫聊天，你那种'嗯、行、可以'，叫聊死天，活该你单身。"她怒其不争地骂了一句。

江小鱼又撇嘴，这三个人对着她要么摇头、要么叹息，有些恼羞的她端起酒杯，仰头喝下一大口。就在大家以为她这是要励志好好学习的时候，只见她把杯子往桌上一撂，抬手指了指三个人："哼，你们会聊天，这么会聊天，怎么还都和我一样是单身！"

"噗……"

这一次宁从简真的把酒给喷了出去，正好喷在坐在他对面的江小鱼的脸上。

江小鱼的手还指着他，就这么僵在原地。

余下的两个人，转了转眼珠子，默默地偏过头去。

房间里谜一般安静，过了一会儿才传出一个女人的尖叫，和一个男人不停的道歉声。

"宁从简，明天我就毒死你。"

"别别别，我真不是故意的。"

"……"

被喷了一脸红酒的江小鱼郁闷地钻进浴室处理，正好给了唐棠和宁从简商量"恋爱教学计划"的机会。

"这么聊下去，她能把全网站的会员都聊得'很忙'。"宁从简颇为无奈地开口。

唐棠哼笑："所以我近一年时间帮她安排的相亲都是直接见面，不聊天。"

"不成功的原因是？"

“没感觉。”

唐棠说完，自己先叹了口气。每次相亲，小鱼总能挑出对方的缺点，太丑、不礼貌、假学究、品位差……其实归根究底，都是她自己对对方没感觉罢了。可是感觉这种东西，碰不到也摸不着，全靠个人感受。说白了，如果江小鱼真的要找心动、找感觉，谁也帮不了她。

唐棠和宁从简都陷入沉思之中，甘菘敲了敲桌面，发表不同意见：“我觉得小鱼也没什么问题，如果恋爱、结婚全靠技巧，怎么这么多年都没有培训恋爱的专科学校？另外，排除那些利益联姻、盲婚哑嫁等特殊情况，绝大多数男女在相处时，不说百分百心动，至少是有好感，有一瞬间动心的吧？”他说完，目光落在唐棠身上，那种近乎赤裸的眼神毫不掩饰地表达着他的动心。

空气里似乎有什么破裂的声音，只有唐棠一个人能听得见。

很多年后，她才知道，那种声音叫“穿透”。她自以为坚固无摧的心墙，被一个真挚的眼神轻易穿透，直达心底，令她无力还击。

她愣怔了两秒，才开口反驳：“这两年她相亲的对象没有一百也有八十，百里挑一都挑不出一个一瞬间动心的，身为闺密的我都不知道该怎么帮她辩解。”这是她最无能为力的一点。

这可就严重了，甘菘喃喃一句，也开始跟着犯愁。

宁从简将杯中酒一饮而尽，弹了弹杯壁：“那就先教教她如何动心。”

动心也能教？

唐棠和甘菘纷纷看向他，满脸怀疑。

“见了那么多都能挑出问题，只能证明有问题的不是别人，而是她自己。有病治病，她不是要感觉吗？让一个女人有感觉，这是男人的义务和责任。”

这话怎么听怎么觉得不正经，再配上宁从简此时的神态，此言越发显得有歧义。

他微勾嘴角，眼里是惯有的自信。在暖黄的灯光下，原本就英俊异常的脸上多出一抹邪魅的气质，却是更加勾人了。

甘菘恨不得把唐棠的眼睛捂住，见她也不过晃了一瞬便神色如常，心下又有一丝暗喜。再看向宁从简，简直就是一只乱放电的花孔雀，他气得大骂：“你能不能正经点！”

“我怎么不正经了？”宁从简下意识地反驳，反驳完才发现好友涨红的脸上隐隐带着一丝妒意，再看向唐棠，瞬间明了。

这也是个呆子！

他无奈地举手认错：“是是是，是我不正经，我错了。”

甘菘哼了哼，瞪他一眼才作罢。

唐棠却是眼睛一亮，她以前怎么就没想到这个呢！

像小鱼那种感情迟钝的人，或许就需要宁从简这种“不正经”的才能刺激到她的神经。之前那么多次的失败，或许就是因为她给小鱼安排的男人都太正经了。现在换个不正经的路子，说不定就成了。

她看着宁从简的双眼几乎要冒出光来。

宁从简被看得心里发毛，倒不是觉得唐棠看上他了，而是觉得自己被盯上了。

只是，她一个红娘，盯他干什么？

宁从简被盯得心里发毛，甘菘看得却是心里冒火，却又无法发作，只能一杯杯地灌自己酒。结果等江小鱼清洗好出来，家里竟多了一只醉熊。醉熊憨憨地坐在椅子上，无比乖巧，双腿并拢，腰板笔直，手背在身后，也不说话，就傻傻地乐着。

“这什么情况？”她懵懂地问。

宁从简叹息道：“他喝醉了就这样，小时候被老师罚静坐罚出的阴影，醒了酒就好了。”

“奇葩。”她与唐棠异口同声，说完两个人都忍不住笑出声来。

宁从简看着她们，摇着头又叹道："现在的女孩也太没有同情心了。"

送醉熊回家的任务交给了最没有同情心的唐棠女士。

唐棠看着一定要牵着手才肯走的醉熊，深深地怀疑此人是装醉占便宜。偏偏宁从简说他喝醉了就认为自己还是小学生，上小学的时候他们都是男孩、女孩牵手走路，纯洁得不要不要的。

她看了看高出她一个头的男人，再看看握着自己小手不停摇摆的大手，内心一阵崩溃。

"你能不能……"话没说完，只觉大手一紧。

甘菘表情严肃地"嘘"了一声，低声道："走路不可以说话，被老师发现会被批评的。"

语气幼稚得与他的表情形成鲜明的反差，唐棠的心态彻底崩了。

上了车，甘菘又是端正地坐下，双手落于膝上，人有些犯困却强打起精神挺腰坐好，倒真像是个上课犯困的孩子。

司机看见他这样，毫不意外，反而对着唐棠和善地笑道："甘总这是喝醉了，辛苦唐小姐了。"

可见他这醉了就"重返七岁"的毛病根本不是秘密。

到了甘菘家门口，唐棠硬被甘菘拉下了车，还来不及开口让司机等她一下，车子就"嗖"的一下开走了。

她看了看前不着村后不着店的别墅区，又看了看牵着她的手还一个劲地摇的"小学生"，深深地觉得自己被套路了。

这群人是串通好的吧？

火锅好吃，只是善后难做。

江小鱼任劳任怨地进了厨房刷锅子和碗，宁大少爷则仰躺在她家的小沙发上，一边品着红酒一边吃她的小零嘴，好不惬意。

江小鱼收拾完，看着空空的零食盒子蹙了蹙眉头。她倒不是心疼吃食，只是这家伙最近胃口好了，便有些生冷不忌，喜欢吃的能吃到把自己给撑死，不喜欢吃的勉强饱腹后就一口也不动了。

这样挑食，身体能好才奇怪。

“吃饱了还不回家？”她下了逐客令。

宁从简不仅没动，反而给她倒了一杯酒，示意她坐下：“这么着急赶人？江小鱼，你难道不觉得你就是跟人相处太少，才会找不到对象吗？还有这个房子……”他指了指简洁的客厅，“缺少人气。”

“我不是人呀。”江小鱼撇撇嘴，选了个距离宁从简最远的位子坐下，低垂着眼看着杯子里的红酒。她很少喝酒，只有在唐棠、乔木和她自己不顺心的时候，才会偶尔小酌，晕乎乎地说些胡话，发泄掉糟糕的情绪。

可此时她却有些不敢喝，怕喝下去真的会冒出胡话来。

宁从简看到她呆坐着的模样，心头莫名地一紧。她脸上明明没有什么情绪，可他偏偏就感受到了委屈和彷徨。就像找不到家的孩子，明明怕得要命，却逞强地故作淡定。

他默了一瞬，突然起身，持酒杯碰了碰她的杯子：“趁着我最近有闲，陪你去相亲。”这一刻，他是真心实意地想帮她找一个伴。

江小鱼愣了愣，表情古怪，好半晌才挤出一个笑容，痛快地答应：“好呀。”

“别担心，有我这个情圣在，保准你旗开得胜。”宁从简对着她挤眉弄眼，“Cheers.”

高脚杯碰撞发出清脆的声音，江小鱼含着酒，唇齿间泛着酸涩。

这酒可真难喝。

喝完酒，宁从简便起身告辞，走到门口又转过身看她，看得江小鱼莫名心虚。

“你盯着我干什么？”她强装镇定地问。

宁从简皱了皱眉："你不觉得这房子冷冷清清、凄凄惨惨戚戚吗？"

"敢情我屋里住着个李清照？"江小鱼松了口气的同时又憋着一口气瞪人。

"你屋里要是住了个李清照就不叫没人气了，那叫有鬼气。"想了想屋子角落里站着个古代女人，宁从简抱着肩膀夸张地打了个寒战，"吱吱"地怪叫两声，嘴里念叨着"吓人"就走了。

江小鱼瞪了半天关上的大门，回过身看自己的小窝，突然觉得脊背有些发寒，莫名阴森。

她摇了摇头，苦着脸咒骂胡说八道吓唬她的人，不过可惜钻进被窝里都没赶走那种内心毛毛的恐惧感。她掀开棉被，揪着头发破口大骂："宁从简，你个王八蛋！"

卧室里已经快要入睡的某人鼻子突然一痒，然后只听到两声响亮的"阿嚏"。

第六章

辛夷花炖蛋

“阿嚏、阿嚏——”宁从简喷嚏不断。

江小鱼嫌弃地把纸巾递给他：“让你吃东西挑三拣四的，感冒了吧！”

“你怎么什么事都能和吃东西联系在一起？再说了，我这也不是感冒，是鼻……阿嚏、阿嚏——鼻炎。”宁从简狼狈地擦了擦鼻子，勉强喝了两口粥便离开餐桌，一边打喷嚏一边擦鼻涕。

江小鱼看着他吃剩下的粥，撇了撇嘴道：“身体和胃口都是有记忆的，经常挑食会让你的身体产生记忆，身体缺乏营养的时候，记忆也会惯性地抗拒某些事物。越抗拒就越缺乏，越缺乏也越抗拒，这就是恶性循环。最后免疫系统罢工，任何一点小病毒都可以把你打倒。”

“危言耸听。”鼻子整个堵住，憋得他一个头两个大，整个人病恹恹的，对着收拾碗筷的江小鱼龇牙，仰靠在沙发上小歇。

等江小鱼洗好碗，宁从简已经窝在她的小沙发上睡着了。鼻尖擦得通红，大概是鼻腔完全堵住了。他的嘴唇半张着呼吸，偶尔发出几声小鼾。这种狼狈的样子，几乎有些不像那个矫情又爱装的宁大老板。

江小鱼站在沙发边垂着头看他，莫名觉得这样的他有些可爱。宁从简突然咳了一声，惊得她慌乱地躲到墙壁后面，完全是做贼心虚的表现。

客厅传来两声咳嗽，接着又陷入宁静，只余下有些粗重的呼吸声。江小鱼小心翼翼地探出头，确定他又睡了才露出半边身子继续看着，目光近乎贪婪。

他之于她来说，就像名品店橱窗里展示的奢华珠宝，任何女人都抗拒不了它的诱惑。可是那昂贵的价格让绝大多数人望而却步，只能羡慕地仰望或是假装不经意地偷瞄几眼。

她有些庆幸，还好他只是奢华的珠宝，就算得不到，只要转过身遗憾地叹息一声，离开就好。

宁从简是被手机铃声吵醒的，昨晚喷嚏打个不停，根本就没怎么睡，所以才会窝在这小沙发上睡过去。他擦了擦鼻涕，闭着眼坐起身，缓了几秒才接起电话，鼻音浓重。

“现在吗？”

“那你让司机来接我……”他瞄到墙壁上的挂钟，算了算时间有些紧，又改口道，“算了，你告诉我科大哪栋楼，我自己开车过去。”

江小鱼捧着一个大海碗走进客厅，正巧听见这句，眉头微蹙了蹙：“你这种状态能开车？”

宁从简刚要说没问题，结果话还没说出口，一个喷嚏就喷了出去，接着便是一连串的喷嚏，忍都忍不住。

答案显而易见。

“我打车……”他捂着鼻子起身，江小鱼将大海碗放在他面前的茶几上：“你先试试这个，我正巧要去科大附近，顺便送你一程。”

一股冲鼻的中药味传来，宁从简眉头紧皱，很是嫌弃：“这是什么？”

“专治过敏性鼻炎的偏方，毒不死你。”江小鱼硬把碗塞到他手里，转身去拿外套。

几乎要出口的拒绝卡在了嗓子眼，宁从简几个深呼吸，眼睛在她的手上瞄了又瞄，才豁出去般地捧起碗送到嘴边。

江小鱼转过身，看到正捧着碗往嘴里灌药的人，惊得大叫：“喂喂喂——”

这一声吓得宁从简狠狠地呛了一口，再加上冲鼻的味道，险些没吐出来。他怒道：“乱吼什么？”

江小鱼也急了：“谁让你喝了，那是熏鼻子的偏方。”

宁从简干呕的动作一愣，眼里的怒意更胜，咬牙切齿地说：“你怎么不等我干了这碗再说？”

江小鱼心虚地辩解：“让你吃个饭都磨磨叽叽，谁知道喝药你倒是挺积极……”

“你还敢说……”

江小鱼立即闭嘴，看着他又抠嗓子又气恼的模样，咬咬嘴唇，眼里慢慢溢出笑意。

“你还有脸笑？”宁从简更怒了，恨不得把手里的药碗丢到她的脸上。

“不笑不笑，喝了也没事，毒不死。”

“你……”

江小鱼捂住嘴，眉眼里倾泻而出的笑意却是怎么都掩盖不住。直到上了车，她的嘴角还是微微上扬的。

宁从简系上安全带，也不知是那偏方真的有效，还是被她气得通了七窍，鼻塞的症状明显得到缓解。

他对着镜子看着自己擦得略红的鼻头，懊恼地皱了皱眉，偏头看向认真开车的江小鱼。巴掌大的小脸柔和白皙，也不知用了什么化妆品修饰，脸蛋看上去嫩得像是能掐出水来。

“把你的粉底借我。”

“粉底？”江小鱼一愣，正遇上红灯，于是停下车偏头看他，“你要那玩意儿干什么？”

宁从简点了点自己的鼻子：“我总不能红着鼻子就去参加展览吧，也太有损形象了。今天没约化妆师，勉强用你的化妆品对付一下。”

“没有。”江小鱼抬脚搭上油门，有些嫌弃地道，“大男人化什么妆，娘不娘！”

“娘什么？你以为电视上的小鲜肉真就个个嫩得连个汗毛孔都没有，还不都是化妆化的。他们化妆你们就又是尖叫又是老公的，怎么我要借用一下你的粉底就娘了？”宁从简吸了吸鼻子，因为这个“娘”字明显有些动怒。

江小鱼默默地瞟他一眼，碍于早上的“失误”，不予理会他的怒气，撇着嘴说：“没说你娘，急什么急。”

“粉底。”他伸手。

“都跟你说没有了。”

宁从简瞪眼，江小鱼很是无奈地解释：“你见我什么时候化过妆……”说完，她又补了一句，“相亲的时候除外。”

“你没化妆？”这一句明显带有质疑。

江小鱼默默地翻了个白眼：“我就去取个餐具，化什么妆？化给谁看？”

对于这话，宁从简自然不予苟同，不过也懒得与她辩论，只是盯着她白嫩嫩的脸研究。为了证实心里那点怀疑，他索性直接上手，在她的脸颊上用力刮了一下。

脸颊一热，心却像是通了电一样，惊得她猛地一个刹车，险些追尾。

宁从简看着丝毫没有沾染脂粉的指腹，“啧啧”称奇：“居然真的没化妆？”

“宁从简！”车里传出河东狮吼，“你干什么？不知道我在开车吗？你知不知道有多危险！”

宁从简被吼得一时尴尬，蹭了蹭鼻子，勉强开口：“你的皮肤真好。”

江小鱼的脸控制不住地涨红，却故意板着脸呵斥：“下车！”

“还差一条街才是科大。”宁从简探了探头，还要说什么，回头见她眼神凶狠，暗暗把话吞了下去。

宁从简下了车，看着扬长而去的小 Polo，从鼻子里哼出声。这女人，越来越嚣张了，得想个办法治治她。

科技大学每年都会举办一次大型的科技创业展，不仅是给在校学生创造机遇，也让许多科技公司多了一种吸纳人才、寻找项目的途径。

宁从简进了展厅大门，苏籽便立即迎上来，先是关心他的身体：“要不要我帮您预约一个体检？”

“鼻炎而已，体什么检。”他吸了吸鼻子，呼吸顺畅了许多。江小鱼的态度的确不好，不过手艺还是没话说的，也不知那一碗是什么东西，但真是好用。

苏籽有些担忧，却也不敢多言，便把话题转到了工作上：“校方推荐的几组里面，张教授所带的团队最为成熟，不过据说他们已经和国外的一家公司达成了合作意向。”

宁从简下意识地皱了皱眉，张教授的项目他已经关注了一段时间，本想趁着科技展与之谈合作的事，却没想到被人捷足先登了。外国的公司？这么巧？

“查一下谁给他们牵线搭桥的，把其他项目组的资料给我。”

“都在这里。”苏籽递过来一个 iPad，宁从简一边翻阅一边走进会场。

学校早就给贵宾们安排了引导员，负责从简科技的欧查果已经等候多时。远远看见宁从简，立即拉了拉原本就很平整的工装，笑容可亲地迎上来：“宁总您好，我是您的引导员欧查果。”

“你好。”宁从简礼貌地回应，目光落在欧查果短到不能再短的裙子上，眉头挑了挑，轻浮地赞叹一声，“哇哦。”

欧查果故作羞涩地垂了垂头，眉眼间却是遮不住的喜色，显然对于引起了宁从简的注意十分满意：“宁总，这边请。”她姿态优美地做了一个“请”的姿势，每到一个展区便殷勤地介绍，看上去倒是落落大方，可惜就是废话颇多却不自知。

这种女学生宁从简见多了，小女孩急于想表现自己他也能理解，若是从前，他自然不会说什么。不过他今日情况特殊，那个欧查果也不知喷了什么香水，离远些他还能忍，可这个人偏偏越靠越近。

“阿嚏、阿嚏……”宁从简控制不住地打起了喷嚏。

“宁总，你没事……”欧查果还想靠近。

宁从简可顾不上她的面子了，急忙退后两步，不惜把苏籽扯到自己面前以挡住欧查果：“你不靠近我，我应该就没事了。”

苏籽对涨红了脸的欧查果抱歉地笑了笑，开口解围：“不好意思，宁总今天犯了鼻炎，闻不了刺激性的味道。”

“我……”欧查果还想解释，却被一个机械声抢了话。

“Jo Malone（祖·玛珑）合欢花，初调白胡椒、佛手柑，中调合欢花、茉莉、玫瑰，基调天芥菜、苔藓，被誉为斩男香排行榜第一名。不过朕不喜欢斩男香，朕喜欢炸鸡香。贱婢，还不快去给朕炸鸡……唔唔唔——”圆墩墩的小机器人突然被封了嘴，只能发出“唔唔唔”的声音。

欧查果的脸涨得更红了，看见迎面跑过来的两个男同学，咬牙切齿地质问：“谁让你们把这个垃圾弄进会场的？”

两个男生原本还有些歉意，听见她叫小家伙垃圾，脸瞬间沉了下去，语气不善地反呛：“你说谁是垃圾？”

“当然是这个只会喊‘贱婢’的小废物了。”

“你……”握着遥控器的男生气得脸发白，想要冲上去与之理论，却被另一个男生拉住。

“好男不跟女斗，别妨碍人家钓金龟婿。”说完，他蹲身拍了拍小家伙的头，“笨蛋，又闯祸了吧。”语气亲昵得好似在教训自己家的小朋友。之后他无奈地叹了口气，把圆墩墩的小家伙给抱了起来。

欧查果碍于宁从简在身边，咬着牙隐忍，只希望这俩人能快点走。却不料宁从简竟把两个人叫住了。

“这个小家伙会分辨气味？”

“宁总，他们的项目组已经解散……”

宁从简举手示意她闭嘴，兴致盎然地看向两个男生，同时苏籽递上了名片。两个男生看见“从简科技”四个字，眼睛一亮。

“有兴趣聊一聊吗？”

怎么可能会没有，男生拼命点头：“二楼，二楼有休息室。”

“带路吧。”

“宁总……”欧查果见宁从简这就被人拐走了，心有不甘地拦路，“他们……”

“谢谢欧小姐，失陪了。”宁从简巧妙地错身而过，还不忘遮住口鼻，他可不想跟人谈事的时候还是喷嚏不断。

两个男同学一个叫姜末，一个叫山奈，都是即将毕业的研究生。近两年，他们项目组一直在开发服务型人工智能机器人。之前有一家香水公司投了一笔钱，想让他们做一个可以分辨香味的智能导购，眼看项目就要完成了，那家公司竟然转手就把他们的研究成果给卖了。团队成员不服气，与之争辩时在一时的冲动下动了手。结果就是项目组被迫解散，动手的几个人还被记过警告。大家灰心丧气地各奔东西，现如今只剩下他们两个人和一个喜欢炸鸡味道的小家伙。

“香料是个失败品，充其量只能当个玩具。”山奈摸了摸小家伙的头，带着七分遗憾三分骄傲地道，“不过您可别小看他，他也能辨别上万种气味、完成基本的日常对话，甚至还有属于它的小个性。”

“例如喜欢炸鸡的味道？”宁从简笑着问。

两个大男孩憨笑着挠挠头，有些羞赧，又有些小得意。

“我需要的不仅仅是分辨气味的机器人，我想要一个色香味俱全的人工智能。”

“色香味俱全？”姜末有些疑惑。

“说白了就是机器人厨师。”宁从简看着两个人，自信地微笑。

而坐在对面的姜末和山奈的眼神也逐渐亮了起来。

“江小姐，你看看这套盘子配不配你的新菜？”暖房的店员小米兴冲冲地从库房拿了餐具出来，本以为等待她的将是满脸期待的客人，结果客人捂着脸呆呆地看着柜台，完全没听见她的招呼声。

江小姐今天的状态不太对劲哦！

小米小心翼翼地将餐具放在木桌上，然后绕到江小鱼的身后，悄声问：“在想什么？”

“他怎么可以摸我……”江小鱼完全不走脑地就回答了，听见自己的声音，急忙捂住嘴，惊得瞪圆了眼睛，像一只被吓坏了的土拨鼠。

“摸你？谁摸你？江小姐，你不会是遇见变态了吧？”小米一惊一乍的，“我要打电话给老板。”

“喂喂喂。”好在江小鱼手快，拽住了小米，“我什么时候说我遇见变态了？你会不会脑补太多了。”

“不是变态哦！”

“你这什么语气？敢情我没遇见变态，你还挺失望的。”江小鱼被她的表情弄得无语了。

小米尴尬地摸了摸下巴，讨好地一笑：“人家也是关心你。”

“屁，你的心哪有时间关注我，早就不知道跟着你那个不靠谱的老板飞哪儿去了。”江小鱼无情地揭穿，见小丫头一副被说中心事噘着嘴的模样，又忍不住关心地问道，“上次被你告白后就再没回来过？”

小米摇头，无精打采地靠着桌角："上周来了个电话，说是去印度找新餐具的设计灵感，然后就失联了。江小姐，你说他是不是为了躲我才出国的？我有那么吓人吗？就一句'我喜欢你'就吓得他转身跑了？"

小米越说越委屈，最后连眼眶都红了。

"我们小米这么漂亮，怎么会吓人呢？是他不识货，总有他后悔的一天。"江小鱼尽最大的努力安慰她，但显然效果不怎么好。不过好在小米的情绪来得快走得也快。

"哼，我不管，反正我就在店里等他，跑得了和尚跑不了庙，总有被我抓住的一天。"

"祝你早日吃到唐僧肉。"

"承你贵言。"小米握握拳，自己给自己打气，"不说我了，来看看你的新盘子吧。"

餐具是为七夕的"情人结"烹饪视频定制的，共有四个盘、两个碗。餐具底色为浅浅的粉色，盘边分别绘制着鹊桥、飘带、同心结以及一串红豆，两个小碗则在碗边手绘了两个可爱的小娃娃，俩人趴在碗边笑弯了眼，似乎是在偷看牛郎和织女相会。中国水墨画的风格，浓浓的节日气氛。

正是她想要的。

江小鱼端着一个盘子，脑海中已经在搭配菜色。炸至金黄的酥肉、香甜的糯米藕、相思红豆酥，再加一道葱姜炒蟹，到时候多放一些姜去寒，可以让宁从简也吃一点。上一次没让他吃螃蟹，他那脸色差得好似被虐待了一样。她情不自禁地笑起来，只是笑容才刚扬起来，理智便迅速回归，立刻硬压了下去。

真是疯了，明明是情人节的菜品，她为什么会想要给那个人吃？

疯了，疯了！

江小鱼使劲摇了摇头，好似要把那个人从脑海里摇晃出去一般。

不过喜欢一个人就像是食物的香味，根本无法遮盖。

离开暖房，她先去了超市采购，然后便回家做饭。等饭菜装盘上桌，江小鱼才发现满桌的菜品全都是宁从简的心头好，忍不住对着餐桌长长地叹息一声。

而毫不知情的某人已经迫不及待地举着筷子，夹了一片醋溜鱼片入口，酸甜的味道包裹着鲜嫩的鱼片，入口即化，满口留香。他在外吃饭根本没食欲，回了公司就被主管们拉着开会一直到六点才散，这会儿已经饿得前胸贴后背，全部心思都在美食上，完全忽略了江小鱼的情绪。

口腹之欲满足后，他才把注意力落在了江小鱼身上。见她整个人恹恹的，他对着她打了几个响指。

“干吗？”江小鱼皱着眉挥开他的手，有些不耐烦地问。

“看你无精打采的样子，怎么可能会有桃花运？你有点精神头行不行？”

江小鱼敲了敲表盘：“再有两个小时就到睡觉的时间了，要什么精神头？再说这大晚上的，要什么桃花运？”

“谁说晚上不要桃花运的？”宁从简不予苟同，暧昧地冲她眨眨眼，嘴边勾起一抹坏笑，“就是夜深人静的时候才容易胡思乱想，这时手机‘叮’的一声响，不用看内容就可以想入非非……”

“叮！”

宁从简话音未落，江小鱼的手机突然就“叮”了一声，想入非非没有，吓一跳倒是真的。她翻着白眼打开手机，余光瞄到宁从简一脸好奇，直接按下新的语音消息，于是唐棠的声音公放出来。

“孙爱持，三十二岁，搞科研的。我已经帮你约了明天上午九点钟February Coffee（二月咖啡馆）见。”

简单、直接、霸气，完全不给人拒绝的权利。

江小鱼略窘，有些委屈地撇嘴，默默地回了“知道了”三个字，之后又是一声沉沉的叹息。

“约会叹什么气啊？”宁从简好笑地问，“听着条件还不错，正常女人此时就应该去打开衣柜选衣服，然后是洗澡、护肤。你倒好，先是叹气。”

“如果你有几十次相亲失败的经历，就不会有这种疑问了。”江小鱼很是无奈，她也想期待满满、朝气蓬勃，可随着相亲的次数越来越多，年纪也越来越大，对结婚对象的幻想就越来越少，相亲的热情也越来越淡，甚至慢慢变成负担和压力。

头突然被轻轻地拍了一下，没等她抬头，他的大手已经收回，眼中含笑：“那是因为你之前还不认识我。别忘了，你现在可是有恋爱导师的人。什么都不用担心，你只管把自己打扮得漂漂亮亮地赴约就行了。”

江小鱼仰起头，看着暖黄灯光下的男人有些恍惚。记忆深处，也曾有人摸着她的头轻声说：“我的小鱼儿什么都不用担心，每天打扮得漂漂亮亮、高高兴兴就行了……”

那时的江小鱼还是个穿着公主裙转圈圈臭美的小屁孩，整天举着一根仙女棒在鱼馆的客人间跑来跑去。遇见鱼馆的熟客光顾，她瞬间变身鱼馆小妹，屁颠屁颠地跑去拿菜牌。熟客偶尔会给她塞一把糖果，江妈妈不让她吃糖，她就偷偷把糖果藏在小挎包里，每天都不离身，就怕一眼照顾不到，糖果就被妈妈给没收了。

她的整个童年记忆都是那间鱼馆，最先认得的字也是门口挂着的大大的“鱼”字。爸爸每天都在后厨忙碌，打烊后就扶着腰坐在门口纳凉。这时小鱼儿会跑过去帮爸爸捶腰，捶两下便会被爸爸抱到腿上，摸着她细软的头发，含着笑说：“我的小鱼儿什么都不用担心，每天打扮得漂漂亮亮、高高兴兴就行了……”

做了一夜的梦，醒过来的时候，枕巾还是湿的。

江小鱼摸了摸肿得厉害的眼睛，想到今天的约会，无力地拍了拍脸颊，不得不去冰箱里取来冰袋冰敷，又给自己上了个淡妆才勉强遮盖住。

等她准备好早餐，宁少爷就打着哈欠上门了。他眼眶发青，鼻尖通红，看来这一夜他也没睡安稳。将白粥放在桌上后，她又折回厨房，从柜子里翻出辛夷花，先用温水冲洗，然后放入小锅加水，再加一个剥了壳的熟鸡蛋煮开，转成小火焖十分钟后加入几颗冰糖，等糖融化便关了火盛出来。

宁从简看着面前的红汤蛋，吸了吸鼻子，先问："吃的？"

"吃的吃的，毒不死你。"江小鱼想到了昨天的那一碗药，强忍着笑意坐到他身边，"这是辛夷花煮蛋，专治过敏性鼻炎，就是不知道对你有没有用。"

宁从简盯着那红红的汤水好一会儿，似乎鼓足了勇气般地端起碗，浅浅地喝了一口汤。淡淡的甜味让他原本皱着的眉头舒展开，"咕咚咕咚"把汤一口气干了，才夹起鸡蛋慢慢吃，显然对这份"加餐"的味道颇为满意。

真是孩子气。

用完早餐，江小鱼换了一条蓝色的海军裙出门，宁从简坐在副驾驶座上，一路都在吐槽她穿得像个小学生。直到进了咖啡馆，俩人才假装陌路人，找了个临近的位子背对背各自坐下。

等了大概五分钟，相亲对象推门而入，大概一米七八左右的身高，身材偏瘦，长得倒是白白净净，戴着一副黑框眼镜，看上去很是斯文。他站在门口扫了一圈，便直冲着江小鱼的位子走了过来。

"你好，请问是江小姐吗？"他说完，略微紧张地吞了口口水。

"我是江小鱼。孙先生？"

"我叫孙爱持。"孙爱持含蓄地笑了笑，随即落座。见江小鱼的面前没有饮料，他又冲服务生招手，"江小姐要喝点什么吗？"

"香草拿铁。"

"两杯香草拿铁。"孙爱持对服务生道。

下完单，服务生刚打算离开，又被隔壁桌的男人叫住。江小鱼听见身后传来熟悉的声音："一杯香草拿铁。"

当着熟人的面相亲，这也太尴尬了。江小鱼按捺着立即起身就走的冲动，抽搐着嘴角对孙爱持笑了一下，却不料这一笑把对方笑红了脸。三十二岁的男人这么容易脸红，还是挺可爱的。

服务生将咖啡送上来，孙爱持立即端起来掩饰般地喝了一口，放下杯子后脸上的红晕也只是稍稍缓解："听说你在从简科技高就？"

江小鱼恍惚了一下才想起自己的资料已经改了，心虚地点点头。

"你们公司的硬件还是很强的，软件就差点火候了，核心技术基本都靠国外的技术支持。"

"呵呵。"江小鱼露出不失礼貌的微笑，天知道从简科技软硬件实力如何，再聊下去可就要露馅了，"听说你是搞科研的？"

孙爱持推了推眼镜，说起工作时眼睛在闪光："我读完博士就留在研究所做项目搞科研，目前在研究有关绿色能源的开发。"

"哦，挺好的。"江小鱼又一次露出不失礼貌的微笑，完全不知道要和他聊什么。再加上身后又坐着一个宁从简，尬聊得浑身难受。

孙爱持倒是对她兴致勃勃，又追问了几个问题，表情显得越发满意："我想问一个冒昧的问题，希望你不要介意。"

"你说。"

"你之前有几段感情经历？我先说说我的，"他抢白般地先说道，"读书的时候交过一个女朋友，毕业后因为她要去南方发展，而我无法接受异地恋就分了手。四年前经相亲认识了我的第二任女朋友，相处一年的时间后，因为理念不合分开了。自那以后，我便一直在相亲，没遇见过合适的人。"

孙爱持说完，直勾勾地看着江小鱼，等待着她的情史汇报。

可惜……

“哦！”

只有一个单字，江小鱼完全没有要说自己的意思。

“你的呢？”孙爱持问出口。

江小鱼装糊涂：“我的什么？”

“你的感情经历啊。”他蹙了蹙眉，“不方便说吗？”

“不是不方便，只是觉得没必要。前任之所以称为前任，就是因为它已经成了过去。过去就过去了，也就没什么好聊的了。”

“我都说了我的了，你却说没什么好聊的？”孙爱持有些委屈，满脸都是“你居然欺骗我”的神情，看得人哑然。

身后传来憋笑的声音，像是一根针戳了一下气球，“啪”的一声就炸了。

江小鱼突然抬头看向孙爱持：“首先，我没要求你汇报你的情史；其次，就算是你说了你的，也不代表我就要坦白我的，我们只是相亲，不是玩坦白局；最后，我真的也不是很想听你的情史。”

“你……你这人怎么这样？”他的尾音里居然带着些哽咽，着实让人傻了眼。

“你不会是要哭吧？”江小鱼有点慌，这要是把相亲对象弄哭了，唐棠能赐她一丈红。

“谁要哭了？”孙爱持涨红着脸瞪她，“遮遮掩掩，不知道有什么不可见人的过去，我看你根本就不是诚心诚意来相亲的。”说完，他直接起身，账都没结就拂袖而去。

江小鱼有些傻眼，身后的宁从简却是再也忍不住地大笑出声，边笑边朝她竖大拇指：“厉害，你们都是凭实力单身的。”

让两个情商负数的人相亲，唐棠也是疯了。

直到进了家门，宁从简还是笑个不停，江小鱼已经被他笑得没了脾气，满心忐忑地握着手机，打算等唐棠的电话打过来，便恶人先告状……不对，是先发制人。

虽说心里已经打算好了，可手机铃声响起的一瞬间，身体还是不受控地颤抖了一下。宁从简再一次被逗笑，这也忒㞞了。他长臂一伸，直接把手机拿到自己手里，点开屏幕。

唐棠的声音仿佛炸开：“江小鱼，你最好给我一个合理的解释！”

江小鱼的小脸瞬间皱在一起，反正手机不在她手里，她微微侧过身，像只鹌鹑似的假装没听见。

“别吼别吼，我帮她解释。”宁从简憋着笑说，“那男的追问情史，小鱼儿打死不说，然后就翻车了。我说句公道话，两边都有问题。不过，你给两个情商这么低的人安排相亲，是太勇敢还是真没人了？”

唐棠的音调降下来，这回江小鱼是真听不见了，只能听见宁从简在这边回答：“行，那安排……下周末吧，我最近有时间，趁着这周给她强化训练一下。”

这是要参加比赛？还强化训练！

“管他有没有用，死马当活马医吧！”

江小鱼的脸颊抽了抽，她不会就是他们口中的那匹“死马”吧？答案很显然，根本不用问出口，省得自取其辱。她一头扎进沙发的软垫里，连宁从简说什么都不听了。

糟心！

通完电话，宁从简一回头，鹌鹑变鸵鸟了。

他直接上手，把鸵鸟从软垫里拔出来，用力地戳了戳她的额头：“瞧你那点出息，唐棠还能吃了你是怎么的？”

江小鱼哭丧着脸，整个人都闷闷的：“我不是真的怕她，而是觉得对不住她。相亲这件事，她对我比对自己都上心，可我偏偏不争气。换成她的任何一位客户，这么精心的安排，早就嫁出去了。”

“那些客户会在她难过的时候收留她吗？会根据季节变化给她煲汤补身子？会在她买房子的时候，欠条都不用打，就掏出几十万给她？”

每说一句，江小鱼的眼睛就瞪大一分，直到瞪圆：“你调查我？”

宁从简坦然地点头：“我不可能随随便便就吃陌生人做的东西，更不可能稀里糊涂地和人住在一起吧。”

前半句她没理会，后半句突然涨红了脸。她故意咳了一声，状似不屑地呢喃：“谁和你住一起了！”

声音虽小，可耐不住宁大少耳力好。他嘴角一勾，挪到她身边，侧过身体面对着她。眉眼间竟是流露出一股勾人的风情，看得人心跳加速。

这个男人简直是妖孽。

心里刚刚唾弃完，妖孽便开了口。

“今晚，我们就住一起。”

大脑一片空白，瞬间宕机。

住、一、起？

江小鱼觉得这三个字一定不是她理解的那个意思。

嗯，一定不是！

第七章

水果百香蜜

看着江小鱼下巴都要惊掉的模样，宁从简忍俊不禁，在她的下巴上弹了一下：“照你现在的模式相亲，别说三十岁前嫁出去，就是黄昏恋你都赶不上趟！我算是服了你了，敌不动你不动，敌一动你就跑，就是那男的再喜欢你也受不了这木头桩子似的反应啊。”

“我……我……那是……”江小鱼垂死挣扎，想为自己辩白两句，可惜半天也想不出要说什么，索性也不抗争了，“那你说我应该怎么办呢？”

宁从简“啧”了一声，傲娇得跟什么似的，仰着下巴开口：“你这种绝症一般人肯定治不了，小爷我心善，决定舍生取义，亲自下海，捞你早日上岸。”

这都是些什么乱码七糟的：“能不能说人话，中午还想不想吃饭了！”兔子急了还会咬人，江小鱼的肺都快炸了。

被掐到软肋，宁从简也不敢再卖关子：“这一周你的相亲对象是我。”

“……”

“干吗这么惊讶，一对一教学，你要是再不长进，就做好孤独终老的准备吧。”他笑眯眯地说完，看了看表，笑容又亲和了一些，“吃完午饭我们就开始教学，中午这顿做得丰盛些，就当支付家教费了。”

“呵。”江小鱼皮笑肉不笑地起身，进了厨房直接背靠在冰箱上，竖起耳朵听。她听见沙发那边传来窸窸窣窣的吃零嘴的声音，才用力地舒出一口气，心跳和大脑却是更加混乱了。

妈呀，他要亲身示范和她相亲，这让她怎么忍得住，万一被看穿心思岂不是丢人死了。

“怎么办……”江小鱼低声呜咽，下意识地想抓起手机打电话给唐棠求助，可一想到自己动心这事根本就没和唐棠说过，于是更加心塞。

孤军作战，好迷茫！

心烦意乱的江小鱼恨不得将午餐做成满汉全席，煎炒烹炸过后，烦乱的心思被厨房的烟火味稍稍安抚。等到用过午餐，自我催眠好像起了一些效果，她甚至有些开始期待两个人的模拟约会。

“走吧。”宁从简突然开口。

江小鱼一愣：“去哪儿？”

“约会呀，你总不能刚认识一个人就和那个人在家里窝一天吧？”他坏坏地一笑，“不过你要是喜欢这种快节奏的也不是不……”

“走，赶紧走。”

江小鱼没等他说完，拎起包就走，好像慢走一步，就会被怎么样似的，看得人好笑。宁从简抿唇无奈地摇了摇头，可心里莫名觉得这样单纯的小姑娘还真是挺可爱的。

俩人的第一站是商场，车子停下，江小鱼的手刚摸到门把手就被宁从简“呵”了一声。她手一缩，瞪着眼看着他推门下车，然后绕到副驾驶室外帮她开门。

“你要学会给男人展现绅士风度的机会。”他笑眯眯地说着，手在她的头顶挡了一下，配上一声温柔的“小心，别碰头”，一池春水瞬间被吹皱。

江小鱼好似故意要打破这种暧昧，咋咋呼呼地说："我倒是想给全世界的男人展现绅士风度的机会，可世界会告诉我，我遇见的不是绅士，都是屌丝。"

话音刚落，她的额头就被敲了一下。她"哎哟"了一声，捂着头叫唤："看吧看吧，你的屌丝本性也暴露了。"

宁从简硬堆起笑容，磨着牙教学："一个男人是否绅士，一部分取决于与他相处的女人是否给他绅士的机会和欲望。女人引起男人保护欲的三个重要手段是柔弱、撒娇和装单纯，最后一项你不用学，因为你是'真单纯'。"

江小鱼怎么听都觉得最后这句"真单纯"不像是夸她的。不过宁从简没给她思虑的时间，抬脚朝着电梯走去，大手轻轻带了一下她的臂弯，然后顺势落在她的后腰处，又虚虚地扶了一把。身体的亲密接触让她瞬间一僵，不过以往会产生的抗拒和不适感却没有出现，只觉得心跳快了两拍。

宁从简将她的表情尽收眼底，带着她往珠宝区走，边走边说："如果是第一次逛商场，最好不要逛女装和香化，直男的眼光和耐性都很有限，最好不要指望他们能陪你买到真正可心的服饰。"

"可谁没事买珠宝啊？又不是个个都是土豪。"

"谁说逛就一定要买了？珠宝的价格偏高，在逛的过程中对价格的评价，也可以看出对方的经济能力和消费观念。"宁从简带着她进了一家品牌珠宝店，随手指了几条基础款的项链给她试戴。

江小鱼看着标价心里都发虚，一条细链子够她半年的生活费了。她正腹诽脑子进水了才会买这种华而不实的东西，只听身边人慷慨地道："就这条，包起来。"

"包……包……包什么包起来？"江小鱼嘴角控制不住地抽搐，恨不得拉住要去开单的店员，“我没说我要买。”

“我送你。”宁从简掏出一张卡，“没密码。”

店员双手接过，笑容可掬地去刷卡。

这回江小鱼真傻眼了，她摸了摸脖子上的链子，咬咬牙、狠狠心，就当交学费了：“我回去把钱转给你。”

回应她的是一声嗤笑，宁从简翻了一个大白眼：“这种时候你就应该撒着娇说谢谢，而不是硬邦邦地说给人转钱。”

“那怎么行呢？这项链太贵重了。”

她的脑门又被敲了一下：“我刚刚的话都白说了，撒娇懂吗？给男人绅士的机会懂吗？你要懂得适时地享受男人的慷慨，这也是满足他们欲望的一种方式。”

“给女人花钱的欲望？”江小鱼完全无法理解。

“举一个不算恰当的例子，你知道为什么那么多男人喜欢包养女人吗？”

“好色。”

“好色只是原因之一，还有一个原因就是那些男人很享受为女人花钱带来的虚荣感，这让他们觉得征服了对方，也凸显出自己的优越。”看着她听了鬼话的表情，宁从简再一次叹息着摇头，心里也有些纳闷。据他所知，那位唐棠小姐可是把男人本质看得透透的，怎么就光知道逼着江小鱼相亲，不给她剖析一下到底什么是男人呢？难道真的是孺子不可教也？

“走吧，去吃饭。”

“想吃什么？”江小鱼摸着项链，仍旧在心疼，心不在焉地问他。

“不是你做的，我什么都不想吃。”宁从简也有些犯愁，东张西望的，就期待哪块招牌能引起些许食欲，却不知他随意的一句话就让江小鱼莫名地被扰乱了呼吸，连思维都不再受控了。

看着他的背影，耳朵里像是被什么堵住，瓮声回荡着那句“不是你做的，我什么都不想吃”，心跳声数倍放大，忽然就什么都听不到了。

“日料，怎么样？”宁从简停在一间日料店门口，突然开口，却没能把她的思绪拉回。

“喂喂喂？”约会的时候还能走神？简直不可思议。

“啊？日料，可以呀。”

“我也可以服了你了。”俩人进了日料店，一个晃神一个挑剔，均是没胃口，勉强吃了一点，很快就结束了晚餐。结账的时候，江小鱼又要抢着埋单。

宁从简怎么可能让她付账：“你要学会不和男人抢单，如果觉得不好意思，可以适当地送对方小礼物。这样既还了人情，又拉近了感情。”

“哦。”她若有所思，走到停车场又道，“我去趟卫生间，你先上车等我。”说完，她急匆匆地就跑了。再回来的时候，手里多了一个礼品袋。

江小鱼坐到副驾驶座上，摇了摇袋子：“送你的，谢谢你陪我演了一下午。”

宁从简接过袋子，直接拆开。是一对精致的铂金袖口，一看便知价格不菲。他无奈地笑了笑：“我很喜欢，谢谢。不过如果你是在下次约会的时候送我，我会更开心。这个时间点送，会给人一种我送你礼物，你送我礼物，互不相欠的感觉。”

江小鱼备受打击，捂着脑袋怪叫：“是我想太少，还是你们想太多了？谈恋爱太难了，我还是孤独终老算了。”

宁从简被她逗笑，教她谈恋爱这件事让他有种学霸虐学渣的满足感，看着她各种抓狂，心情还真不是一般的好。

又会做饭，又能逗他开心。

这条江鱼，也算是宝藏女孩了。

宁从简一路含笑，江小鱼龇着牙想把他嘴角的那抹笑咬掉。可脑子里想象到去咬他的唇，脸颊就莫名地烧了起来，连耳根都热辣辣的。

她怎么会想那种情景？呜呜呜——太色了！

回到公寓门口，江小鱼自然认为是各回各家，结果宁从简根本没有要回自己家的意思：“不请我进屋坐坐吗？”

“坐坐？”她不解其意。

“你这条呆鱼还真是不解风情。俩人愉快地约会后，自然要将关系拉得更近。男人送你回家，绝大部分是希望能登堂入室。这种时候，你应该做的便是邀请他们进屋喝杯茶。”

“呵呵。”她皮笑肉不笑，“那你要进来喝杯茶吗？”

“好呀。”

他答应得还真快。

开了门，宁从简四处打量，竟假装第一次登门一样：“你家布置得很温馨，可见你是个热爱生活的人。”

要不要演得这么真啊？

“呵呵。”

江小鱼完全不知道该说什么，既然他要演，她索性真的进了厨房泡茶。晚上不易喝提神的茶叶，她便取了几样水果，加了一点百香果蜜，以六十度的水冲开果蜜，甜甜的果香瞬间溢满厨房。

宁从简也被这甜香味勾起了食欲，下意识地吞了吞口水，也不假装初次登门了，熟门熟路地将她的点心盒子翻出来，先一步有滋有味地吃上了。

蔓越莓的曲奇搭配上酸甜的果茶，绝配。

江小鱼看着他吃得津津有味，心下松了口气，吃饱喝足他总该回家了吧。

没想到等他喝完最后一口果茶，江小鱼开口送客，却又换来一声“朽木不可雕也”的叹息：“加上煮茶、吃喝的时间，我进门还不到十五分钟，两句话都没说上，你竟然就送客？”

“不然呢？还要留你住下吗？”

“也不是不可以。”宁从简理所当然地说教，“别用那副见鬼的表情看着我，大姐，现在都什么年代了，别说我们的人设关系是相过亲、二次约会的一对，就是第一次见面的成年男女，一个眼神就可以天雷勾地火。”

一个眼神就天雷勾地火？简直……

“禽兽！”江小鱼的火气来得突然，“我要找的是老公，不是炮友，更不是你这种随便的人。”

又被骂“禽兽”，又被骂“随便”，宁从简一脑门的莫名其妙，少爷脾气也被激发了。

他刚要回嘴，江小鱼的手机响了起来。

她看见来电号码，也顾不得和他争辩，立即就接了起来。那边也不知道说了什么，原本气得通红的小脸瞬间惨白一片，连声音中都隐隐带着哭腔：“好，我马上过去……实在没有病床就转院，我明白……”

见她这样，宁从简哪里还顾得上生气，等她挂断电话立即追问：“出了什么事？”

“我奶奶在看急诊，可医院没有病房。先不说了，我得赶紧去医院。”她抓起手机就要走，外套都没穿一件，可见真是急了。

“我陪你去。”

“不用。”江小鱼下意识地拒绝。

宁从简举起手就想敲她的头，可看到那红红的眼，心一软，大手落在她的头顶安抚地揉了揉：“你要学会在男人面前示弱，而不是装坚强。走吧，你这种状态根本不能开车，我可不希望我的厨娘出交通事故。”他的手落在她身后，掌心贴在她的背脊上，好似无形之中在支撑着她。

心头那种又暖又酸的复杂感让她的眼眶更酸了：“谢谢。”

“不客气，哪家医院？”

“医大二院。”

医大二院在城乡交界口，会有大量的外县人前来就医，一向是一床难求。好多人都是蹲在护士站等床位，最紧张的时候要等一个月才能等来一张床。

江小鱼赶到医院急诊室的时候，急诊室里嘈杂得就像炸了锅一样，家属的哀求、暴怒，患者的呻吟、哭泣交织在一起，刺激着每个人的神经。

江奶奶还没进抢救室，正躺在急救推床上无意识地呻吟，床边还有一些呕吐的污秽物。乔木拿着湿纸巾，一边帮奶奶清理一边低声安抚，乔叔叔则挤在分诊台央求护士赶紧给安排急救。

她直愣愣地走过去，耳朵里只有嗡嗡的声音，什么都听不见。奶奶是她在这个世上唯一的亲人了，她甚至不敢去想那个最坏的结果。

“小鱼儿，小鱼儿……”乔木拍了拍她的肩膀，见她眼睛通红，安慰道，“医生刚刚来看过，怀疑是腔梗，已经安排了医生开单子检查，只是现在人太多了，那个医生一转眼就找不到了。”

乔木心里也急，汗水顺着脖颈像水似的往下流。他原本就胖，从叫120到赶到医院，不是人在跑就是车在跑，此时喘息还没平复。

江小鱼极力让自己镇定，她接过乔木手里的纸巾，边轻轻地给奶奶擦拭，边道：“你给唐棠打电话，她人脉广，问问她有没有认识的……”

话未说完，就被走过来的人给打断了。宁从简揽了揽她的肩：“床位已经安排好了，不过因为时间紧张，安排不到单间，先让奶奶在四人间住一晚，明天下午就能空出单间来。”

正说着话，已经有医护人员来推床了。

江小鱼“哦”了一声，跟着医护人员走，进了电梯才想起道谢：“谢谢你。”说完，她用力抿了抿嘴唇，小可怜的模样令人怜惜。

宁从简突然觉得，她不是不柔弱，只是早已习惯坚强，其实只要她肯这样柔柔地看着一个男人说“谢谢”，哪里会有人忍心拒绝，这一刻就连他都有些动心。

他抬手在她的头上揉了揉：“呆鱼，瞎客气什么。”

江奶奶进病房的时候，病房里已经熄了灯。护工铺好了床铺，住院医生过来检查，再让护工推着去做了CT，等确诊是轻微腔梗后挂上水，已经是下半夜了。

这么折腾了一通，扰得同病房的病患都没睡安稳，江小鱼也很抱歉。待江奶奶安顿好后，她便催着他们回家。乔木原本要留下陪床的，也被她劝了回去。

她坐在床边守了一夜，第二天天微微亮，吊针才打完。简单地洗漱过后，她去医院食堂打了饭，再回到病房的时候江奶奶已经醒了过来，人精神了许多，也不再恶心呕吐了。

“奶奶，还有没有哪里不舒服？”

“又给你添麻烦了。”老太太虚弱地开口，“老了，不中用了。”

江小鱼因为这句话又红了眼，却是倔强地不肯落泪：“你是我的奶奶，说什么麻烦不麻烦。”喉头被哽住，她侧过身将粥放进便当盒，又将小菜打开，情绪稳了稳才坐到床边喂奶奶吃早餐。

用过早餐，其他患者的家属也陆续来了。听见临床的阿姨抱怨他们昨晚太吵，她满是歉意地搭了话。来医院的都是病患，见她小姑娘笑嘻嘻地道歉，反倒让临床阿姨有些不好意思了。

隔壁床的家属也是一个二十多岁的小姑娘，见自己的母亲有些羞赧，圆滑地转了话题，问她：“是你奶奶还是外婆？”

“我奶奶。”

“奶奶您老有福气啊，孙女这么孝顺。”

江奶奶听见有人夸她的小鱼儿，立即露出笑容，伸手摸摸孙女的手：“有福。”奶奶这句“有福”说得很是心酸，中年丧夫、丧子，唯有这么一个孙女在身边，她惜福。可每每想到早逝的儿子、儿媳，她又忍不住念一声“命苦”，“就是她被我拖累着，命苦啊。”

“奶奶。”

“不说了，不说了，一说她就生气。”江奶奶性子好，身体舒服了，说起话来也有些气力，这就忍不住抱怨，“你说你要是有个男朋友多好，在这个时候就能帮你搭把手，也不用你自己一个人白天晚上地照顾我。”

“奶奶……”这一次，江小鱼真是头大了。

自打她过了二十四岁，江奶奶便殷切期望着她出嫁，见面就要念，逢人便要帮她介绍。这个话题一打开，竟引起了病房里阿姨们的共鸣，尤其是隔壁床的阿姨。

“我家这个也是，都二十七了还不结婚，我都要愁死了。你们要是有合适的男孩给我女儿介绍介绍。”

“开始了！”小姑娘捂着脸哀号一声。

江奶奶立即接话：“我们这个也是，她父母去得早，也没个人给张罗，一拖就拖到这个岁数了。你们如果有合适的，也给我们家小鱼儿介绍介绍。”

这回病房里的俩姑娘都捂脸了。

就在这时，门口传来高跟鞋的声音，光听着那有节奏感的“哒哒”声，江小鱼就能猜出是谁来了。

这个话题，这个人登场，简直是天要亡我的节奏啊。

果不其然，香花美女，唐棠抱着一束粉玫瑰闪亮登场：“奶奶。”这一声喊得，比江小鱼这个亲孙女还有感情。

“哎哟，我的唐棠来了，快来这边坐。”江奶奶招呼起她来，也比招呼亲孙女热络。

江小鱼倒是习惯了一老一小戏精似的会面。

“我都多久没见过你了，要不是生病了，这还看不到你呢！”

“我这不是没完成组织交给我的任务，羞于见你吗！”

“正好说到你的专业，那位阿姨也在为女儿犯愁呢。”江奶奶使了个眼色，唐棠立即闻到商机，眼睛晶亮地看向隔壁床。

外貌70、气质75，身上穿的休闲服虽说是去年的款式，倒也是正品，可见经济能力也能达到70左右。她勾了勾嘴角，立即打招呼：“你们好。”

“你好。”阿姨们纷纷回应，不过隔壁坐着的小姑娘在回应的时候腰板又挺直了一些。

女人嘛，难免要比较的。江小鱼的长相只能算是清秀，对女人来说毫无威胁感。可唐棠这种美艳型的就不一样了，基本上能百分百挑起对方的战斗欲。

“不知唐小姐在哪里高就？”

“我在网站做销售。”唐棠说得含蓄，对方一听，紧绷的面色明显放松一些，似乎找到了强于对方的优势。

她转向江小鱼：“您呢？”

“她在从简科技做程序员。”唐棠抢白，江小鱼硬把“厨”这个字吞了回去。

“从简科技？”对方发出质疑。

唐棠肯定：“对呀，从简科技，就是做家用电器的那家。”

小姑娘眼神怪异地看了看他们，慢悠悠地“哦”了一声：“那还真是巧，我在从简科技做HR。我叫艾米，你叫什么？我好像在公司没见过你？”

江小鱼的身体瞬间僵住，这是假装小鬼，遇见了判官，要露馅了。

唐棠倒是面不改色：“那还真是巧。不过她刚入职不久，你们还没见过。”

“按理来说新人入职应该先来人事报到，我怎么一点印象都没有？”这已经是赤裸裸的揭穿了，就等着看这两个说谎精怎么收场。

若是换个场合，江小鱼倒是不介意大方地承认自己撒谎，可江奶奶就在身边，她不想奶奶和她一起丢人，只能求救地看向唐棠。

唐棠安抚地看她一眼，这点小事根本算不上风浪。别说冒充一下大公司的技术人员了，当初她为了拉客户，连跨国集团的总裁秘书都敢冒充，什么大风大浪她没经历过。

“一般的技术人员入职，你们HR肯定都见过，不过像我们小鱼儿这种高级技术人员，那都是你们老板要亲自上门去请的，自然不用去人事报到了。苏籽你认识吧，小鱼儿的入职手续都是他帮忙办理的。”

“苏助理？”听见“苏籽”的大名，艾米心里也有些摇摆，可这种什么老板亲自去请的鬼话，她是怎么都不会相信的。心下更觉得这俩人八成是不知道在哪里认识了苏助理，便拿着他的名字招摇撞骗。

“那可能是我孤陋寡闻了。”她嘴上客气，心下却盘算着一会儿部门主管会来探病，到时候是人是鬼就要现形了，“护士应该换班了，我先去问问有没有单间。”她笑着起身。

江小鱼和唐棠都松了一口气，江奶奶看着两个人的表情，皱着眉喊：“江小鱼。”

听见自己的大名，江小鱼心里又是一哆嗦，苦着脸面向奶奶。从小到大，奶奶只有在生气的时候才会喊她的大名。

“奶奶，你听我解释。”

“听着呢，说吧。”

江小鱼撇撇嘴，有点委屈。唐棠最看不得她这小可怜的样子，横了她一眼，拉上帘子，低声跟江奶奶解释了一番。其实这话也不算是全在说谎，她的的确确在给从简科技的老板打工，只不过不是技术人员，而是厨娘罢了。

江奶奶听完，眉头舒展开，又想到孙女的婚事，开口劝道："其实我觉得乔木就挺好的，我能看出他喜欢你。那孩子虽说没什么大出息，可为人老实，又孝顺……"

"奶奶……"这娇滴滴的一声自然不是江小鱼喊的。唐棠挥了挥涂着大红指甲的纤手，"您怎么不说说乔胖子的懒惰和不上进呢？他的确是个好人，可是好人多了，也不是每一个都适合小鱼儿。她要是和乔木合适，我早八百年就撮合他们了。小鱼儿没有靠山，她需要一个立得住的男人，而不是找一个靠她立着的男人。乔胖子当朋友绝对是一百分，当老公的话，六十分都未必能打。"

这话虽然不好听，却是百分百的大实话。江奶奶叹了口气："我就担心看不到她找到那个立得住的男人。"

"您老一定会看到的。"唐棠眨眨眼，明显在暗示什么。江奶奶接收到暗示，心下一喜，闭眼想了想，再睁开眼时眼睛一亮："我怎么隐约记得，昨晚除了你乔叔叔和乔木，还有一个男人陪着你？"

姜果然是老的辣。唐棠眯眼笑了笑，也假装不知地看向江小鱼，明知故问："谁呀？还有人陪你来医院？"

一块老姜、一枚奸妃，江小鱼怎么可能是对手，正纠结该怎么解释宁从简大晚上的陪她来医院这件事，艾米气呼呼地回到病房："我明明看见有单间空出来，护士偏说没有，一会儿我就去投诉他们。"

"算了，在这里热热闹闹也挺好。"

"好什么呀，一会儿来一个抢救的，根本没办法休息。这种大病房什么人都有，也是真够热闹的。"这话听着就有些针对性了。

江小鱼的脸瞬间冷了下来。

唐棠不轻不重地哼笑一声，掏出手机发微信。

不一会儿，几声高跟鞋的声音响起，艾米忙起身，之前的阴霾一扫而空，满脸堆笑地迎出去："主管，您这么忙怎么还来了？"

“应该来的，阿姨入院当天你还加班到半夜，这种敬业的员工，公司一定要慰问的。”主管的声音越来越近，直到走到床边，询问了艾米母亲的病情，又对艾米的工作进行了表扬，声音轻缓，很是得体。

这时，护士推着工作台来给换药，走到江奶奶的病床边说道：“您老人家可以搬进 303 了，那边都已经收拾好了。”

“好的，我们……”

不等江小鱼把话说完，帘子“唰”的一声被拉开，艾米的脸上明显带着气愤：“他们搬去 303？明明是我们先提出换单间的要求，为什么后来的反倒先搬进去？”

护士翻了翻记录本才答道：“这位患者年纪过大，病情也比较严重，所以才让他们优先住进单间。你们如果还有什么疑问，可以去找护士长了解情况。”

“我一定会去找的，不仅找护士长，还要去医患关系科投诉你们。”艾米越说越气，目光落在江小鱼身上，怒意似乎也被转移了，“我不是针对你们，主要是对医院的排序有质疑。我们都是同事，希望你别计较。”她话音一转，“主管，您一定认识这位新入职的高级技术人员吧，据说是老板亲自签的人。”

来探病的主管被说得一愣，看向江小鱼时满眼迷茫，明显是不认识的。

江小鱼的头皮都僵了，这叫什么事呀！

“您好，我是从简科技的人事部主管苏子叶，不知您贵姓？”

“免贵姓江，江小鱼。”她硬着头皮应酬。

苏子叶凝眉想了想，可是任她再如何想也绝不会对这个陌生的名字有印象：“不好意思，可能是我一时疏忽，没能记住你。不知江小姐现在在哪个部门任职，主管哪部分工作……”

“她在总裁办任职，是我特聘的技术人员。”犹如天降的声音惊了一众人，江小鱼却是狠狠地松了口气。

宁从简瞄了一眼她的小屄样，按捺着想笑的冲动，保持住老板的高冷。

艾米和苏子叶看见老板真是惊了一下：“宁总，您怎么来医院了？”

“怕她忙不过来，我过来看看有没有什么能帮忙的。”这个“她”字莫名有些暧昧，艾米脸上的神色瞬间变了。苏子叶倒是庆幸刚刚对这位江小姐很是礼貌，不然可就得罪大人物了。

“既然你来了，那我就走了。”唐棠开口与江奶奶道别，“奶奶，我改天再来看您。”她的目光落到临床，笑起来眉眼间均是风情。她从手包里摸出一张名片递给艾米和苏子叶，“两位有需要可以联络我，入会给你们打折。”说完她招招手，眼梢挑了挑，竟是连女人都不放过地放了电。

宁从简看了看摇曳生姿走出去的背影，替兄弟感到心塞，怎么就喜欢上这么个玩意儿？千年的道行，哪是那么容易就镇得住的。

回头再看呆萌萌的江小鱼，他的心情瞬间敞亮，女人还是单纯点好。

他下意识地抬手在她的头上揉了揉，即使被挥开手也不恼，笑嘻嘻地上前与江奶奶打招呼。江奶奶自是一副相看孙女婿的目光，越看越满意。等护士来推床换房的时候，老太太竟自己坐了起来，简直是神奇。

换好了房间后，科室主任亲自来问诊，又看了昨晚的检查结果，笑容可掬地对老太太说：“婆婆，没什么大问题，以后饮食清淡一些，最好每半年来复查一次，按时通通血管就不会有这种突发症状了。你们这些老年人可不能不服老，好多疾病都可以早预防、早治疗，就不用遭罪了。”

江奶奶笑呵呵地答应下来，江小鱼也松了一口气。

宁从简将主任送出病房，两个人都是客客气气的，倒是瞧不出什么关系。等他再回来时，江奶奶已经睡着了。江小鱼被他叫到走廊上：“医生说了，再打三天针就可以出院。他们给派了一名护工，下午你回去好好睡一觉，有护工看着，你不用担心。”

“我守着就行，不用雇护工。”

“你不用管，人家既然都派过来了，我领情就好，退回去反而让人多想。”他微微一笑，拍了拍她的头，“公司还有事我就先走了，你听话，乖一点。”

江小鱼的心瞬间酥了一下，宁从简已经转身，走出几步后还转身冲她挥挥手，示意她进病房去。殊不知他此时的每一个小动作，在她的眼里就像按下了慢播键，每一帧画面都令人动心不已。

第八章
鲍鱼炖土豆

宁从简的这句“有事”还真不是推辞之言，他离开医院就直奔公司。躲了他好一阵子的欧芹终于现身了，老狐狸主动联络了苏籽，也不知是要卖什么药。

不过他们的新产品的确需要这位厨协主席的背书，如果他肯帮忙宣传，产品推介便事半功倍了。

“欧主席大驾光临，真是令我们从简科技蓬荜生辉啊。”

“宁总就不要恭维我了，也别那么见外。我们家莳萝念叨宁总的名字比喊我都多。”欧芹是北方人，个高偏瘦，厨子起家，能坐到厨协主席这个位置，心机和能力均是不容小觑。

看来这次欧芹主动伸出橄榄枝，还是托了欧莳萝的福了。不过他一想到那个疯女人，便是一阵心塞。他面上不显，却是没接他的话，转了话题邀请他参观新品展柜。

宁从简亲自陪同，在公司转了整整一个下午，饿得头晕眼花才把这位老狐狸给送走。苏籽知道江小鱼奶奶住院了，见老板捂着胃，便劝道：“您一天没吃饭了，我帮您点了份餐，多少吃一点。总不能江小姐在医院陪护，您就绝……”

宁从简眯着眼瞪他，后面那个“食”字被生生吞了回去。不过就是苏籽不说，宁从简心里也明白。可他只想吃自家厨娘做的饭菜，有什么办法呢。这些日子，他的胃口算是彻底被江小鱼给养刁了。

他郁闷地道：“送我回家，我记得她的冰箱里还有几罐腌菜和速冻馒头。”

就连速冻馒头和腌菜都比五星饭店的大厨精心制作的菜肴好，苏籽几乎要怀疑老板是不是爱上那位厨娘了，简直就是情人眼里出西施。只是这话他是绝对不敢说出口的，麻溜地把人送回去，还主动提出帮忙去热馒头。

苏籽见宁从简熟门熟路地按开江小鱼家的密码锁，脱衣服、换鞋一气呵成，比在自己家还自在，心下的怀疑更深了几分。等他低下头脱鞋，宁从简突然用力吸了吸鼻子，沉郁的神情瞬间转晴。江小鱼家的厨房自动门缓慢打开，挥着锅铲的江小鱼探出头，对于他的来访也不意外，指了指他丢在鞋架上的衣服，下发口令：“挂好，洗手，准备吃饭。”

苏籽愣住，是谁给这位厨娘的胆子，敢这么对着老板吆喝。他绞尽脑汁想化解尴尬的办法，想象中应该暴怒的老板，居然一句话都不反驳地乖乖挂衣服、洗手，然后真像个小学生似的坐在餐桌旁边等着开饭。

OMG……谁能告诉他，这段时间发生了什么？

江小鱼端着饭菜上桌的时候，就看见宁从简像往常一样在等开饭，只是苏籽瞪着眼站在门口是什么意思？她不由得开口：“苏助理，一起吃点。”

“哦，好……”苏籽话都没听清就答应了，答应完想明白后又立即拒绝，“不用不用，你们吃就好。”可说完他还是站在原地没动，眼睛在俩人之间看来看去。

宁从简蹙了蹙眉，不太情愿跟人分享与江小鱼共餐的时间。但想到苏籽因自己一日未食也跟着饿了一天的肚子，这点不情愿就变得有些不近人情了，于是开口道：“你也饿了一天了，过来尝尝小鱼儿的手艺。”

“不了不了，我也回去陪陪家人。宁总和江小姐吃，我就先告辞了。”苏籽总算是找回理智，果断告辞。

宁从简满意地点头，心下赞了助理的识相。

江小鱼也没挽留，回到厨房将炖得烂熟的鲍鱼土豆盛入白瓷大碗中，又撒了细碎的葱末添了些颜色才端上桌。鲍鱼炖得正是软嫩可口，土豆入口即化，沾着鲍鱼的香汁，拌上米饭，那滋味不可言说。

宁从简自小挑食，家里也是变着法地给他做新鲜的吃食，自认为在吃上有些见识。可自打遇见江小鱼，总能被她的“平民菜色”刷新菜单，每每都会惊艳。

见他吃得喷香，江小鱼得意地弯弯唇，却没坐下一起共餐的意思。

“你怎么不吃？”宁从简不满地问。

江小鱼从厨房拎出饭盒：“我去医院陪奶奶吃，你吃好了回去就行，我晚上回来再收拾。”她说着话，拎着包便往外走，根本不给人抗议的机会。

宁从简端着饭碗看着关上的门，嘴里含着的半口米饭好似遽然变了味道，机械地嚼了嚼，却再没有刚刚那种恨不得吞了舌头的香劲。

他愤恨地用筷子叉了一块土豆，凶巴巴地塞进嘴里，边咀嚼边嘟囔：“扫兴！”

江小鱼匆匆赶去医院，就怕江奶奶饿了，下了电梯几乎是小跑着往病房里走。见护工坐在门口，她微微一怔，狐疑地琢磨是不是抓到了工人躲懒。走近一问，护工答话有些支支吾吾，只说来了人探病，正在里面吃饭，她就出来坐坐。

来了什么人，还得让护工出来坐？

江小鱼满腹疑惑，走到门口透过玻璃窗一望，屋里竟多了一位老人。

老爷子也是满头白发，隔着餐桌与江奶奶对坐，掰了半块发糕递给江奶奶。奶奶咬了一口，不知说了什么，又将发糕退了回来。老爷子二话不说就接过来，毫不嫌弃地吃了。

明明两位老人没什么亲密的举动，可那份自然亲切莫名地透着亲昵和幸福，让人不忍打扰。

“江小姐，我……”护工似乎还想说两句，江小鱼摆摆手表示自己不在意，并将饭盒递给了她，“原本是给奶奶带的，既然她已经吃了，你若不嫌弃我的手艺，就去休息室吃一点吧。”

护工接过饭盒，连连道谢，拎着饭盒走了。

江小鱼坐在门口，脑子里却是回放着刚刚看到的一幕，隐隐有些羡慕，又有些理解奶奶期望她成家的原因。

当两个人的爱情变成亲情，白发苍苍依旧相伴，那才是一份感情最浓、最美、最长的陪伴。

奶奶是希望她老了有个伴，而她又何尝不希望呢？

有谁天生就喜欢孤单？不过是孤单久了，变成了习惯。

江小鱼并没有打扰两位老人的甜蜜时光，第二天也假装昨晚未曾来过，还问她昨晚吃了什么，饭菜合不合口。

她不追问，反倒被奶奶盘问了起来。

“别管什么饭菜，我这么大年纪了，吃什么都一个味道。”奶奶拉着她坐下，“你倒是和我说说，昨天那位先生和你是什么关系？你可别跟我说没关系，没关系人家会替你解围，又给我安排单间，还派了护工来照顾？”

江奶奶就差直言——你们的关系匪浅。

江小鱼有些头大，除了实话实说，真心编不出什么瞎话来。

“这么说你和他只是雇佣关系？”江奶奶看着孙女，满眼精明，“我觉得不是那么回事，你对他……”

“奶奶，”江小鱼立即打断，“他就像个没长大的孩子，根本没玩够，绝对不是适合我的对象。您啊，就别乱猜了。”

看她这急于解释的样子，就证明江奶奶不是乱猜。不过她太了解自己这个孙女了，向来主意大，除非她自己想通，不然谁说什么都没用，有时候甚至还会起反作用。

她摸着孙女的手：“你呀，就是太要强了。有时候女孩弱一些也不是坏事。”

听了这话，江小鱼瞬间想到了宁从简的三大招“撒娇、柔弱、装单纯”，看来这三招也不是什么不为人知的绝学，连她奶奶都知道一招半式。

她暗自好笑，殊不知江奶奶看着孙女一脸含笑的模样，已经认定了宁从简这个孙女婿。孙女有了对象，江奶奶高兴得不得了，病情好转得也很快。

出院的时候是乔木来接的，江小鱼劝了许久让奶奶跟自己回家，奶奶都不肯，坚持和乔木回养老院，只说那边都是些老友，每日说说笑笑才有意思。江小鱼猜那个来探病的老爷子也是这老友中的一员，便歇了嘴，不再劝了。她只嘱咐乔木照顾奶奶，顺便让他过几日去家里取一些自制的酱料。

乔木自是连连答应，欣喜于自己总算从江小鱼的黑名单里被拉了出来。

办完了出院手续，江小鱼回家前先绕到超市买了菜才回家。这些日子为了照顾奶奶，难免忽略了宁大老板，没少饿着他。这回奶奶出了院，她要好好做一顿他爱吃的菜犒赏一下他。

采购了一大车的食材，江小鱼不得不联系宁从简让他下楼接一下。宁从简一听有大餐，想到两个人温馨地大吃一顿，满腹喜悦地下了楼。结果等俩人大包小包地上了楼，家门口却立着两位蹭饭的不速之客。

“你怎么来了？”宁从简瞪着甘菘，一脸的嫌弃毫无遮掩。

“你什么语气啊？好像我多愿意来似的。再说了，我也不是来找你的。”

“那你找谁？”这回可不单单是嫌弃了。

“我来找江小鱼。”

“你找她干吗？”

“你管我找她干吗？”

俩人你一句我一句地抬杠，唐棠挑了挑眉，含笑接过小鱼儿手里的袋子，让她空出手开门。

江小鱼和唐棠直接进了厨房，两个大男人在客厅里无穷无尽地抬杠，幼稚得让人无语。唐棠向来十指不沾阳春水，等江小鱼洗完菜，拿了根黄瓜靠着门框边啃边说：“我怎么觉得你和宁大少爷之间有点不一样的味道呢？”

“什么味？葱味还是蒜味？”江小鱼将骨棒放置在菜板上，用刀背在骨棒中间猛地一砸，翻过来再砸一下，然后徒手就将骨棒掰成两段。

唐棠吞了吞口水，都到嘴边的调侃就着黄瓜咽下肚去。她莫名地觉得找个厨师伴侣也挺可怕的，万一哪天翻了脸，分尸都不需要准备工具和教程。

她生生打了个寒战，再看向一脸无害的江小鱼，感觉自己胡思乱想得莫名其妙。

江小鱼熟练地将骨棒焯出血水，然后放入砂锅中煲汤。料理好骨棒，她又走回水池边处理基围虾。去腥线、开背、摆盘，在她的小手下轻松地一气呵成，看得人叹为观止。

色香味俱全的满满一桌菜，不到两个小时就端上了桌，看着就让人食指大动。

三位等吃的闲人拿筷子倒是挺快的，却被一句“先喝汤”给叫停了。一个人一碗大骨浓汤，汤里飘着些细碎的香菜和香葱。甘菘一看香菜，立即瞟向某位挑嘴的少爷，心里琢磨着万一少爷发作该如何解围。结果没等他想，宁从简已经拿着汤匙一勺一勺地喝起汤来，并且一脸享受的表情。

甘菘满脸惊讶，看向淡定如常的江小鱼，可见这已是常态。

这个女人不得了啊，挑食成病快三十年的人在她手里三个月便改了毛病。除了“爱情”，他似乎只能想到“奇迹”二字。

吃饱喝足，甘菘和唐棠总算是想起来这里的正事。

“网站每年七夕都会举办一场周年庆，邀请的均是业界的翘楚以及红娘网的超级会员，说白了就是上流社会的大型联谊。我觉得你一直找不到动心的感觉，或许是你的圈子局限了社交，以及你从前认识的男人根本就不够优秀。倒不是说这些贵公子就是人中龙凤，可是他们从小受到的教育以及优越的家庭环境带给他们的眼界的确让他们在某些方面优越于普通人。找对象倒是其次，见识一下，多认识几个朋友，这种场合还是很值得去的。”甘菘说完，递给江小鱼一张邀请函。

这种级别的宴会，像江小鱼这种“平民百姓”，别说参加了，就连听说都没有听说过。她下意识地看向唐棠，明显对其很是依赖和信任。

宁从简对于她这种雏鸟感觉很是不爽，替她接过邀请函，直接应道：“正好，我陪你出席。”

一句话，令三个人都惊讶得睁圆了眼睛。

甘菘的眼角抽了抽，劝道：“虽说不是奔着找对象去的，可身边带着您这么优质的男士，别的男士就是对小鱼儿感兴趣，也会羞于靠近。”

宁从简却是丝毫没听明白这劝说中的暗示，哼了一声：“那种靠近都不敢的尿货也不在我们的考虑范围，正好自动淘汰。就这么定了，我陪小鱼儿……”他扫了一眼还是处于呆愣状态的三个人，莫名地有些心虚，清了清嗓子又补充一句，“你陪唐棠，搭伴一起去。”

甘菘无语，不过想到唐棠能做自己的女伴，眼睛一亮，自然不会拒绝，立即调换阵地，点头赞同。

江小鱼倒没什么意见，只是觉得选男人也搭伴怎么听怎么有点别扭。

唯有唐棠，嘴角微勾，看傻子一样看着心思各异的三个人。原以为宁大少爷是个聪明人，可如此看来，也没聪明到哪里去。

又或许，每一个陷入爱情的男女都是傻子。

她又看向甘菘……嗯，这只哈士奇属性的大熊最傻！

红娘网的七夕年庆为了方便来宾社交，特意安排成西式酒会的形式。会场内可谓是衣香鬓影，觥筹交错。江小鱼第一次出入这种场合，很是拘谨，再加上身上的抹胸礼服，总有种会掉下去的感觉，让她极没有安全感。

看着她不停地扯礼服，宁从简偏头贴着她的耳根提醒：“别拉了，掉不下去，当众整理衣服很失礼的。你看那边那位，穿了跟没穿一样，也没像你这样紧张。”

江小鱼有点脸红，顺着他的视线看过去，一位正举杯向他们致意的女士穿着一件只有两根带子的礼服，丰满的胸部大半都露了出来，甚至给人一种要把那两根带子给撑断的错觉。

她吞了吞口水，由衷地赞叹：“真大。”

宁从简险些没喷出一口酒来，侧头见她还盯着人家的胸看，又好气又好笑，真想在她头上敲一下，问问她一个女人有什么好看的，自己又不是没有，只是小点罢了。

那位女士明显也感觉到了江小鱼的目光，视线在她的胸口滑过，嘲讽地一笑，腰板挺直了离去，行走间的波动简直就是赤裸裸的鄙视和炫耀。

江小鱼只能望“胸”兴叹，毫无反击之力。

女人间的小较量，宁从简完全没有注意。甘菘带着唐棠走过来，四个人凑在一起，假模假式地端着酒杯交谈，内容全是对会场里的男士品头论足——

“窗边站着的那个眼镜男看上去不错，文质彬彬，斯文内向。我观察他很久了，从入场起就站在角落品酒赏景，最重要的是对于来搭讪的女人他拒绝得很干脆。”唐棠有些跃跃欲试地想让江小鱼去认识一下，正帮她想搭讪的开场白，就被宁从简兜头泼了一桶冷水。

“文质彬彬的未必是斯文内向，也有可能是斯文败类。他站在角落里也未必是品酒赏景，或许是很清楚自己站在那里就是一道风景，孔雀开屏般地吸引异性。至于你说的拒绝搭讪，只是因为过去搭讪的都太丑了。不信你自己过去试试，看看他会不会直接塞房卡给你。”话音刚落，就又有一位搭讪者靠近那位男士。男士一反常态地热络，还端了酒给来搭讪的美女，俩人聊了几句便相携着离开了。

宁从简得意地挑眉，唐棠不服气地扫视会场，指着一位很活跃的男士道：“那位也不错，一表人才，样貌英俊，长袖善舞，很会照顾人。”

“的确很会照顾人，典型的家里红旗不倒，外面彩旗飘飘。”

“那坐着的那位，一脸憨厚，肯定是居家好男人。”

宁从简看了看坐在门口的西装男，然后用那种“你疯了”的眼神看向唐棠，“啧”声道：“你这什么眼神啊，看不出那是会场的保镖吗？”

甘菘被狠狠地呛了一口酒，今天也不知道这俩人吃错了什么药，竟是跟斗鸡似的相互啄着。为了不让俩人在这里大打出手，他找了个理由把宁从简给扯走了。

等人一走，唐棠脸上的愤慨立即退散，眼里满是玩味，瞄着江小鱼的眼神有些吓人。

“你干吗用这种眼神看我？我又没惹你。”江小鱼怕怕地摆手，下巴却被唐棠用指尖挑起。

看着她圆圆的小脸，眉眼纯良，清秀有余，没想到还真对上了宁大少爷的口味。

“你……你……你要干吗？”江小鱼被她吓得说话都结巴了。

唐棠松了手，微微一笑："不干吗。"就在江小鱼松了口气嘟囔"神经"的一瞬间，她突然又说，"宁从简喜欢你。"

江小鱼握着酒杯的手一抖，连呼吸都停滞了一瞬，心里"啪"的一声，像敲碎了什么。

"哈哈哈——怎么可能，这个玩笑一点也不好笑。"

"谁跟你开玩笑，就凭姐姐我这双眼，男女之间的荷尔蒙一波动我就能看见。不喜欢你……干吗对我给你选的男人挑三拣四？"

"那是因为他秉着认真负责的态度在帮我选对象。"江小鱼端起酒杯喝了一大口，却根本压不住躁动的心。

"是吗？我看他就快把他自己送到你……啊——"唐棠突然被撞了一下，酒杯一歪，正好把酒泼在了江小鱼的胸口。

"怎么回事……"

"不好意思……唐棠？"撞到唐棠的男人惊喜地叫出声，可这一声对于唐棠和江小鱼来说却只有"惊"没有"喜"，甚至是噩梦一般的存在。

江小鱼愣在原地，手还覆在被红酒染红的胸口，脑子里却回荡着唐棠之前说的那句"就凭姐姐我这双眼，男女之间的荷尔蒙一波动我就能看见"。眼前人的出现却像是对那番大话的打脸，又或许七年前的唐棠还只是一只道行颇浅的小妖，看不出男女之间的荷尔蒙，不然也不会被人绿得那么惨了。

二十岁的年纪正是天真烂漫，二十岁的江小鱼是个内向苦读的小姑娘，食堂、宿舍、教学楼三点一线；而二十岁的唐棠已经是系里风头正劲的系花，正扎在校园这个社交圈里为校花的名头而奋斗。

一个苦于如何能拿到第一名的好成绩，一个奔波于拿到第一美女的名号，原本不相干的两个人却因为一次事故和一个男人有了交集。

那天学院刚发完奖学金，江小鱼揣着三千元现金抄近路回宿舍，美滋滋地想着怎么告诉奶奶这个好消息。谁知她胳膊被猛地一拉，一件外套兜头套下来，装着钱的信封被一把夺去，接着便是一顿拳打脚踢。她怕极了，根本无力反抗，只能死死地抱住头，祈祷能有人经过。

老天爷似乎真的听见了她的祈祷，一个尖锐的女声霍然响起："你们在干什么？"

不过似乎并没有起到什么威吓作用。

几个流氓看清来人的容貌后，贼心没被吓跑，反而起了色心。

"哎哟，这是哪儿来的小仙女啊，跟我们哥几个出去玩玩吧。"

"呸，你们几个识相的就赶紧走，不然我可要叫人了。"女孩故作凶悍，可颤抖的声音出卖了她的紧张，不仅没吓退流氓，反而让那些流氓更加兴奋。

江小鱼有点绝望，挣扎着想反抗，却被一个人死死地按着。不知道是不是刚刚被打到了耳朵，耳朵里一直有嗡鸣，外界的声音变得极为混沌。她只能听见呼救声，以及一阵混乱的脚步声。等按在她身上的重力消失，头上的外套被掀开的时候，面前便出现了一张白净斯文的脸。他向她伸出手，声音低沉且温柔："同学，你没事吧？需不需要去医院？"

她想她的耳朵一定是被打坏了，不然怎么会屏蔽全世界的声音，唯独听见他的问话。

她傻愣愣的模样大概是有些吓人的，救她的同学恐她是被打傻了，背起她就往医院跑。三个人在医院折腾到下半夜，都检查完确定没问题了才松了口气。

江小鱼很不好意思，讷讷地向两个人道谢："我是计算机学院的，今天真的谢谢你们了。明天我请你们吃饭，我刚得了奖学金。"说完她下意识地去摸口袋，这才想起奖学金刚刚已经被抢了，又是一阵脸红。

原本挺沉重的气氛，却莫名地逗笑了两个人。

男同学拍拍她的肩："我是财经学院的黄芪，今天也刚得了奖学金，明天还是我请两位美女吃饭吧。"

"那怎么好意思呢？我请，我请。"江小鱼急忙说。

一旁站着的女同学闲闲地打了个哈欠："我也是计算机学院的，叫我唐棠就行。作为从没见过奖学金为何物的人，也就不抢着请客了。明天十二点，海天阁吃海鲜，你们俩谁请都可以，我只负责吃。"

此话一出，三个人都笑了。只是江小鱼不知，在她偷偷瞄着黄芪，心怦怦跳的时候，唐棠已经悄悄挠了黄芪的手心。

而黄芪的眼睛看着江小鱼一眨一眨地放电，手指却是紧紧钩住了唐棠的指尖，像个导电体一样把这两个互不相识的女人联系到了一起。

"小鱼儿也在！"惊喜的声音将江小鱼从七年前的回忆里拉回到现实中，此时再看黄芪，丝毫没有怦然心动，只有厌恶和恶心。

"你们俩居然还是朋友？"这句质问带着满满的恶意。

唐棠挡在江小鱼面前，像一只护小鸡的母鸡。

黄芪一见，闷声笑了笑："这么多年不见，你还和以前一样。咱们谈恋爱的时候你就对她比对我好，你们俩不会真的是……"

"你放屁！"唐棠破口大骂，音量略高，一下子便打破了会场内的优雅气氛。

江小鱼捂着胸口上前拉她，面对黄芪这种没有底线的人，她们做不到像他那样不要脸，便已经是输了。

唐棠却是咽不下这口气，一如当年。

"你的嘴还和从前一样臭，看来马桶水也没给你冲干净，反而让它更臭了。"

黄芪脸色一变，眼里透出怨恨，不过随即又笑了笑，给身边的朋友介绍道："没想到这么巧，这两位都是我的前任。"他的音量略微高了一些，引起了周围人的注意，“怪我年轻不懂事，当时在她们两个人之间难以取舍，导致我们三个人最后不欢而散，我一直引以自责。殊不知这个年头爱情不仅仅是不在乎身份和地位，连性别都可以跨越了。”这种暗示让场内一片唏嘘。

黄芪一副深情款款的模样：“唐棠、小鱼，看到你们和好我真的很高兴，祝你们幸福。”

“祝你……”唐棠端起果酒，抬手就要泼，手臂却被人一把攥住。她已经气红了眼，怒目相对，“放开我。”

与此同时，江小鱼僵硬的肩膀上披上了一件西装外套，左肩被大手紧紧地揽住。肩膀上的温暖让她微冷的身体瞬间缓和，冰冻已久的心也似乎在这一刻迎来了春归。

甘菘双手圈着唐棠，以防她冲上去咬人。宁从简带着江小鱼上前一步，正视黄芪。能来参加这场宴会的人没有不认识他们二人的，此时见他们如此亲昵地抱着，均好奇地围了过来。看见他们，黄芪的脸上也是青红交加，很好看。

“黄公子，许久不见，前几日我还听ACD的张小姐说你们俩好事将近，怎么您还会出现在这种单身派对上呢？”

黄芪强撑着应对：“我和Miss张一个月前就分手了。”

“哦，可三天前张小姐还说自己有了宝宝，要尽快离职回去准备婚礼，还要为了你相夫教子在家做全职太太呢。”

“怎么可能？孩子不可能是我的……”黄芪完全没料到宁从简会认识Miss张，被当众揭穿，一时间根本编不出什么能遮盖过去的谎言。

场内又是一阵唏嘘，宁从简“啧啧”两声：“看来黄公子这拈花惹草不擦嘴的风格一如当年啊。”他笑了笑，侧头对着江小鱼撒娇般地抱怨，“你年轻的时候眼睛可真瞎，好在现在眼神还不错，选中了我。”说完，他轻轻地在她的发际边落下一个吻，一脸宠溺的模样，俩人之间的关系自是不用言说。

黄芪有些不敢相信，江小鱼的家庭状况他自然清楚，宁家怎么可能娶一个无父无母又无才无貌的小孤女。

可事实就在眼前。

这一吻不仅黄芪一个人震惊，就连挣扎着要打人的唐棠都立在原地乖乖地任由甘菘抱着，哪里还有什么愤怒，微微勾着嘴角就差喊一声“干得漂亮”了。

干得漂亮的宁大少爷直接搂着人离场，帅哭了一众女宾客。

江小鱼从最开始的惊讶到难堪，再到茫然，直到坐在车子上，似乎才感觉到一丝真实。可是她抬手摸一摸发际线的位置，那轻轻的触碰又似乎变得不真实起来。

他吻她了？

“前男友？”宁从简突然开口。

江小鱼愣怔了一下才点点头，想到黄芪，胸口又像是吞了一只苍蝇一样恶心。如果可以，她这辈子都不想再见到他。

“初恋？”

江小鱼又点了点头，情绪更加低落了。

这种情绪似乎感染了身边的人，宁从简突然就觉得这车内的空间有些逼仄和压抑。他降下车窗，任由夜风吹入车内，感觉到身边的人抖了一下，又默默地关上窗。

一路安静到家，走到门前，两个人都定在门口。

“想听故事吗？”

“想喝酒吗？”

两个人异口同声，目光碰在一起，突然就笑了。

“我有故事。”

“正好，我有酒。去你家喝？”

“好呀。”江小鱼打开门，等她从冰箱里搜刮出一些下酒菜，宁从简也拎着酒进了屋。他手里拎着两瓶，腋下还夹着两瓶，竟是一副不醉不归的架势。

比之宁从简带来的高级红酒，江小鱼的故事就显得有些俗套了。

“我们在自习室约会的时候被唐棠撞了个正着，他大概从未想过唐棠会去自习室，所以完全不知道如何解释，就这么赤裸裸地被‘抓奸’了。我也完全是蒙的，唐棠也蒙，在我们谁都没反应过来的时候，我就已经被他推了出去。”

“他说是你勾引他的？”

“嗯。”江小鱼灌了自己一大杯酒，似乎这样才有勇气接着讲下去，“的确是我先约他的，也是我先说喜欢的……可是我真的不知道他已经和唐棠在一起了，我居然成了插足者。我看着唐棠举起手，躲都不敢躲，甚至觉得就让她打吧。”虽然已经过去多年，可每当我想到那个时候的愚蠢，都恨不得给自己一巴掌。

“关你屁事，该挨打的是那个渣男。”宁从简怒其不争，直接用杯子和她的额头碰了碰，瞪着她干了一杯。

江小鱼默默地也干了杯，眼神有些迷离，眼眶红红的，嘴角却勾了起来，点着头说：“唐棠也是这么说的，所以那一巴掌才没打到我脸上。她狠狠地教训了黄芪，几乎是将他从自习室给打了出去。”

“彪悍！”宁从简直接给唐棠竖起了大拇指。

江小鱼苦笑：“不过黄芪吃了亏、丢了脸，心里有些愤愤不平。学期末的时候，他故意在唐棠考试前激怒她，让唐棠错过了考试。我知道以后，便黑了学院的网站给唐棠改成绩。唐棠的成绩出来后，他又写匿名信举报。改成绩这件事最后还是被查了出来，若不是教授力保我，我险些无法毕业，所以最后学院只是取消了我保研的资格。”

其实她对读研并没有那么执着，当初会选计算机专业，也是因为奶奶说希望她除了烹饪外还能有一技之长。可是被取消保研资格这件事却成了唐棠的心病，一直觉得是自己亏欠了她。

其实她们之间若真是说亏欠，大抵也是相互亏欠吧。

第九章

小排玉米汤

“黄芪怎么会说你们俩……”宁从简真的觉得这话扯得令人匪夷所思，“他脑子里怎么想的？”

“唐棠知道他举报了我，自然不会善罢甘休。据说是用马桶水给他漱了漱口，这种奇耻大辱黄芪也不会吃闷亏，不知从哪里弄了些我和唐棠的照片散布在学院的网站上，肆意抹黑我们。”其实那些所谓的“黑料”对江小鱼来说并没有什么影响，她独来独往惯了，身边人的指指点点漠视就好。可对于向来呼朋唤友的系花唐棠来说，绝对称得上是黑暗时期。

“那段时间唐棠的情绪很低落，直到我们毕业，换了新环境她才又自信起来。可是对于爱情和男人，我们似乎都留下了后遗症。她无法信任爱情，而我……”

“你怎么了？”宁从简也喝得有些醉了，倒好酒递给她，从沙发上移到地上，歪歪地靠在沙发上，整个人散发出一种慵懒的性感。他迷蒙着眼，靠得她极近，“来，偷偷告诉我，我肯定不告诉别人。”

江小鱼觉得自己像是被他蛊惑了，沉醉在他迷离的眼神里，控制不住地靠近。她躬下身，每靠近一分便觉得又醉了一分，脑子很空，心却很满，满得像要溢出来，忍不住倾诉：“她不相信爱情，而我不能靠近男人。那些男人的靠近让我觉得恶心，就像黄芪……”

“不是每个男人都那么渣的，我也让你觉得恶心吗？”他戳了戳她的脸，滑嫩的触感令他指尖微痒，像是找到了什么好玩的东西，伸手去摸她的脸颊。

江小鱼闭上眼感受他的触碰，没有厌恶也没有恶心，只有加速的心跳和控制不住的脸红。她在他的掌心摇头：“你不会。”睁开眼，两个人之间近得几乎要贴上了，鼻尖弥漫着红酒的香气，分不清是他的还是她的。她只知道，这香气彻底让她醉了，醉到控制不住自己，低下头，她的唇落在他的嘴角。

温热柔软的触感令她的心猛地一紧，心里却升起一股豁出去的勇气，用力地吻了下去。而随之感受到的回应，就像是投到雪碧里的薄荷糖，瞬间便炸开了。

这种感觉让她想一直就这么醉下去。

如果……和她接吻的人没有睡着的话。

宁从简倒在地上，手里还抱着空酒瓶，嘴唇微噘，似乎还保持着和她接吻的姿势。

江小鱼心里五味杂陈，哭笑不得，心里暗暗松了口气。她蜷着身子趴在沙发上，垂头看着他。

他很漂亮，是男人里少有的那种好看。既不是粗糙的男子汉，又不会精致得像伪娘。干净、英俊、爽朗，还有些烦人的骄傲和矫情。可就是这样优缺点都赤裸裸且毫不掩饰的性子，让人觉得这个人很安全，安全到让人不由自主地想靠近。

可偏偏他又是一件那么昂贵的奢侈品，即使靠得再近，也不在她的消费能力范围内。她没有为了一件奢侈品倾家荡产的勇敢，今晚就算是试戴了一下，也该满足了。

江小鱼贪婪地看着他，想把如此肆无忌惮靠近的他印在脑海里，看着看着眼皮就越发沉重了。

她不知道的是，当她的呼吸变得平稳，那个本该醉死的人却缓缓睁开眼，眼里一片清明，哪还有什么醉意。

清晨的第一缕阳光照进屋内，江小鱼的眼睛还没有睁开，先不舒服地呻吟了一声。脑袋沉得像要炸了一样，她抱着头从沙发上坐起来，整个人都是蒙的。地板上倒着四个空酒瓶，茶几上的下酒菜几乎未动，两个高脚杯，一个倒在地上，一个倒在沙发上，杯壁还残留着些许红色的痕迹，一室的狼藉让记忆一点点回笼。

江小鱼的动作一僵，用力地敲了敲头，忍不住低声呢喃："疯了疯了，真是疯了。"

说完，她下意识地捂住嘴寻找宁从简的身影，确定屋里没有人才狠狠地松了口气。再一看时间，才刚松了的那口气又提了起来，抱着头冲进洗漱间，然后急匆匆地准备早餐。

只是饭菜都冷了，她也没有等到那个准时准点上门讨吃的人。

江小鱼觉得头更疼了，不得不吞了颗止痛药，才去收拾客厅和餐桌。直到中午，对面还是没有声响。确定了他这一天都不会出现在自己面前后，她抓起钥匙便出了门。

大街上已经充斥着七夕的气氛，就连唐棠家楼下的电子广告屏都换上了七夕主题的巧克力广告。江小鱼路过那块广告牌的时候轻轻地踩了踩刹车，看着屏幕上相拥的男女，竟是控制不住地羡慕。

她也想有个人陪她过七夕，而不是做好了情人节套餐独自享用。

到了唐棠家，她站在门口眯了眯眼。

室内一片凌乱，空酒瓶、零食袋一地狼藉，眼前的场景居然和早上睁开眼时的场景莫名地重合。

她看向唐棠，头发凌乱，睡眼惺惺，真丝睡衣明显是胡乱披上的，脖颈上的吻痕尤为明显，昭示着昨晚的激烈。

“随便坐，我去洗把脸。”唐棠的声音有些哑，走路的姿势也怪怪的，进卫生间后还绊了一下，没忍住咒骂了一声。

听清那声带有颜色的咒骂后，江小鱼也差点绊了一下，默默地想：她和宁从简只亲了那么一下，似乎不算什么大事。

唐棠洗漱完，贴着面膜走进客厅。客厅已经被江小鱼收拾得七七八八，她大大咧咧地歪在沙发上：“别收拾了，你又不是来给我收拾屋子的。说吧，昨晚发生什么了？”

江小鱼系垃圾袋的手一顿，大眼睛往卧室的方向扫了扫：“这句话应该我问你吧。”

唐棠拍了拍脸，摆正了身体，若无其事地说：“你不是都看到了，我把那头熊睡了。”

“人呢？”

“走了，一大早就被某人的电话给叫走了，据说是要当恋爱导师去。”唐棠突然坏笑起来，有些幸灾乐祸，“宁大少爷找甘菘当恋爱导师，不亚于是有病乱投医。”

江小鱼有些紧张，脸微微一红。

“说吧，你们俩怎么了？睡了？”

她立即摆手，怎么可能！

“那就是亲了。”唐棠有些失望，恨铁不成钢地看着她，“别让我问，自己坦白。怎么亲的？谁主动的？有什么结果？”

“喝醉了，我主动，没结果。”

“没结果？白亲啊！”唐棠挺直腰板，激动得面膜都掉了。她这时也顾不上面膜了，直接撕下来丢到一旁，揪着江小鱼问，“亲完了你们俩就没说点什么？”

“不是都说喝醉了吗？亲完就睡着了，等我再睁开眼的时候，家里就剩下我一个人了。早餐、午餐他都没出现，然后我就来找你了。”江小鱼也有些气馁，像个做错事的孩子坦白犯错过程一样。

唐棠听完，摸着胸口大叫：“你说你，你让我说你什么好！简直是朽木不可雕，孺子不可教！”

这要是换了其他女人，就算不是真睡了宁大少爷，至少也要弄个睡了的假象。这位倒好，亲都亲了，还让人家给跑了。

江小鱼努努嘴，捂着脸呜咽一声：“其实他跑了我倒是松了口气……我也不知道我想要什么结果。”

额头被狠狠地戳了一下，唐棠恨铁不成钢，真想亲自上手看看这丫头的窍在哪里，给她来一锤子，直接砸开窍得了。

“能有什么结果？男女之间有什么结果？你就说你喜不喜欢他就行了！”

“喜欢就可以拥有吗？那我还喜欢乔布斯、喜欢钻石、喜欢男明星呢，又不是喜欢就可以占为己有的。宁从简那种人，我要得起吗？”江小鱼自嘲地笑了笑，咧开的嘴角被唐棠狠狠地掐了一把，“啊，疼！你怎么越来越暴力了！”

“我这是怒其不争你懂不懂！乔布斯是死人，钻石是东西，男明星是幻想，只有宁从简在你的生活中是真实的，你怎么会拿他和那些死物划为一类？再说他除了有钱，哪里比你强，有什么要得起、要不起的。你以为他若是对你没有意思，是你说亲就能亲的？呵呵，单纯。”

江小鱼想到昨晚的那个吻，无比确定自己是得到了回应的，只是那点回应还不足以让她自信到认为宁从简会为了她而放弃一片森林。

“我觉得我和他不合适。”

唐棠翻了一个大白眼：“姐姐，你都快单身癌晚期了还考虑什么合适不合适的。心动你就上，等脱单了再考虑以后。”

“可是……”

“没有可是，你就说你对宁大少爷动没动心就行了。”

“动心。”这一点，她无法否认。

“那就成了。”唐棠终于笑了，是欢欣雀跃的那种，“那就等着宁大少爷跟你告白吧！”

“跟我告白？”她没听错吧？江小鱼倒是很想等着宁从简告白，可看他那逃跑的架势，显然是不可能的。

“就是跟你告白。”唐棠无比自信，像是如来佛祖伸出五指山困住孙猴子一样握住拳头，勾起嘴角，眼梢微挑地开口，“告白这种事，当然要让给男士来做了。”

“就亲了一下？”

“就亲了一下。”亲一下他已经悔得要捶胸了，再有什么别的，真的就要以死谢罪了。

“你说我怎么就鬼迷心窍地亲了她呢？那个丫头哪里好？要脸蛋没脸蛋，要身材没身材，气质、阅历就更不用说了，还脾气古怪，性格孤僻。她除了会做饭，简直一无是处。我是喝了多少酒，竟和她亲到了一起去。我是喝了假酒吧？那酒谁送给我的？别让我抓住那个鳖孙。”

宁从简揪着头发原地转圈，满嘴胡说八道，暴躁得无处发泄。

甘菘松了松领带，已然无语。对于一个几个小时前刚刚和自己心爱的人身心相融的男人来说，根本无法理解他的暴躁。

“亲一下又不会怀孕，亲就亲了呗，酒有什么错？”

“江小鱼是能随便亲的女人吗？”宁从简对于他随意的态度突然暴怒。

甘菘被吼得一哆嗦，欲哭无泪地看着他：“你又不是没谈过恋爱，亲一下至于这样？”

宁从简颓废地倒在沙发上：“亲别人当然不至于，可我亲的是江小鱼啊。”他看向甘菘，拉了拉甘菘的领子，看见女人的抓痕，嗤笑一声，“如果江小鱼像唐棠这样，我也可以像你这样享受新恋情。因为双方都是成年人的情商，就算往后分开了，也不会对对方造成什么伤害。可江小鱼不一样，她这里……”他指了指胸口的位置，“根本没长大，还是个孩子。”

甘菘不服气地把衣领拉好，对他的话不予苟同，谁家的宝贝不是个孩子啊。

“别以为就你家江小鱼单纯，我的唐棠也不是说亲就亲的。还有，我和唐棠那是奔着结婚去的，我们恋爱目的明确，所以做什么都不心虚。你之所以慌成这样，是因为你根本就没想过对人家负责，没想过要和江小鱼在一起一辈子。”

“一辈子？”宁从简被这三个字给吓到了。

他连自己一辈子怎么活都没想过，又怎么可能想过和哪个女人一辈子。

“对，就是一辈子，尤其是江小鱼这种无恋爱史的简单女人，一旦陷入爱情，那就是生死相依、不离不弃。若是你敢始乱终弃，她必然你死我活……兄弟，你可得考虑清楚。”

“甘菘，我是让你来出主意的，不是让你来吓我的。”宁从简更慌了。

甘菘耸肩：“是不是恐吓你自己心里明白。现在摆在你面前就两条路，要么和她楚河汉界分清界限，不要轻易越界；要么干脆臣服，还解决了你的温饱问题。”

“我要第三条路。”

“她可不是外面那些能和你玩暧昧的女人，有没有第三条路你心里明白。”

宁从简再一次抓狂，想到昨晚那个吻，脑子更加迟钝。楚河汉界他做不到，干脆臣服又不甘心。好奇心让他靠近，可求生欲又让他远离。

江小鱼，我到底该拿你怎么办呢？

俩人沉默半晌，他似乎想明白了一些东西，仰靠在沙发上道：“我都不相信我自己能对她负责到底，她要不是江小鱼我还可以试试，可她是江小鱼呀。”

“江小鱼怎么了？江小鱼就那么特殊，特殊到你明明动了心，却怕自己会对不起她，不敢上前一步？”甘菘说完自己都乐了，难得在感情这件事上占领高地，拍了拍他的肩，“兄弟，认栽吧。”

宁从简大吼：“我不认！”

这回换甘菘嗤笑他，看着他垂死挣扎。

结果，宁大少也仅仅挣扎了六个小时，便不得不假装酒后失忆灰溜溜地回了家。

人是铁饭是钢，一顿不吃饿得慌。

况且，他已经饿了两顿了。

宁从简在回家的路上有些欲哭无泪，他都不记得这是第几次为五斗米折腰了。如果这次真的栽了，他到底算是栽在了那条江鱼身上，还是栽在了饭碗上呢？

江小鱼听见电梯门开启的声音，心里“咯噔”一下，随即想起唐棠的嘱咐，拍着胸口默念：“敌不动，我不动。敌不动，我不动……”

脚步声渐近，继而在门口停下，她的心跳似乎也跟着停了，手揪了揪围裙，尽量让自己显得自然一些。殊不知，门外的人比她更紧张。

宁从简从进了电梯起就在做心理建设，想着甘菘嘱咐他的话。

“你既然不肯认栽，又离不开小鱼儿，不如就渣一次装失忆，假装什么都没发生过，一切如旧。”

“对，一切如旧。”他站在门口深吸一口气才伸手去按门铃，按完才想起他一向是自己开门进去，按什么门铃啊？这不是“此地无银三百两”吗！正懊恼，公寓的门已经被推开，江小鱼一如往常那样挥着锅铲抱怨：“干吗不自己开门，按什么门铃啊。”说完“哎哟”一声就往厨房跑，油声伴着一股子辛辣的鲜香味飘了出来。

宁从简见她并无异常，心下庆幸她果然醉了，暗喜之余，肚子“咕噜噜”地叫了起来。挪步到厨房门口，他本是想看看今晚的菜色，却被厨房里正忙碌着的身影定住了目光。

她做饭的时候格外专注，对待每份菜品都很认真，做出最佳的味道，盛放在最适合的容器里，像呵护一个宝贝。那双小手好似会魔法，能捏出各种形状的馒头，也能烹饪出各种花样的佳肴。而此时，她掀开砂锅，用汤勺小心翼翼地品尝味道，然后露出一个满足的微笑。那笑容真让人感觉温暖，就像家里的妻子为心爱的人煲汤。

思及此，宁从简猛地打了一个寒战。

疯了吧，他居然会觉得那条江鱼像妻子！

他到底在胡思乱想些什么？

“开饭了。”江小鱼喊了一声，端着汤走出厨房。

宁从简迅速坐到餐桌边，咧嘴假笑迎接。等饭菜上了桌，他索性什么话都不说，埋头大吃。青椒炒肉、麻婆豆腐再加上小排玉米浓汤，明明是很普通的菜色，经过她的烹饪就格外好吃，令人无法抗拒。

江小鱼看着他，心思也有些游弋，难道他真的不记得昨天那个吻了？

他真的喝醉了？

不对。

如果他真的喝醉了，一大早跑什么？

他早、午餐都没吃，绝不可能是什么事都不记得的反应。

莫非，他也是“敌不动，我不动”？

她端着汤碗一口口地喝汤，想着唐棠的话。

“他若假装失忆，我们正好请君入瓮。小样，我就不信我炖不了他这块唐僧肉。”

江小鱼清了清嗓子，宁从简筷子一顿，就听见她开口问：“你周末有时间吗？”

“啊？周末，干吗？”宁从简心虚地吞了口口水。

“也没什么，就是唐棠帮我安排了一个七分钟约会，就是很多人一起相亲的那种。我想你要是有时间就陪我去看看，她说这次参加约会的人都很好，我怕万一有合适的又被我给聊跑了。”她吐了吐舌头，难得露出调皮的孩子模样，很是可爱。

宁从简听见“约会”就下意识地皱了皱眉，听见“很多人”眉头皱得就更深了：“唐棠哪次介绍的不是说好，结果各路奇葩层出不穷。”

“你不是说我才是那个奇葩吗？”她狐疑地看向他。

宁从简一噎，放下筷子冷哼一声，转了话题问：“都是些什么人？”

“学历本科以上，有车有房，有稳定职业，固定收入，其他的就不知道了。”

“什么都不知道你就去约会？就不怕她给你卖了？”

“不会的。”江小鱼答得干脆，可见她对自己与唐棠的友情绝对是情深似海。

宁从简的胸口闷闷的，瞪了她一眼，张嘴想说什么，又强忍住。他复又拿起筷子，夹起一块肉塞进嘴里，狠狠地嚼着说道：“我不知道有没有时间，明天让苏籽看看我的行程再说。”

“嗯嗯。”江小鱼笑眯眯地点头。

看着她弯弯的眼、圆圆的脸和肉肉的小手，宁从简又夹了一块肉，咀嚼得更加用力了。

江小鱼一边喝汤一边想：或许，真的被唐棠说中了。

宁从简觉得自己真的是喝了假酒，而且后遗症很严重。

他居然会因为江小鱼周末的七分钟约会而失眠，只要一闭上眼睛，满脑子就都是她做饭的样子。尤其是那双小肥手，晃来晃去的，勾起的已不仅仅只是食欲了。想到她为别人洗手做羹汤，他便忍不住妒忌，根本没办法入睡。

他不是疯了，就是太久没谈恋爱，有些饥不择食了。

宁从简掰着手指算了算，自打得了厌食症，他就没和哪个女人亲密接触过，直到遇见江小鱼。俩人比邻而居，天天见面，一定是他太久没接触别的女性才会对那条江鱼产生错觉，包括那天酒后的亲吻，都是错觉。

一定是。

自我催眠完毕，宁从简收拾好自己陪江小鱼去约会。

所谓的七分钟约会，不过是组织相同人数的男男女女相聚在一个茶餐厅，女士们固定餐桌，男士在每个餐桌停留的时间不能超过七分钟，绝对是相亲界的人海战术。这次相亲，唐棠逼着江小鱼立下军令状，不选一个就绝交。为了避免她在相亲过程中出现纰漏，宁从简也被报上名，甘菘和唐棠作为工作人员在场外监督。

入场后，江小鱼挑了一个靠窗的位子落座，左边一瞟是棠娘娘和甘菘虎视眈眈，右边一瞟宁大少已经入场，就坐在与之相邻的位子上。她默默地吞了口口水，目不斜视地盯着面前的相亲对象，不禁腹诽：这哪里是相亲啊，简直就是特务接头。

每个来参加约会的人，胸口都挂着一个胸牌，上面简单地写着年龄、职业和爱好。

“你很喜欢烹饪？”坐在江小鱼对面的男人开口问道。

“是。”江小鱼答完，想到之前宁从简和唐棠说的“一来一往”，见对方名牌上的爱好是空着的，又张嘴问对方有什么爱好。

“我没什么特别的爱好，也没什么不良嗜好，不吸烟、不喝酒、不赌博。”男人引以为豪，“我在大学当老师，吃饭都在学校的食堂里，基本没什么花销。下次我带你去我们学校的食堂尝尝，不是我吹牛，我们食堂的师傅手艺很赞的。如果我一直在这所学校任教的话，往后购买房屋可以直接把厨房给拆掉……”

“噗……”一声窃笑从右边传来。

江小鱼嘴角的笑容僵了僵，对方仍滔滔不绝地介绍学校的食堂。

宁从简忍不住笑了，把对面的女孩笑得有些蒙。

“你笑什么？”

“我笑……不是笑你。”

女孩的脸沉下来，若不是看他长得帅，自己的素质也够高，非把面前的茶泼他脸上不可。

七分钟结束，江小鱼已经知道某高校二食堂将近一半的食谱。看见宁从简忍着笑从自己身边走过，她恨得直磨牙。

那位大学教授挪到了宁从简之前的那桌，被宁从简笑得黑了七分钟脸的女孩再次接受七分钟的食堂报菜名，估计再也不会来参加这种“群相”了。

江小鱼的对面也换了一位保险经纪人。不过这一位似乎根本就不是来相亲的，从坐下起就开始介绍保险产品，从医疗到车险，最后一分钟连房屋意外险都介绍了。临走时他还不忘给江小鱼留一张名片，让她有需要就找自己。

不用江小鱼说什么，站在不远处的唐棠翻着白眼直接在那位的名字上画了一个叉。

再次换位，宁从简不得不换到距离江小鱼相对较远的位子。他侧着头观察这边的情况，又一次引起对面女士的不满。这位女士显然是比较直接的，娇滴滴地开口，企图引起他的注意：“先生贵姓？”

宁从简头都没回地回答：“免贵姓宁。”

“宁先生真是一表人才，不知在何处高就？”

“谢谢，暂时待业。”他心不在焉地胡说八道，眼睛盯着江小鱼，也不知她对面的男人说了什么，竟逗得她掩嘴偷笑。看到她笑起来，男人露出得意的小表情，看着有点欠揍。

“油嘴滑舌，不是什么好人。”他嘟囔着，手背一痒，猛地一缩。回过头，对面的女人竟捏着刚刚碰触他手背的指尖，媚笑着冲他放电。

宁从简的视线从她的手移到她的脸，过于丰腴的脸上是厚厚的浓妆，烈焰红唇自以为性感地微噘。视线向下，女人立即调整坐姿，夹着手臂让胸部显得更加丰满，对着他的笑容又轻浮了几分。

宁从简吞了口口水，心脏跳快。妈呀，吓死人了，这哪儿来的黑山老妖。他再没有精力观察江小鱼，一心祈祷这七分钟快点过去，免得被这老妖吸了阳气。

连续转了几桌，相互有意愿的男女接连退场，场地内空出许多桌子。又一次换桌，宁从简两个健步抢在一个黑胖子之前，坐在了江小鱼的对面。

黑胖子狠狠地瞪他一眼，心不甘情不愿地去了“黑山老妖”那一桌。

他长舒一口气，却发现江小鱼在冲着某个方向致意。顺着她的目光看过去，隔了两桌有位先生，此时已经坐在了别人的桌子旁，居然还眼巴巴地看着这边。看见江小鱼在致意，竟是冲着他示威般地颔首。

吃着碗里的，惦着锅里的。肯定不是好货！

宁从简气得转过头去，敲了敲桌子，恶声恶气地开口：“看什么看？在别人桌子上的就不是你的菜了。”他意有所指。

江小鱼努努嘴，不服气地道：“只要没牵手离开这个场地，大家都可以公平竞争。”她抿嘴一笑，倾了倾身体压低声音说，“你帮我看看，我觉得那位先生还不错，长得有点像那个综艺节目的主持人，叫什么来着……何老师。对，他像不像一米八版本的何老师？”

宁从简嗤笑道：“一米八版本的只有杜海涛，何老师的魅力就在于浓缩的都是精华。”

简直是胡说八道。

江小鱼气结，懒得理他的东张西望，似乎仍在搜寻适合的对象，一反常态地积极。

这场“群相”以黑胖子和黑山老妖牵手离场落下帷幕，那位女士临走前还恋恋不舍地看了宁从简一眼，欲语还休的目光生生把他看得打了个寒战。

等送走全部客户，唐棠抱着所有男士的资料走了过来。甘菘让侍者送来餐点，四个人就留在茶餐厅里开总结会。

“抛开牵手成功的九位男士，余下的十一位中除去不合格的七位，有四位你可以考虑进一步接触。这四位中有两位对你很感兴趣。”唐棠抽出四位男士的内部资料，包括照片、求学经历、职业、家庭背景、兴趣爱好等，比面试简历的资料更齐全。

江小鱼认认真真地看，宁从简从资料里看到了之前那位隔着桌子还勾搭人的一米八版本的何老师，当即否决。

“这个不行。”

“这个为什么不行？”唐棠把资料抽出来，“李茶一，三十三岁，营养师，懒人三餐 APP 创始者，拥有两家简餐餐厅。天哪，这哪里是不行，这个简直太行了。”唐棠的兴奋点被李茶一点燃了，“一个营养师、一个厨师，从职业上看你们俩简直是绝配。经济实力不俗，年纪、外貌、学历也都很不错，这简直是为小鱼儿量身定制的男朋友人选啊。”

江小鱼似乎也很满意。

甘菘：“那就定这个吧。”

宁从简瞬间急了：“定什么定啊，你们能不能负点责任，怎么就定下来了？刚才你们都没看见，就这小子，坐在别人的桌子旁边还拿眼神勾搭江小鱼。”

“证明这位李先生对小鱼儿也很感兴趣。”唐棠道，甘菘点头附和。

“什么呀，这就是典型的吃着碗里的，惦着锅里的。尊重呢？他对他面前那位女士的尊重呢？”

“也是。”江小鱼似乎被带偏了。

唐棠冷笑：“找对象这种事，男的只要对一个女人尊重就够了，他最好不尊重全天下的女人，独宠一个，这才叫爱情。要是像你说的，对面坐着的不管是谁，都一副‘我尊重你、爱慕你、欣赏你’的样子，这种人我还真不敢给小鱼儿介绍，我怕她头上太绿而不自知。”

“胡扯。”

“你说的才是歪理。”

两个人大眼瞪小眼，恨不得掐死对方。

甘菘怕唐棠会扑上去咬人，赶紧揽住她的肩膀哄道：“别吵了，都是为了小鱼儿好，都好好说。”

江小鱼：“就是就是，别因为我伤了和气。”

宁从简哼了一声：“好男不和女斗，反正这个人的人品肯定有问题。”

唐棠“扑哧”笑了一下，挑了挑眉：“宁大少爷，我看不是这个人的人品有问题，是除了你全天下的男人都有问题吧。我就纳闷了，我给小鱼儿介绍对象，你怎么这么激动？哼，你该不会是对我们小鱼儿起了什么歹心……”

“胡说八道！”宁从简几乎拍案而起，看上去像是被踩了尾巴奓毛的猫，“我对她起歹心？呵呵，我瞎吗？我瞎了！”说完便气呼呼地拂袖离去。

茶餐厅里安静极了，江小鱼特别希望此时能有些声音，因为那样就能掩盖她控制不住的悲伤了。

第十章
油炸小江鱼

“小鱼儿，你别难过，我一定让他跟你道歉。我现在就去追他，太不像话了，怎么可以这样和女孩说话。过分！”甘菘义正词严地批判完，起身追了出去。

江小鱼垂着头，脸色有些发白，眼睛红得像只兔子。

唐棠看着她可怜兮兮的模样，突然就笑了。

江小鱼抬头，吸了吸鼻子：“你还能笑得出来？”

“我为什么笑不出来？”唐棠伸手敲了敲她的额头，“你怎么像只胖头鱼似的不动动脑子呢？”

“胖头鱼只是头大，不代表它不动脑子好不好？食用胖头鱼是可以提高智商、增强记忆力、延缓衰老的。”她捂着头抗议，悲伤的情绪似乎缓解了不少。

“那什么鱼最笨？算了算了，总之你就是那条最笨的鱼。”不等她回答，唐棠便不耐烦地拉回正题，“宁从简的话的确很过分、很伤人，不过如果我是你，我绝对不会难过，反而很高兴。”

“疯了？”被人骂还高兴？

“蠢。”唐棠叹息，耐心地跟她解释，“知道什么叫被戳中心事，恼羞成怒、口不择言吗？”

江小鱼想了想，不敢相信地瞪圆了眼：“你是说他……”

“还用我说吗？除了你，有眼睛的都能看出来。”

“怎么可能？”

“怎么不可能。”唐棠端起茶杯，优雅地抿了抿，“你记好了他今天说的每一个字，早晚有一天你要一巴掌一巴掌地把这些话全打在他的脸上。”她露出一抹明艳的笑容，只是那笑容里有些令人心惊胆战的意味。

江小鱼突然有些同情甘菘，替他默默祈祷，最好他这辈子都对棠娘娘俯首称臣，一旦有了二心，估计等着他的就会是骟刀一把。

甘菘追上宁从简的时候，宁大少爷正在对着轮胎出气。

他匀了气息才走上前：“宁少，这次你过分了。”

宁从简又踢了一脚轮胎作为回答。

甘菘缩了缩脖子，绕过他坐在了副驾驶座上，等他撒完了气上车，才又开口：“解约还是道歉？”

“什么意思？”宁从简皱眉。

“我要是江小鱼，没接到你诚恳的道歉，未来的日子绝对不会让你好好吃饭。”甘菘摸了摸下巴，“下毒倒不至于，不过三天两头地让你拉一回肚子还是挺容易的。”

“她敢？”

“她凭什么不敢？你庆幸面对的是小鱼儿，若是唐棠……就你刚刚那句‘瞎了’，她就能让你血溅当场。”

宁从简想象了一下唐棠当场戳瞎他的情景，忍不住吞了口口水，有些后怕。其实那句话说出口他就恨不得抽自己两巴掌，可当下被唐棠一激，便什么都顾不得了。

“她是不是挺难过的？”

“废话，你被人说‘看上你就是瞎了’你不难过？”

的确是问了废话。那条江鱼骨子里其实是有些自卑的，被他这么骂，不难过才怪。宁从简越想越懊恼，可说出去的话泼出去的水，覆水难收啊！

“我道歉。”

甘菘拍了拍他的肩：“兄弟，我劝你好好想一想你和江小鱼的事。你今天这种状态，再有下一次，以唐棠对荷尔蒙的敏感程度，一定能闻出味道。若真是被她看出点什么，以你这种纠结犹豫的态度，照她把江小鱼当自己闺女似的保护程度，就是卖房子卖地都得让小鱼儿和你解约。要么喜欢，要么不喜欢，暧昧不明是大忌。”

宁从简靠在驾驶座上丧气地闭上眼，他就是想不明白才会烦恼。

难道真的要为了一条鱼放弃整片海洋？

他不甘心！

可就算再不甘心，到了吃饭的时间，他也要乖乖回去认错道歉。

认错的过程并没有想象中那么困难，江小鱼对他的话似乎并没有放在心上，见他一脸严肃地道歉，反倒有些不好意思。

“我都没当回事，真的，你不用道歉的。”她摆了摆手，“再说我们俩本来就不相配，你若是喜欢我不是瞎了又是什么？”说完，她咧着嘴笑了笑，只不过那笑容怎么看怎么觉得勉强。

宁从简听着这话，莫名地觉得有点像是在骂他！心又塞了，嘴上却说：“都什么时代了，只要有爱，什么相配不相配。”

“哪有那么容易。”江小鱼摇摇头，放在桌上的手机响了一声，她立即拿起来。

似乎是什么人给她发了微信，她回复完，手机还没放下，就又来了一条消息。她索性放下筷子，捧着手机不停地回复。

宁从简狐疑地看着她，正琢磨是谁，江小鱼的手机铃声又响起了。

“你慢慢吃，我去接个电话。”她起身进了卧室，还随手虚掩了一下房门。

什么人还得避开他？

声音隐隐地自房里传出来：“是吗？我不知道呀……好的，我都可以……那就约好了……行，周末见。”

不知道就是不知道，还“我不知道呀”？

什么呀就都可以了？

约好？周末？

宁从简直觉对方肯定是个男人。

难道是那个一米八版本的何老师？

江小鱼接完电话又回到餐厅，宁从简立即收起表情，若无其事地问：“你周末要出去吗？可我周末想在家吃饭。”

“没事，我做好饭了再出去。”

“我说的是晚饭。”

“我说的也是晚饭。”江小鱼一脸坦然。

宁从简有些暴躁，放下筷子问她：“你晚上约了谁？”

“相亲对象。”

果然！

“晚上相亲？唐棠安排的？”

“我自己安排的。”江小鱼有些得意，“明天晚上六点十六分《你的味道我喜欢》电影首映，所以就约了晚上看电影。”

“什么电影？名字听着怪怪的。”

“哪里怪了，美食题材的，正好是我和对方都喜欢的类型。”说起电影，江小鱼真有些期待。她还想多和宁从简讨论几句，可看着他黑下去的脸，觉得此时还是不开口为妙。

她咬了一下下嘴唇，感受着房间里越来越低的气压，努力按捺住心中涌起的小雀跃。

到了周末，宁从简从一睁开眼睛就觉得浑身都不舒服。他取消了周末会议，又把来考察的客户丢给了苏籽，可整个人还是徘徊在暴躁的边缘。

吃完午饭，江小鱼翻了翻冰箱，询问宁从简晚餐想吃什么。

“随便。”

“那就什锦杂菜、小炒肉，再加一个老黄瓜汤。”她拿出食材，提前进行清洗，“做简单点，我还能早一点出门。”

听见“早一点出门”五个字，宁从简原本懒懒地歪在她家沙发上的身体像是被解了穴一样，忽地坐起来，说：“我要吃鱼。”这是他能想到的烹饪里最复杂的一样食材了，“江鱼。”

“江鱼？”江小鱼有些为难，冰箱里倒是有一些速冻的龙利鱼，可他临时要吃江鱼，就要去海鲜市场买了。

“去买江鱼会让你的约会迟到吗？如果会迟到的话，那就算了。”宁从简说完，还吞了一口口水，一脸的委屈样，令人难以拒绝。

江小鱼心里明白他是故意的，可一想到他难得说出要吃什么，哪里会舍得拒绝：“没事，不会迟到的。”迟到是不会，就是时间有些紧。

听见“不会迟到”，宁从简隐隐有些失望。

“想怎么吃江鱼？红烧还是清蒸？”

“油炸。”他心不在焉地说，见她已经穿上衣服准备去买鱼了，又咬着牙道，“油炸小江鱼。”今天还真想把她给油炸了！

江小鱼握着门把的手一顿，嘴角忍不住弯了又弯，怕自己笑出声，轻轻地“嗯”了一声就走了。

可这在宁从简看来，就是她担心迟到，匆匆离开。

他心里更是恨得咬牙切齿。

买回新鲜的小江鱼后，江小鱼便钻进厨房清洗。鱼很小，无须去鳞，只要将内脏去掉，清洗干净即可。

把洗净的小江鱼加上姜丝、盐和五香粉腌制起来，大概半小时后，将面粉倒入装鱼的大碗内翻拌几下，让小江鱼的表面均匀地沾满面粉，然后放入热油中炸。炸至金黄后捞出沥油，等油温升高，再复炸一遍即可捞出。

厨房里满满的鱼香味，金黄酥脆的小江鱼看着就引人食欲大发。

饭菜都端上桌，时间已经快来不及了。江小鱼简单地洗漱一下，换了身洋装便去赴约了。看着她的背影，宁从简直接用手捏了一条小江鱼丢进嘴里，用力咀嚼，恨不得嘴里的小江鱼变成江小鱼。

人走屋空，宁从简看着一桌子热腾腾的饭菜，突然就没了食欲。

晚上，宁从简已经趴在自己家的猫眼旁边看了好几次。

已经九点了，江小鱼怎么还没回来？

他正坐立不安，走廊里传来电梯门开启的声音。宁从简想都没想就开了门："都几点……"后半句硬生生地被从电梯里出来的人给噎住。

江小鱼看见宁从简招了招手，还把从外面打包回来的玫瑰酥递给他："茶一排了很久队才排到的，宁先生也尝尝。"

宁先生？宁从简"呵呵"一声，江小鱼你真行，为了个一米八版本的何老师就叫我宁先生！

"哦，忘记给你们介绍了。"她指了指身后的男人，"我朋友李茶一，我邻居宁从简。"

"您好。"李茶一彬彬有礼地伸出手。

宁从简的脸却是冷冷的，勾着唇一笑，直接转身回房，"砰"的一声关上门，震得门外俩人均抖了一下。

李茶一干笑一声："你邻居还真有个性。"

江小鱼摇头："这也叫个性？算了，别理他。我们进屋喝茶，我前几天刚自制了百香果茶和百香果果干，还请李老师品尝指教。”

“哪敢哪敢，你这话羞煞我也。”李茶一做掩面状，逗得江小鱼发笑。

俩人言笑晏晏地进了门，却是气煞了对面门后的人。

宁从简挠着门板嘟囔：“她居然把那个男人带回家？这是引狼入室！太没有安全意识了。”

可惜，他在这边嘟囔上了天，江小鱼也听不见。

时钟“滴答滴答”转动，宁从简抓心挠肝异常烦躁地也在转。直到李茶一进门十五分钟后，他所有的耐性耗尽。他一把推开房门，趿着拖鞋走到对面。刚举起手要拍门，他的心思一转，推开门锁直接按密码。

大门突然打开，明显惊了里面对坐着的人。

李茶一看见宁从简旁若无人地走进屋内，眼睛都要瞪出来：“这、这……”

江小鱼也有些傻眼，只有宁从简若无其事地走到客厅，熟门熟路地掏出她塞在茶几下面的零食盒子，看见俩人的确是规规矩矩地在喝茶，神情更加自然地开口：“你们继续，别管我，我就是饿了，来拿点零食吃。不打扰你们了，慢用啊，李先生。”说完，他又大摇大摆地走了。

直到门关上，屋里的两个人才好似如梦初醒，哭笑不得地看向对方。看着看着，李茶一先绷不住笑了。

江小鱼闭了闭眼，有些无语。

“他就是你说的那个人？”

江小鱼认命地点头，自己以前怎么没发现宁从简也有犯二的时候呢？

“说实话，这个人还挺有意思的。而且，我敢肯定他喜欢你。”李茶一对着江小鱼眨眨眼，毫不掩饰对她的好感，“我还真有些嫉妒，要是我先遇见你就好了。”

江小鱼羞红了脸，完全不知道应该如何应对这种暧昧的谈话，却不知道正是她这种青涩单纯的反应更加令人动心。

“我想我该走了，再不走你的邻居可能又要冲进来了。”李茶一起身。

“我送你。”江小鱼将他送到门口。

李茶一看了一眼对面的房门，突然抬手帮她顺了顺额前的碎发：“好好休息，有时间去我的餐厅。”

“好，你回去的路上注意安全。”

“拜拜。”李茶一上了电梯。

江小鱼直到电梯门关上才转身，一回头就看见宁从简阴沉着脸立在门口，好不吓人。

她拍了拍胸脯：“你无声无息会吓死人的。”

“做贼心虚才会害怕。”宁从简阴阳怪气。

江小鱼懒得理他，抬脚就要回房，却被他拦住：“我觉得有必要和你聊一聊。”他一本正经，“作为你的恋爱导师，我有义务提醒你，男人是不能随便领回家的，万一出现危险怎么办？”

这话从他嘴里说出来怎么这么好笑。

“我怎么记得你之前教我的是感觉对直接上就行了呢？”江小鱼要笑不笑地看着他。

宁从简故作镇定地辩白：“那都不是奔着结婚去的，你现在的目标是结婚，不是找炮友。”

“呵呵。”她索性靠在门框上，“我年纪也不小了，总不能找不到结婚对象就一直不解决生理需求呀。再说了，你和唐棠不是都告诉我，参加不了‘正规赛’，谈几场‘练习赛’也可以吗？”

宁从简不知道要被她气死还是被自己气死，他以前怎么能说那种话呢？简直打脸。他咬着牙硬辩：“你就不适合‘练习赛’，好好做你的良家妇女，以后不许再带男人回家。还有那个‘一杯茶’，一看就是仗着自己长得不错四处留情的，绝对不是好对象……”

“那什么是好对象？”江小鱼突然打断他，“你这样的吗？是不是除了你，其他人都不是好对象？”

“你在说什么……”宁从简瞪大眼，脑子放空，一时语塞。

江小鱼却笑了，头一次在他面前如此咄咄逼人：“双标狗，你是不是喜欢我？”

走廊里安静异常，宁从简只觉得心跳突然加速，大脑供血不足一般，完全无法思考，脱口而出：“喜欢你？哈哈哈，怎么可能！”他几乎是吼了出来。

他吼完随即转身，再见都没说便“砰”的一声甩上房门。

江小鱼虽有心理准备，却还是被他这一连贯的动作吓得一愣，反应过来，对着他的房门突然就笑了。

她似乎有些明白唐棠之前的话了，这么明显的口是心非，简直是欲盖弥彰。原来喜欢一个人，是真的没办法掩饰的。

她摇了摇头，想到什么又叹了口气，慢悠悠地回房关门。

宁从简可没有她的好心情，整个人就像是一根被点燃的火柴，急得不得了，却是无力回天。

他不得不承认，他是真的喜欢上江小鱼了。

有男人追她，他会吃醋；她去相亲，他心里不痛快；就联想到她有喜欢别人的可能性，都觉得难以接受。

除了喜欢，他找不到任何理由，可偏偏心有不甘，不想承认。

抓心挠肝了一晚上，宁从简抓起手机打给甘菘。

电话接通的那一瞬间，他立即说：“你要是和唐棠在一起，就说‘李总好’。”

电话那边传来：“李总？您好您好。”

“现在我说你听，一边听一边往卫生间走。”

“好的，行，李总你说。”甘菘的声音再次传来，伴随着细细碎碎的下床声，接着是拖鞋与地板摩擦发出的声音。直到有门开合的声音后，他才说，“安全了，你说吧。”

宁从简未语先叹：“江小鱼今天居然把那个什么茶的带回了家。”

“看来进展不错。”

“什么不错？人被我赶走了。”提起李茶一，他心里便是一团火。

甘菘大吃一惊：“你赶走了？”

“对。”宁从简讲完今晚的过程，整个人瘫在沙发上，问，“你说我是不是被鬼上身了？不然怎么会喜欢江小鱼？”

甘菘沉默片刻，似乎在等他冷静，半晌才问：“从简，你是觉得江小鱼这样的小孤女配不上你，带不出去，所以才不想承认自己喜欢她吗？”

“当然不是。”宁从简皱起眉，似乎对“小孤女”三个字很是反感，“都什么年代了，再说你觉得我是那种在乎门当户对的人吗？”

“那你为什么不敢承认你喜欢她呢？很难吗？”

“难。”宁从简又是一声叹息，“我不是不敢承认自己喜欢她，我是怕我自己没办法对她负责到底。我自己都不知道这份喜欢能维持多久，一年、两年还是三年、五年？我都不知道。”

“宁从简，就冲你这句话，兄弟劝你，认栽吧！”甘菘闷笑，笑够了才一本正经地再次开口，“你不知道你能喜欢她多久，别的男人一样不知道。如果婚姻真的是一个女人最大的幸福，那么你觉得把她的幸福握在你手里安全些，还是握在别人手里安全些？”

宁从简沉默了，这个道理他不是不懂，说白了，不过是对自由心有不甘。脑子里又浮现出她站在厨房门口端着菜喊“开饭”的样子，那种恬静温馨的氛围与自由相比，似乎更胜一筹。

他舒出一口气，挂断电话，仰靠在沙发上。不再克制自己不去幻想那些美好，脑海里翻滚的一幕幕，竟然将他的犹豫、不甘统统消灭，心脏“怦怦”跳动，有一点甜，还有一点酸。

他想等这种躁动平静下来，可是夜越深，那种情绪便越兴奋，像是一根弦拉得满满的，蓄势待发。

宁从简突然从沙发上站起来，也顾不得几点了，打开门走到对面，习惯性地想按密码直接开门。可按了两个数字后，他的手又收了回来。

半夜擅自潜入女邻居家告白，怎么听怎么像性骚扰。

他收回手，可心里那满满的情绪根本等不到明天。犹豫一秒后，他果断地拍门，中气十足地大喊："江小鱼，开门！我知道你在家。别睡了，开门啊！江小鱼、江小鱼……"宁从简越拍越起劲，整个人亢奋异常。

房门猛地被推开，险些撞到他。

江小鱼穿着睡衣，手里抱着一个枕头，睡眼惺忪却带着怒意："别跟我说你大半夜的被雪姨上身，最好给我一个半夜拍门的合理解释！不然……"她抖了抖枕头，似乎听不见解释，那枕头即刻就要砸过去。

可惜她抖出去的枕头还没收回，便已经连人带枕头被一把抱住，她瞬间被这突如其来的亲密吓醒了。

他抱着她，而她抱着枕头，呆若木鸡。好半晌才回神，她结结巴巴地问："宁从简，你又喝醉了？"

宁从简摇摇头，将人抱在怀里的这份真实感似乎安抚了他之前所有的不甘和顾虑，也抚平了他那满心的躁动和不安。这或许就是"自由诚可贵，爱情价更高"吧。

"江小鱼，我喜欢你。"

江小鱼怀里的枕头"吧嗒"一声落了地。

宁从简松开她，手握着她的肩膀，又说了一遍："我说，我喜欢你。"

"喜欢我？"

"对。"

"你确定？"

"确定！"

江小鱼用力地眨眨眼，似乎在让自己清醒。只是清醒的那一瞬，还没来得及喜悦，她便想起唐棠的那句“你记好了他今天说的每一个字，早晚有一天你要一巴掌一巴掌地把这些话全打在他脸上”。

“你怎么可能喜欢我？瞎了吗？”

宁从简瞬间觉得脸疼，尴尬地笑出声：“说那句话的时候可能有点瞎。”

“哦。”江小鱼退后一步，靠在自家的门框上，“知道和我谈恋爱的要求吗？恋爱必须以结婚为目的，可以分手，但绝对不允许劈腿。”

“没问题。”这是宁从简早就知道的规则，手握成拳答应。

她总觉得有哪里不对劲，看了看他突然皱了皱眉：“我怎么觉得你这不像是在表白，倒像是要舍‘身’取义呢？”

宁从简品了品这句话的味道，又想了想自身，不得不赞同：“差不多。”他勾了勾嘴角，靠到另一边的门框上，伸手捏住她的下巴，“你知不知道，今天至少有三千万少女要失恋，因为我恋爱了。”说完，他倾身就要吻上去，嘴唇却被江小鱼一巴掌给拍了回去。

“我听你这语气还挺遗憾的，其实你不恋爱也可以，反正我对李茶一也……”

“也什么也？”听见李茶一的名字，他瞬间急了，捏她下巴的手也用了几分力，“你当着我的面就要红杏出墙？江小鱼，你什么意思？”

“疼。”江小鱼拍开他的手，小脸鼓了起来，像一只充了气的小河豚，“我答应和你恋爱了吗？还红杏出墙，红杏是不是你家的还不一定呢！”

“什么意思？”宁从简蒙了。

江小鱼有些得意，推了他一把，身子往后一退：“字面意思！”说话的一瞬间，直接把门关上了。

险些被门夹了的宁从简盯着门板看了好半晌，琢磨着两个人一来一往的对话，似乎只有他的表白，江小鱼从头至尾都没答应，他猛地拍了拍大腿：“失策了，失策了。”

这算不算终日打雁，终被雁啄，天道好轮回啊！

宁从简郁闷地回了自己家，听见关门声的江小鱼却是紧紧地贴着门板，心几乎都要跳出嗓子眼，脸颊和耳朵也热辣辣地烧了起来，完全不复刚刚那般镇定。她朝屋内走了两步，猛地蹦了起来，控制不住地“嗷呜”一声。声音发出来，她又恐被对面的人听见，猛地捂住自己的嘴，可心里满溢的兴奋却急着发泄出来。

她抓着手机直奔厨房，一边拨给唐棠，一边从冰箱里掏食材。

黄油、鸡蛋、面粉……杂七杂八掏了一大堆。

电话接通的一瞬间，江小鱼先压低声音问：“甘菘是不是在你身边？”

“是呀。”

“那你别说话，起身去厕所。我说你听就行。”

“嗯。”唐棠答应了一声。

江小鱼听见她那边开关门的声音才又接着说：“宁从简跟我表白了。”声音里有种控制不住的兴奋感，“他居然跟我表白，而且还吃李茶一的醋。啊啊啊——唐棠，我好开心呀，有种初恋的感觉。”

“那就把他当初恋对待，毫不畏惧地去爱。”唐棠真心为小鱼儿感到开心，如果此时她在江小鱼的身边，一定会抱抱江小鱼，让江小鱼努力享受此时的幸福。

江小鱼筛面粉的手一顿，随即道：“不要！我才不要把他当初恋。”她的初恋并不美好。

唐棠笑道：“宁大少爷虽然也有缺点，可绝对不是什么伪君子。小鱼儿，有时候爱情是不问结果的，记得我和你说过的话吗？相亲相出来的婚姻，绝对不是爱情。你是真心喜欢他，就享受当下，别问未来。如果能走到最后，是你们的幸运；走不到最后，也别让自己留下遗憾，体面地说再见。我说这些话不是泼你冷水，而是……”

“我知道，你是那个最希望我幸福的人。唐棠，你也是，我们都要幸福。

如果最后没能遇见那个人，我们就当对方的老来伴。”

“好。”唐棠答应下来，声音有些哽咽。

江小鱼仍处于兴奋中，放下电话，像一只小蜜蜂一样在厨房里转了一夜。

“老来伴？”甘菘瞪着坐在马桶上眼睛通红的女人，恨得咬牙切齿，“你的老来伴只能是我！”

唐棠吸了吸鼻子，娇嗔地看他一眼：“是你，是你。”娇滴滴的声音瞬间让人酥软。

甘菘哼了哼：“这俩人还真是天生绝配，打电话都是一个调调。”之前宁从简那一通电话就让他躲进卫生间，江小鱼这一通还是躲到卫生间。家里那么多地方，偏偏让他们俩挤在卫生间里听电话，也是够让人无语了。不过那俩人不知道的是，这两通电话的的确确都是在卫生间接的，只不过卫生间里可不止一个人在听。

唐棠站起身，伸手把自己挂到他的脖子上，甘菘托住她的臀一把抱起，哄孩子似的把人抱出卫生间，就这么抱着她回到床上。被那两个人闹到这个时间，睡意早就跑光了，明明很累，可脑子似乎还是兴奋的，尤其是唐棠。

她靠在甘菘的怀里，被他轻轻地拍着，半眯着眼说：“我突然有种女儿要被男人拐跑的矛盾心理，一方面替小鱼儿高兴，另一方面又怕她被辜负。哎哟，以后我可不要生女儿，太操心了。”

甘菘听着她的牢骚，脑子里竟浮现出小小的一团，咿咿呀呀也被他这么哄着睡觉的样子，心更软了。他拍着她的手停下来，摩挲着她的手臂，轻吻落在她的肩头。

唐棠以为他动情了，笑了一声配合地朝他贴近，耳边却响起他低沉的声音：“唐棠，我们结婚吧。”

怀里的人瞬间僵住。

甘菘的心也提了起来，却是将她抱得更紧：“明天让会计部把我名下的资产汇总给你，我们可以找律师做个公正，如果有一天我们真的会分开，你可以分走至少百分之五十的资产。”

“我……”

“我知道你不是为了钱，如果只是为了钱你早就嫁了。我只是希望一旦有一天我们不在一起了，你在经济上至少是富裕的。我不知道我该怎么表达，我只想告诉你，我爱你，所以想把我所拥有的都分享给你，仅此而已。”

甘菘对待感情异常笨拙，笨拙到喜欢一个就去追，掏心掏肺，直来直去。可偏偏这样的他像一把锋利的刀，将唐棠那颗已经硬成石头一样的心一点一点撬开。

唐棠和他在一起的那天就是奔着结婚去的，她有信心抓住他的心，甚至已经想好了在他求婚的时候如何恰到好处地抹眼泪又不会花了她精心化好的妆。只是千算万算都没有算到的是，他会在这样一个时刻求婚。没有鲜花也没有钻戒，连下跪都没有，只有一句“我爱你，所以想把我所拥有的分享给你，仅此而已”，偏偏这么一句话，几乎让她的情绪失控。

谁都无法保证爱情的鲜度，有多少海誓山盟到最后成为撕心裂肺，在我爱你的那一刻，我愿意给你的未来最大的保障。这仅仅是我爱你的一种表现，以及我对这份爱情的责任。

她转过身，将脸埋在他的怀里，人生第一次哭到无法自抑。

她以为自己这一生再也无法如少年一样去爱。

谢谢你，甘菘。

第十一章
蜂蜜柠檬茶

早餐时间，宁从简准时出现在江小鱼家。餐桌上摆着丰盛的早餐，还有一个漂亮的小蛋糕，蛋糕中间画着一颗小小的红心，像一个羞涩又喜悦的小女孩。他忍不住勾了嘴角，看见趴在沙发上睡得酣甜的人，嘴角的弧度更深了些。

宁从简走到她的身边蹲下，小丫头的眼底有些乌青，脸颊上沾了些面粉，嘴角上扬，似乎做了什么好梦，也不知道是不是梦到了他。他笑了一声，像是怕惊醒她似的连忙捂住嘴，就默默地看着。明明是平淡无奇的脸，却偏偏越看越令人着迷。她很瘦，只有脸和手是肉肉的，若是她自己不说年龄，根本看不出年纪。再加上她眼中的稚气，打眼一看就像个学生妹。也正是她的天真让他心动，也让他担忧。

都说每个男人心里都有一抹白月光，可是时间久了，白月光也会变成白米饭粒子。宁从简的目光落在圆润的小手上，她的指腹饱满，就连指腹上一圈圈的指纹都透着可爱。

宁从简突然发现，就算她是颗白米饭粒子也是最饱满香糯的那一颗。他正想着，“米饭粒”睁开了眼，看着面前蹲着的人时明显愣怔了一下，随即红透了脸。

“你来了。”

宁从简笑着点头问：“江小鱼，你不会是因为我的告白兴奋得一夜没睡吧？”

“怎么可能！”江小鱼矢口否认，险些咬到舌头。

“那这一桌子够十个人吃的早餐，你是几点起来做的？”他扫了餐桌一眼。

江小鱼也看向餐桌，证据确凿，根本不容她抵赖。她“嘤嘤”了两声，羞窘得直接把头扎到沙发上，逗得宁从简忍俊不禁。

她怎么能这么可爱。

让她在沙发上羞了一会儿，宁从简就把人硬拉了起来：“吃饭，吃饱了你去好好补一觉，女孩熬夜最伤身了。”

“哦。”她声音软糯地答应，还是忍不住脸红。

两个人仍旧对坐着用餐，宁从简意外地发现，她红红的小脸也挺下饭的。不过再“下饭”的诱惑，也没办法让他一个人吃完十人份，所以大半的菜还是被剩下了。江小鱼起身收拾，才刚摸到盘边，手腕便被握住。

她看向他，语气里带着询问。

宁从简挑了挑眉：“你还没正式答应做我女朋友呢。”

江小鱼的脸又红了，心想，这人可真讨厌。

宁从简握着她的手，心里又满足又得意：“你要是不出声我就算你答应了。”

她的嘴唇抿得更紧，他瞬间笑了，带着坏坏的肯定的语气：“那就是答应了！”说完，他松开手，对着她得意地吹了声口哨。

江小鱼端起盘子快速进了厨房，匆忙的背影怎么看怎么像落荒而逃。

宁从简坐在客厅笑了一会儿，也起身帮忙收拾。才刚端起盘子，江小鱼家的门铃便响了起来。

他起身去开门，江小鱼也从厨房走了出来。公寓的门一推开，一个小红本直接举到了面前，唐棠的声音欣喜又兴奋：“新鲜出炉的结婚证……咦，怎么是你开门？”看见宁从简，她一愣。

宁从简也愣住，被面前的红本本给吓愣了。

他看了看唐棠，又错身看了看她身后傻笑的甘菘，有些不敢相信：“你们……结婚了？”

没等回答，身后传来“吧嗒”一声。

江小鱼惊得把盘子给扣了。

“怎么回事？”宁从简把甘菘拉回自己家就开审。

甘菘明显还沉浸在刚刚领证的喜悦中，一脸娶了俏媳妇的傻小子样，脸上还有一抹红晕：“我想生个像唐棠那样的小姑娘。”

“她怀孕了？”宁从简的眼睛瞪得溜圆。

甘菘连忙摆手：“哪有那么快，我昨晚才想生的。”

“等等，我得捋一捋。”他脑子有些木，冷静了一下才开口，“你昨晚突然想生个女儿，然后今早就带着她去领证了？”

“昨晚想完我就求婚了，她答应了，签完婚前协议，我们今天就领证了。”求婚这个环节还是很重要的。

“等等。”宁从简抓住重点，“签了什么婚前协议？”他总觉得此“协议”绝对不是他能想到的协议。

“无论我们什么时候，因为什么分开，她都有资格分走我百分之五十的资产。”

果然！宁从简拍了拍脑门，一屁股坐在沙发上，看着甘菘那莫名得意的模样，突然就气笑了。

“想生孩子就签协议结婚！呵，甘菘啊甘菘，你不觉得你像冲动购物吗？”

“什么冲动购物，我们是真爱！”甘菘怒了，狠狠地瞪他一眼，是兄弟也不能侮辱他和唐棠的爱情。

“没救了！”宁从简倒在沙发上，已经懒得再开口。

对门那边的江小鱼的心情没比他好多少。

她看着那份巨额的婚前协议，脸颊控制不住地抽动了两下：“你不会是因为这个协议才嫁给他的吧？”

“说什么呢？我是那么肤浅的女人吗？我们是真爱！”唐棠抱着抱枕扭了扭，难得地带着些许羞涩。

可惜，江小鱼还是觉得：“我怎么感觉像骗财、骗色呢？”

“江小鱼！”唐棠瞪她。

江小鱼瞬间㞞了，可心里还是有些虚，又问了一句：“你是什么时候爱上他的？”

唐棠“嘤嘤”了两声，双手捧脸，娇羞得不要不要的：“他说给我一半资产的时候。”

“呵！”江小鱼的脸颊又抽动了两下，这不是骗财骗色又是什么？

“唐棠，婚姻不是儿戏……”

“停！”唐棠立即打断她，把手里的抱枕一丢，歪靠在沙发上，表情总算正常了一些，“跟你开玩笑的，你还当真啊！这份协议的确是让我这么快同意结婚的原因，不过我认真想过，我是真的爱他的。爱他的简单、直白、不转弯，也爱他爱我的时候毫无保留，一心一意。我想像从未受过伤一样去爱他，所以在他开口求婚的时候突然就不想考虑了。与其害怕错爱，我发现我更怕错过。”

与其错爱，更怕错过。不是真爱，还能是什么？

江小鱼吸了吸鼻子：“我突然好想哭。”

唐棠笑了，在她的额头上狠狠地敲了一下：“我大喜的日子，你敢掉眼泪我打死你。”

“嫁了人还那么凶！”她小声嘟囔，脸上却咧开一个大大的笑。

不管是“冲动购物”还是“骗财骗色”，反正证已经领了，退是退不回去了。等四个人坐在一起，你看我我看你，气氛着实古怪。

唐棠忍不了了：“小鱼儿，你是不是应该做一顿大餐庆祝我结束单身呢？”

“还有我。”甘菘举手，憨憨地笑。

江小鱼刚要点头，宁从简也举起手：“还有我。”

“你跟着凑什么热闹！”

“他怎么不能凑热闹！审了我一上午，我还没审你们俩呢。”唐棠又端起娘娘脸。

江小鱼先是瞪了宁从简一眼，才红着脸看向满脸八卦的甘菘和唐棠，假模假式地威胁：“还要不要大餐了？”她难得凶悍地道，“想吃饭，就都闭嘴。”说完，她直接逃进了厨房。

不一会儿，客厅里爆发出三个人的大笑，江小鱼的脸更红了，可心里装着满满的幸福。

甘菘这个万年单身狗突然闪婚，绝对可以称得上是他们那个圈子里的大新闻了。大院里的发小们知道后，都嚷着要给他庆祝。根本不用经过他本人的同意，在群里吆喝着就定下了聚餐地点。

唐棠吃完午餐，拉着甘菘陪自己去美容院，美其名曰第一次见他的朋友，一定要撑足了场面。俩人风风火火地过来，又风风火火地走了，屋里又只剩下江小鱼和宁从简，莫名地就浮现出丝丝暧昧。

江小鱼在心里哀号，刚开始谈恋爱的男女都这么尴尬吗？他们应该干点什么？

正想着，宁从简坐到沙发上冲着她招招手：“来。”

江小鱼吞了口口水，有点紧张地走过去，刚靠近便被他伸手一拉，整个人栽倒在他怀里。她下意识地挣扎，却被他紧紧抱住。

“喂，女朋友，你应该开始适应和我亲密了。”

亲密？

江小鱼又吞了口口水，放弃挣扎，身体却是有点僵。

宁从简感受着她的反应，倾身在她的脸颊上亲了一口，然后带着她直接躺倒在沙发上：“睡一会儿，我陪你。”他一抬腿，直接把她给夹住。

江小鱼整个人都被他裹在怀里，说实话她的沙发太小了，两个人如此窝着绝对谈不上舒服。可不知道为什么，在一点点适应这突如其来的亲密的过程中，她再一次觉得无比幸福。

而他们俩，竟然真的就窝在这张小沙发上睡着了。

聚会地点是在一家高级会馆，门口停着的一溜儿豪车看得让人咂舌。宁从简熟门熟路地牵着江小鱼进了门，会馆经理无比热情地亲自将他们送到包间，完全是一副恭迎财神爷的架势。

包间里已经来了不少人，男男女女，衣香鬓影，看得江小鱼眼花缭乱。她看了看屋内穿着清凉的女孩们，不自在地拉了拉身上的白T恤，总觉得自己有些格格不入。

宁从简似乎感受到她的不安，松开握着她的手，揽上她的肩膀，低声说了句：“你和她们不同。”

江小鱼不明白这句“不同”的含义，却知道宁从简是在安抚她，心里冒出一丝丝甜。

宁从简已经很久没带过女人参加聚会了，俩人如此亲昵地出现，自然引起了大家的注意，落在江小鱼身上的目光均是带着几分好奇和探究。

“宁哥。”一个娃娃脸的男人迎了上来，手臂上挂着一个女孩，女孩画着淡妆，五官艳丽，气质清新。她的目光先落在宁从简的身上，随即才看向江小鱼，礼貌地颔首。

江小鱼回以微笑，握着宁从简的手却是紧了紧。

宁从简安抚地捏了捏她的手，给她介绍："我的小老弟牛健，你叫他阿牛就行。阿牛，叫嫂子。"

"嫂子好。"牛健满眼好奇地盯着江小鱼，看得宁从简举手要揍他才收回目光。

"再看把你的眼睛抠出来。"

"哥，你别这么吓人行不行？这不是好奇嘛，我都以为你要清心寡欲一辈子了，谁知道这么快就出来个嫂子，你不会也和甘菘哥一样要闪婚吧？"牛健的眼珠子贼溜溜地转着。

宁从简意味深长地笑了笑，模棱两可地回了一句："也说不定。"

"什么说不定？"这时又走过来俩人，与宁从简明显也是很熟络的，简单地介绍后，几个人便说起了生意上的事。江小鱼听不懂，招呼一声就去找唐棠。可惜唐棠和甘菘正被一群人围着灌酒，她就找了个角落自己坐着。才刚坐下，牛健的那位女伴便坐到了她身边。

"你好。"她先开口招呼。

"你好，我叫果果。"

"江小鱼。"

"你是哪个学校的？"果果端起一杯酒递给她。

江小鱼接过酒，愣怔了一下才回答："我毕业很多年了。"

这回换果果惊讶了："你多大了？"

"二十七，你呢？"

果果蹙了蹙眉，不过很快就用一个微笑掩盖："二十，小鱼姐，你是艺人吗？"

"不是。"

果果重新打量江小鱼，二十七岁对于他们这个圈子来说绝对称得上高龄了，除非是哪个网红、艺人，靠着知名度撑场子，或者就是他们这圈子里的名媛。可江小鱼一看就不像这圈子里的人，着实令人有些好奇。

“小鱼姐，你是做什么的？”

江小鱼迟疑一下，还是说了“官方”的职业：“我在从简科技做程序员。”

“你在从简科技？”

“有什么问题吗？”这有什么好值得惊讶的吗？

果果喝了杯中酒，大眼睛往人群里瞟了瞟，有些幸灾乐祸：“小鱼姐，你可真厉害，居然能让宁大少破戒。”

“破戒？”

“看见那边那个亮片小短裙了吗？”果果努努嘴，很是不屑地说，“你可得小心她，每次出来盯着宁大少就像饿狼盯着生肉，上次还提出毕业想去从简科技，结果一听说宁大少不吃窝边草，立即就改了口，狼子野心昭然若揭。”

江小鱼看向“亮片小短裙”，女孩很高，一双大长腿女人看着都要流口水。此时，她正和一个男人跳贴面舞，丝毫不介意男人在她身上乱摸的手，似乎还享受其中。

“你确定她对宁从简有意思？”

“钓不到大鱼，总不能连虾米都钓不到吧。”果果习以为常，见她一副震惊的模样，善意地拍了拍她，开导道，“出来玩就要看开一些，又不是娶回家的老婆，谁在意这些啊。”

果果见她脸色不好，心里“咯噔”一下，不知道是不是今天酒喝得太多了，还是江小鱼这位老姐姐看上去太单纯，明知道有些话不应该说，却还是忍不住开口：“别想着和这些人天长地久，能捞点好处就捞点，等他们玩够了，甩咱们就像丢件旧衣服一样。他们这些人啊，结婚对象都不是自己能决定的，灰姑娘的故事只能是童话。”

“果果。”

果果说完，看到几个小姑娘在冲自己招手：“小鱼姐，要不要一起过去？”果果站起身。

江小鱼摇头，果果拉了拉裙摆扭着腰走到吧台前的人堆里，很快就和那群小姑娘说说笑笑起来。

江小鱼看着包间里的热闹，更觉得自己格格不入。宁从简说得很对，她与他们是“不同”的。

她们有大把的青春可以浪，她没有。

她想要的是爱情和婚姻，她们不是。

江小鱼默默地端起酒杯，小口小口地酌着，似乎酒精能把那突如其来的不安给压下去。一杯饮尽，当她再次伸手，手腕被人一把攥住。

宁从简挑了挑眉，桃花眼在昏暗的灯光下格外勾人。

这种男人，大概不给女人承诺，女人也愿意为他醉一场。

“不开心？”他的眉头蹙起来，“谁不开眼惹到你了？”语气已是不善，大有她说出名字，他就能砸了场子替她出气的架势。

“你。”江小鱼挥开他的手，又换了一杯酒。

宁从简也不拦她，俩人分开也就十几分钟，人没出这个包间，必然是谁说了什么才会让她不高兴。她是他带进来的，不会有不开眼的男人来搭讪，可见不是男人就是女人。他扫视一圈，稍一琢磨便知道问题出在哪里了。

这个傻姑娘，八成是想多了。

他抬手揉了揉她的头发：“不是和你说了，你和她们不同吗？”

“哪里不同？”江小鱼心里有一股莫名的火气，“我年纪比她们大，目的比她们强，还是没有她们……”

“有没有她们都可以，江小鱼却是非你不可。”宁从简这辈子都没有这么哄过女人，连他自己都惊讶自己的耐性。若是以往，哪个女朋友敢在这种场合耍脾气，他大概半句话都不会多说，直接让她走人，省得扫兴。可是碰上江小鱼，他就什么脾气都磨没了，连她莫名其妙的小脾气都让他觉得是自己的错。

一句“非你不可”瞬间浇熄了她的火气，江小鱼不是不识大体，知道这不是什么吵架的场合，主动道歉：“对不起，我不是故意……”

“傻。”头发彻底被他揉乱，江小鱼仰起头，对上他满是宠溺的眼神，心软得一塌糊涂。她闻着他身上淡淡的味道，倾了倾身子，轻轻地亲了他的嘴角一下。

刚要挪开，宁从简偏头就堵住了她的唇，原本放在她头上的手直接挪到后脑，压着她不让她躲闪。

她下意识地启唇，任由他攻城略池，唇舌交缠的一瞬间，什么不安与脾气都消失殆尽，只剩下一个念头。

这是他们之间真正意义上的第一个吻。

这个吻是在一片起哄声中结束的。

江小鱼一头扎进他怀里，宁从简抱着她，笑得一脸邪气，对着起哄的人群叫道：“没见过打啵吗？起什么哄？”

牛健怪声怪调：“宁哥，甘大哥和新嫂子还没亲，你们俩就亲上了，是不是太心急了？”

江小鱼羞得更厉害了，这辈子都没这么丢人过。

宁从简笑道：“那还不让甘菘补上，围着我们干什么？”说完，他盯着牛健撇了撇嘴角，明明是笑的，可偏偏让人背脊发寒。

牛健接到暗示，哪还敢拿他们打趣，立即吆喝着让新人亲一下，瞬间转移了大家的注意力。

闹哄哄的人群移开，宁从简低声哄着怀里的姑娘：“都走了，别害羞了。”

“呜呜——没脸见人了。”

宁从简闷笑：“怎么就没脸见人了，哪对情侣不接吻？你这就是没习惯，习惯就好了。要不再亲一下，习惯习惯……”

他作势要亲下去，江小鱼扭头躲开，总算是从他怀里露出了脸。她的脸红得厉害，连耳根都在发烫。她捧着脸降温，看了看被众人闹着亲亲还落落大方的唐棠，满心满眼都是羡慕。

“我是不是有点小家子气？”她偏着头问，语气里有点懊恼。

已经乱得不能看的头发，又被狠狠地揉了一把。宁从简有些无奈：“江小鱼，你到底在不安什么？”

所有的小脾气都不过是她的不安而已。

宁从简一向不喜欢猜来猜去，牵着她离开包间走出会馆。

“我们就这么离开不好吧，唐棠一会儿找不到我……”

“她是今晚的主角，没有时间找你。”宁从简拉着人上了车，车子开出去一段距离，才靠在街边停下，“说吧。”

“说什么？”江小鱼明知故问。

宁从简不容她躲闪，两个人在一起想要长久，坦诚是很重要的一点：“你的不安是什么？”

车内一阵沉默，江小鱼偏过头看向窗外，就在宁从简以为她不会开口的时候，车内响起她软软的声音。

“看见橱窗里的珠宝了吗？”

他探了探头，才发现街边是一家奢侈品店，橱窗里展示着最新款的珠宝，切割精美的钻石在傍晚的余晖下熠熠发光。

“对于我来说，你就像橱窗里的珠宝，路过的时候，放慢脚步多看几眼，可是却从没有想过有一天可以占为己有。因为我知道，它的价格对我来说太贵了，不是我的生活必需品。”

这个比喻还真是妙。

宁从简看着她，突然就笑了。

“你笑什么？”江小鱼有点恼羞。

他倾身在她的嘴唇上啄了一下：“我对你来说就像昂贵的珠宝，那么，你知不知道你对于我来说又是什么呢？”

“是生活必需品。”

江小鱼微微愣怔，有些不懂。

“婚姻对于我来说的确有点遥远，甚至是束缚，我也确实没做好走进婚姻的准备。可就是没准备好的我，偏偏遇见了以结婚为目的谈恋爱的你，发现自己动心的第一时间，是抗拒。我怕一个失误，就会玩火自焚。”宁从简失笑，有些自嘲地叹了口气，“逃也逃了，躲也躲了，可到最后我发现哪怕有生命危险，也阻止不了我们的靠近。

“江小鱼，如果我对你来说真的是昂贵的珠宝，那么就算有一天失去，对你的生活来说也没有太大的影响。可是想到有一天我们真的会变成陌生人，我大概没办法像现在这样得意地过日子。我们俩之中该不安的那个人是我才对。”

江小鱼默默看着近在咫尺的人，眼底的情绪在汹涌地翻滚。

她从未想过自己在他眼中是那么重要。

她的踟蹰、不安、期待，甚至是恐惧，原来他也在经历着。

这一刻，她似乎明白一点什么是恋爱了。

担忧着你的担忧，分享着你的快乐，陪伴着你的寂寞。不是独角戏的自白，而是一场心意与情绪相通的对手戏，快乐与伤感都是两个人的事。

“我喜欢你。”心里翻涌的激烈情绪最后化成脱口而出的四个字，她伸手搂住他的脖颈，微微仰头印上他的唇，舌尖主动顶开他的牙关，轻轻地舔吮。

脑子里好像炸开了无数绚烂的颜色，这个吻甜而不腻，就像新制的蜂蜜柠檬茶，用热水冲开，温热的蜂蜜水带着柠檬独有的酸味，入口很甜，暖心暖胃。

宁从简舒服地靠在江小鱼家的小沙发上，喝一口蜂蜜柠檬茶，再吃一块刚烤好的蝴蝶酥，舒服又惬意地摇了摇腿。

江小鱼跪坐在地板上，面前摆着一台笔记本电脑，屏幕上显示的正是从简科技的内部网站。

“总公司目前有一百五十六名员工，三分之一为科研人员，这几年公司一直在研制高科技电器，我们希望能做到厨房智能的极端。”男人谈到事业总是神采飞扬，宁从简也不意外。

江小鱼一目十行地看了公司的简介和一些内部的项目资料，回过头问：“什么都可以看？”

“当然。”

得到同意后，她活动了一下十指，对着电脑屏幕深吸一口气，然后十指在键盘上快速飞舞起来，屏幕上开始出现眼花缭乱的代码，不一会儿，一张张报表便跃然屏上。

宁从简刚入口的柠檬蜜水直接喷了出去，不敢相信地盯着屏幕。

江小鱼却是极为认真地看着报表，越看眉头皱得越紧，最后终于忍不住问出口：“你不是很有钱吗？为什么还会有这么多贷款？”

“哪个做生意的没贷款？”他吞了口口水，看着屏幕的眼神有点绝望。

江小鱼想了想，她也没做过生意，只能是他怎么说就是什么，又回过头接着数他欠银行多少钱。正数得起劲，电脑突然蓝屏，然后出现一堆乱码。

她抬手看了看表：“一分零三秒，你们公司的财务系统安全性还不错。”

这么容易就被你黑进去，还叫还不错？宁从简根本笑不出来。手机振动，他接起电话，苏籽的声音又急又大声：“老板，财务系统被非法入侵，网监部的同事问要不要报警。”

他咬牙道：“不用，是老板娘查账。”

“……”

电话挂断，宁从简脸颊的肌肉不自然地抽搐一下，默默地想：这回没安全感的人是他了。

转眼到了七夕，江小鱼的七夕“情人结”套餐在三天前便上线了，简单美味的家常菜制作视频很受广大网友的喜爱。就连那套定制的餐盘都成了热门，网友纷纷留言求店铺名字。

江小鱼转发了自己的视频微博，艾特了暖房小米后才下了线。

到了七夕这天，她如常地准备晚餐，唐棠的视频电话就打了过来。见她穿着围裙，惊讶得不得了：“宁从简居然不带你出去过节？过分！”

“他好像忘记今天是七夕了。”吃早餐的时候也没见他提过节的事，吃完就匆匆忙忙去上班了，午餐根本没回来吃，八成是忙起来顾不得吃了。她掏出砂锅将泡好的米放进去，又加了些红枣、核桃之类的东西，放在燃气炉上熬煮。那家伙只要中午不回来，晚上进门一定是饿得嗷嗷叫，先喝一点粥垫垫对胃好。

“全世界都是七夕的广告，除非他是瞎，不然怎么可能忘了？江小鱼我可告诉你，这是你们俩在一起后的第一个节日，要是这么混过去，你以后都甭想过节了。他今天要是装傻，十二点前就分手！”唐棠义愤填膺，那架势恨不得举着拳头冲过来。

江小鱼被她说得也有点小气愤，盖好砂锅盖子，也举了举拳：“他要是装傻，今晚绝对不给他饭吃。”

“这就对了，女人就是要有志气！”

“有志气！”

两个女人隔空喊着口号，殊不知站在他们身后的男人均是一头冷汗，默默想着以后少让这姐俩儿凑在一起，实在是太可怕了。

唐棠那边突然响起“砰砰砰”的烟火声，伴着一声惊呼，镜头直接对向了窗外。绚烂的烟花在夜空中绽开，一朵朵比夏花还要灿烂。

“哇，谁这么浪漫？”唐棠感叹。

江小鱼刚要附和，就听见她一声倒吸气，接着便是“哇”的一声抽泣起来。

“怎么了？唐棠？”

她担忧地叫唐棠，视频镜头一转，一捧硕大无比的玫瑰切入镜头，站在玫瑰后面的男人缓缓跪下。除了外面的烟火声，室内竟然响起悠扬的小提琴声。镜头有些抖，可是并不妨碍两个女人的感动。

甘菘跪在玫瑰花旁，从口袋里掏出一枚戒指，心形的钻石异常闪亮，正是唐棠心仪的款式。

“唐棠，你愿意嫁给我吗？”这一声几乎是吼出来的。

不要说唐棠了，视频这边的江小鱼都要感动得哭了。等到听见唐棠那一声颤抖哽咽的“我愿意”，她用力地吸了吸鼻子。

视频是在两个人抱在一起后被挂断的，江小鱼红着眼圈抱着手机，低头看了看已经冒出热蒸汽的砂锅，突然有点心塞。

终于体会到什么叫“人家的男朋友”了。

她对着砂锅哼了一声，小声嘟囔：“敢给我失忆，就……”

“你不会是想谋杀亲夫吧？”身后突然响起的男声吓得她一抖，险些把手里的手机丢到砂锅里。

“干吗吓我？”江小鱼捧着胸口责备，眼睛瞪得大大的，发现对方双手空空，小嘴气得嘟了起来。

怎么连朵花都没有！

宁从简故意假装看不出小姑娘的心思，探头问：“饭好了没？饿死我了。”

这一问江小鱼更气了。饿饿饿，饿死鬼投胎！看见她除了要饭，再没别的事了。

“就快好了，你先去洗手吧。”她闷闷地应了声，转过头搅拌砂锅里的粥。

“哦，那快一点。”宁从简在她背后挑挑眉，还不忘催促一声，哼着莫名其妙的小调去了卫生间洗手。

听着那哗啦啦的水声，江小鱼恨得要把后槽牙给咬碎，气得在原地跺了两下脚才打开另一边的燃气灶开始炒菜。为了庆祝节日，她还特意准备了他喜欢的酸甜口菜品，此时格外想“酸酸甜甜毒死你”。

想是这么想，可对于烹饪她向来认真，仍旧是一点也不肯马虎，调味翻炒出锅装盘，保证菜品色香味俱全。

客厅里飘散着饭菜的香味，让这间小屋显得更加温馨。

宁从简甩着手上的水，看她噘着嘴一盘一盘地摆菜，哪怕心里气得要死，也还是不忘提醒他先喝粥，只觉得心被人轻轻一点，又酥又软，竟是从未有过的体会。

这一刻，他似乎有点明白甘菘为什么会闪婚了。遇见对的人，似乎真的不需要了解太多，就会让人徒生出对家的渴望，以及那种签字盖章才踏实的欲望。

“还傻愣着干吗，过来吃饭。”江小鱼没好气地叫人。

宁从简抿着嘴偷笑，踱步走过去，却没有坐下，反而站在了她身后，伸手环住她的腰。

“干吗？”她挣扎了一下，却被他更紧地抱住。

“你干吗对我这么凶？”他将下巴抵在她的肩上，明知故问。

江小鱼嘟着嘴不说话，突然生出几分委屈，鼻子也有点酸。她正犹豫要不要在这个日子里跟他大吵一架，腰间的手松了松，面前出现一个拳头。拳头摊开，一道流星从他的掌心划过，熠熠闪光。

第十二章
红枣银耳粥

她看着在面前摇摆着的项链，满眼的不敢相信。

“这……这不是……”

“不是什么？不是以为我忘了这么重要的节日，才故意凶我的吗？”宁从简又晃了晃手中的链子，笑得狡猾，问，“喜欢吗？”

江小鱼：“这是橱窗里的那条吗？”

“正是。”宁从简打开项链的锁扣，亲自为她戴上，“你不是说我就像奢侈的珠宝吗？现在珠宝就挂在你的脖子上，完完全全属于你，安心了吧！”

江小鱼摸了摸脖子上的钻石，心“扑通扑通”一阵乱跳，一则是感动，有哪个女人不喜欢礼物，更何况是这么昂贵的项链。可正因它的昂贵，真的是让她心跳加速，她有些为难地问：“能退吗？”

这回换宁从简讶异了：“退什么？你不喜欢？”

“不是不喜欢，这也太贵了。”因为在橱窗外流连过太多次，她此时甚至不敢去想那无数个零到底是几位数，“其实你随便给我买份礼物我就很开心了，真的不用这么贵的。”

“那怎么行，我宁从简怎么能送女朋友便宜货。”宁从简被她弄得哭笑不得。

江小鱼也是同样的心情，索性在他怀里转个身，伸手回抱住他，嘴上却是极力劝说：“我知道你的经济条件还不错，可也不是这么浪费的。再说……再说，”她踟蹰着，不知道说出来的话会不会伤到男人的自尊，可是她真的说不出“不喜欢，不想要”这样的假话，只能咬着牙实话实说，“你欠了银行那么多钱，真的没必要因为买礼物造成负担，我不是那么物质的女人。”

江小鱼伸手捧着他的脸，极力让他相信自己：“以后遇见节日，你送我一朵红玫瑰就可以，就一朵，也不需要包装，留着玫瑰长长的茎，让我可以插在客厅的小花瓶里，我就很欢喜了。”

宁从简此时简直不知该说什么好，就在她还在喋喋不休地找着各种理由说服他将项链退掉的时候，他突然低头用唇封住她的小嘴。

明明喜欢得要命，却为了他的经济考量，拼命劝他退掉。

他的情史比她丰富得多，再加上生活环境以及社会地位，让他看过了太多形形色色的女人。对于喜爱的人他向来大方，那些女人也是欣然接受，他从不觉得有什么不对，更加没有人可笑地和他约定所有的节日只送一朵玫瑰。

宁从简突然有一种感觉，除了江小鱼，他再也遇不到一个只送一朵玫瑰就会很欢喜的人了。

她只要一朵玫瑰，他却想给她摘来全世界的玫瑰。

一吻结束，嘴唇上残留着对方的温度和触感，江小鱼咬了咬下唇，总算是闭了嘴，小巧圆润的耳垂渐渐变红。

宁从简嘴角轻挑：“傻子，你到底会不会看账？”他无声地笑了笑，拉着她坐下，索性直接掏出手机打开自己的个人银行账户推到她的面前，示意她看。

江小鱼懵懂地看过去，眼睛瞬间瞪圆，抓起手机直接用数的：“个、十、百、千、万、十万、百万……”数到最后，她险些咬了自己的舌头，“你……你……你，怎么会有这么多钱？”

“还好吧。”宁从简不以为意，“这几年一直在投资研发新项目，砸了不少钱，不然还能再多一个零。”

江小鱼端起水杯灌了一口，可惜还是没能压抑住内心的波澜。她看着他，沉默了好半晌，可怀里就像是揣了一只兔子，根本平静不下来。

“你先吃饭。”她突然说，抓起手机直接进了卧室。

这什么反应？宁从简蒙了。

不一会儿，卧室里传来略有些压抑的尖叫声。

“唐棠，你知道宁从简有多少钱吗？

“他居然那么有钱。

“我去，我居然找了个土豪男朋友。

“我不是在做梦吧！

“我算不算傍大款？

“我是不是可以让他给我买架飞机、游轮，还有私人海滩。对对，还有以后逛商场，我们就这个、这个、这个不要，其他的都包起来……啊啊啊——哈哈哈——”

听着卧室内的“胡言乱语”，举着筷子的宁从简感觉头上多了三条黑线，说好的一朵玫瑰就很欢喜呢？

飞机？游轮？私人海滩？

江小鱼对钱的定义，似乎真的很有偏差。

宁从简此时很想去敲敲门告诉她，他虽然有点钱，可真的没达到能买飞机、游轮和海滩的程度。

室内的江小鱼还在“哇啦哇啦”地说着话，不过已经跑题跑得找不到边际了。宁从简的肚子“咕咕”叫了一声，看着满桌佳肴，决定先填饱肚子再说其他的。刚要夹菜，他想起江小鱼的唠叨，又默默地放下筷子，端起粥碗。粥里加了红枣、银耳、核桃、冰糖等物，香糯甜蜜，入口后从舌尖一直暖到肠胃，格外舒服。

他默默地想，若是新项目能顺利推出市场，飞机、游轮和海滩也不是不能买的。

七夕虽然过去了，可七夕的气氛还残留着。这种情人节正是相亲网站搞活动找噱头的日子，红娘网与一个正火热的相亲节目达成了合作，从一个月前就每周都派出四五位能引起话题抑或是足够优秀的会员去参加节目相亲。

甘菘和电视台谈协议之初，答应以老板的身份去参加一期节目的录制，谁也没料到他会这么快变成已婚人士。作为一名已婚人士，自然不能去相亲，再加上他和唐棠的婚礼已经提上了日程，每天都忙得脚不沾地，索性不要脸地把这个宣传和公关的工作都推给了宁从简。

电视台听说把甘菘换成宁从简，那是一万个同意，还像恐其后悔一般，将录好的节目全部押后播出，要录完即播。等宁从简得到消息，电视台那边已经万事俱备，只欠“东风”，根本不给他找借口推脱的机会。

宁从简看着日程，暗暗发愁。

“如果被媒体扒出我有女朋友，还以单身的姿态去参加活动，岂不是得不偿失？”

“大哥，谁真让你去相亲啊？媒体宣传你又不是不懂，你抱着你的新产品上台，介绍一下自己，反选的时候把所有女士的灯都给灭了，就说缘分没在场上不就完事了？”甘菘将节目预案分发给大家，宣传部的经理也很赞同。

“这个相亲节目很受三十五岁到六十五之间的观众群的欢迎，这个年龄段的人对家电的关注力和购买力也是最强的，我认为这个节目值得上，对我们的新产品推广很有利。”经理说完，打开准备好的PPT，投影幕上出现一位颇为眼熟的女孩，“她叫桃桃，职业是美食博主，因为长相甜美，在网上很有人气。节目组那边已经同意让她在节目上与你互动，软植入Easy炫彩电饭煲。这个系列的电饭煲除了功能上的升级外，主打的就是颜值。时下流行的草莓红、雾霾蓝都是我们主推的颜色，与桃桃年轻、邻家的气质很相符。如果不是早就定好了代言人，我们其实也可以考虑请这种美食博主、厨娘之类的网红代言，他们的人气很高，代言费比明星要低很多。”

提到厨娘，宁从简第一个想到的就是江小鱼。他看了看投影幕上的女孩照片，不屑地撇撇嘴，这种姿色还敢称甜美、邻家，要是小鱼儿录视频肯露脸的话，哪还有这个叫什么桃的饭吃。

“宁总、宁总……”见他走神，苏籽尴尬地低声叫他。

“啊？说到哪儿了？”宁从简看向宣传经理，经理一脸无奈。

甘菘敲敲桌子，直接拍板：“那就这么定了，散会。”

众人拎着资料从会议室鱼贯而出，宁从简瞪着甘菘：“你说定就定，我同意了吗？”

“少数服从多数。”甘菘得意地摇晃着脑袋，“你要是怕江小鱼吃醋，我去替你解释。”

“谁吃醋，我家小鱼儿才不像唐棠那么矫情，看谁都像情敌，天天给你贴‘已婚’的标签。”他挑挑眉，瞟了一眼甘菘脖子上的“红草莓”，轻轻地“呵”了一声。

甘菘却是更加得意：“看你那副嫉妒的嘴脸，怎么？还没吃到‘鱼肉’？”

“我们家小鱼儿才不是那么随便的人。”他恼羞，江小鱼那种亲一下都能羞半天的人，他哪敢这么快就越雷池。

“是是是，你们家小鱼儿最纯洁、最天真，你最好这辈子都别吃肉。”

甘菘说完，站起身，一边摇头感叹一边往外走，“我们这种俗人就不行，一天没肉吃都孤枕难眠，唉……”叹完，他赶紧跑路。

宁从简举起文件夹直接冲着他飞出去，可惜没拍到人，只拍在了门上。他气得拍桌，手机屏幕一亮，是江小鱼的微信。

小鱼儿：宁大老板，今晚想吃什么？

宁从简：肉！

小鱼儿：猪肉？牛肉？还是羊肉？

宁从简：鱼肉！

想吃肉的执念让宁从简晚餐独自吃了一整条江鱼，鱼肉鲜美，汤汁入味，吃的时候没觉得什么，吃完一起身才感觉胃被撑得顶着胸口，难受得紧。

他捂着胃“哎哟哎哟”地叫，江小鱼不得不又去厨房给他熬了山楂消食茶：“你这个挑食的毛病真的得改一改，碰见喜欢吃的就不知死活地使劲吃，不喜欢的吃一口都跟吞毒药似的。”

“你做的东西，无论什么我都喜欢吃，今天只是个意外。”吃不到“鱼肉”只好多吃点鱼肉了。

江小鱼不清楚他的心思，无奈地摇摇头，伸手帮他揉肚子。

夏日衣衫单薄，她的手刚冲过水，有些微凉，放在他的腹部格外敏感。宁从简几乎一瞬间就有了反应，端着茶的手一抖，茶水就洒了出来。

“小心些。”江小鱼抽了纸巾帮他擦，手肘碰到某处，攥着纸巾的手一抖，直接砸在了他的脸上。

宁从简也有些难为情，正要说些什么解释一下，江小鱼已经捂着脸跑了，临走还啐了句“禽兽”。

他满目怔然，指了指自己：“我禽兽？”他再低头看了看自己昂首挺胸的小兄弟，瞬间泄气，满是怨念地想：什么时候能吃上肉啊？

江小鱼直到他回家也没从卧室里出来，完全不知道怎么面对“兽性大发”的男人。听见关门声，她小心翼翼地开了卧室门，长长地舒出一口气，不过心里还是七上八下地吊着，想到手肘的触感，小心脏就怦怦乱跳。

她又冲回床上，一头扎进被窝里，撅着屁股像只鸵鸟似的扭来扭去，太害羞了。

等她羞够了，就钻出被窝抓起手机，发微信给唐棠——

小鱼儿：在吗在吗？

甜牙齿的甘太太：在。

看着“甜牙齿的甘太太”七个字，她有种莫名被塞了狗粮的感觉。

小鱼儿：请教你一件事。

甜牙齿的甘太太：说。

小鱼儿：情侣间相处多久适合进一步接触？

问题一问出去，唐棠直接把视频发了过来。江小鱼皱着眉，深呼吸两次才接起来。

“你在床上？”视频一打开，就是唐棠的尖叫。

江小鱼猛地从被窝里跳起来，连连摆手：“没有没有，我就是休息一会儿，就我自己，你看我的衣服还穿着……”明显是做贼心虚，有些语无伦次。

唐棠静静地看着她表演，等她懊恼地捂住脸，才凉凉地问：“宁老板对你禽兽了？”

江小鱼下意识地点头，点完头又快速地摇头。

“到底是禽兽还是没禽兽？”唐棠急了。

她脊背一凉，立即招供：“有想法，没实施。”

“是他没实施还是你没给他机会实施？”唐棠抓住重点。

江小鱼想了想，自己好像完全没给宁从简机会就跑了。

“哎哟，好丢人。”她又想扎回被窝里了，“我骂他禽兽了。”

唐棠无语："大姐，我真的要管你叫大姐了。你们在谈恋爱，两情相悦懂不懂？他不对你禽兽那他可真就是禽兽不如了！他有想法，你不至于扑上去，至少也应该鼓励他进行下一步行动，你居然骂完人家禽兽就跑了？你就不怕对他造成心理阴影吗？"

"就骂一句，能造成什么心理阴影？"

"男人有时候是很脆弱的，一个搞不好，你下半辈子的幸福就有可能要靠男科医院了。"

"哪有那么严重，你别吓唬我没经验。"江小鱼气得红着脸反驳。

唐娘娘冷哼一声："你要是不信就让他多忍几年，看他那玩意儿还中用不中用。"

想到"那玩意儿"是什么，江小鱼的脸又热辣辣地烧了起来。她捂着脸"嘤嘤"两声："可是……我没经验啊！"

"没经验就学，教学片好好看看，日、韩、欧……欧美的就算了。研究一下姿势，其他的就忽略吧。"

"还有什么其他的？"江小鱼好奇地问。

唐棠的声音低了一点："时间长短什么的，亚洲男人能坚持十五分钟的已经是这个了，"她对着镜头竖了竖大拇指，"八到十二分钟的可以打九十分，五到七分钟可以打七十分，从医学角度来说两分钟以上的都叫及格。"

"两分钟？"

"对呀。"唐棠撩了撩头发，对着她挤眉弄眼，"男女间亲密是很正常的事，不用刻意去亲密，也不用抗拒亲密。最好的亲密反而是情到浓时，自然而然地发生的。不过我要提醒你一点，在你没有确定要走进婚姻的时候，记得做好安全措施，搞出人命遭罪的还是女人。"

"什么措施最好？"江小鱼突然发觉这种事也是需要做很多功课的。

"最好的自然是避孕套了，如果来不及就吃紧急避孕药，不过那种药对身体的伤害很大，最好别吃。”

她默默记下，挂断视频后，钻进被窝里打开淘宝，直接进了某避孕套品牌的旗舰店。

水润至薄？倍滑超薄？Air 隐薄？

还有 Air 热薄？

这玩意儿还会自发热？

她暗搓搓地截屏发给唐棠，问：选哪个？

此时已经躺在老公怀里的唐娘娘瞄到信息，直接回复：别买了，我家有很多库存，送你。

回完，她戳了戳甘菘：“把上周买的那一箱帮我打包一下，我要送人。”

甘菘的眼睛瞬间瞪圆：“送谁？都送人？那我用什么？”语调里还有几分委屈。

唐棠给他顺了顺后脑勺的头发，眉眼挑了挑：“我昨天去了一趟医院。”

“去医院干什么？病了吗？哪里病了？”甘菘紧张地坐起来，在她身上上下左右检查。

“没病没病，只是去做一个孕前检查。”唐棠也坐起身，拉了拉躺皱的裙摆，不以为意地开口。

甘菘却是整个人都愣住，直勾勾地盯着她的肚子。

这个傻子。

唐棠无奈地推了推他的额头：“别看了，肚子里没有宝宝。我是做孕前检查，看看可不可以开始备孕，不是怀孕了。”

甘菘“哦”了一声，语气里难掩失望。不过随即他又把人抱进怀里，憨憨地笑道：“唐棠你真好。”

“我哪里好了？”

“我以为你会想多过两年二人世界的。”

“可是，你不是很想要一个女儿吗？”唐棠靠着他，勾着嘴角。

甘菘搂得她更紧一些，恨不得将她揉进骨子里：“我爱你。”

“傻瓜。”

爱情是相互的，从来没有单一付出的爱情。

她的确没有这么早要孩子的计划，恋爱、婚姻都需要磨合，婚后两年磨合期结束才是要孩子的最佳时期。不过听见他以为她睡着了的低喃，她突然觉得此时要一个宝宝也不是不可以，谁也保证不了过了磨合期就不会分开。

就算真的有分开的那一天，她也会很努力地照顾孩子，平衡两个人之间的关系，不会让他缺少一丝一毫的爱。

“欢迎 boss 光临，欢迎 boss 光临……”

宁从简走进研发实验室，第一个迎上来的就是香料。矮墩墩的小家伙围着他打转，欢迎完后立即提出要求：“可以给朕一份炸鸡吗？可以给朕一份炸鸡吗？”

“笨蛋，回来。”山奈无奈地拍了拍额头，他也搞不懂这家伙为什么总说这句话，明明语言系统很正常，这句话却像是被设置成特殊语言一样，总是被香料挂在嘴边。

“我不是笨蛋，山奈是笨蛋。”

“你敢骂我？胆肥了！”山奈气急败坏地指着它。

香料仍然绕着宁从简打转，根本不理会山奈气得跳脚，嘴里还不停地嚷嚷着“山奈是笨蛋”。

原本安静的实验室被他们俩这么一闹，大家都笑开了。最后还是姜末从里面走出来，直接在香料的头上拍了拍，小家伙立即安静下来，一溜烟地跑回了工作区。

“宁总。”姜末与之握手。

“我不是来视察工作的，只是来参观一下。”

“欢迎至极。”姜末扬起一个大大的笑容，很有男孩的朝气。他和另一位实验室的负责人带着宁从简走进工作区，此时工作区的正中间放着两个方形铁质试验品。

“目前我们主要研发的项目有两项，一是面点类全自动化烹调机器和全自动炒菜机。面点机这部分，市场上目前最多见的就是烤箱、面包机，这台机器不仅综合这两种家电的功能，更为便捷的是只要将适量的原料放入机器，搅拌、揉捏、发酵等一系列工作它全部可以自己完成。这个项目已经进入测试阶段，为了达到最佳的口感，我们想请一位面点类的大师进行分量比重的调配，最好能配合机器录一些教学视频或者食谱，这样更容易推出市场，进行销售。”

宁从简满意地点点头，随着引领走进第二间实验室。

这回换了姜末来介绍：“很多国家都在做自动炒菜机的研发，不过效果都很一般，市场的需求量就更低了，大多数需要这种机器的都是大型餐饮企业或是复合调料制作公司等。我们研制的这款炒菜机则是针对家庭使用，概念是让厨房小白变成厨房达人，让生活更加简单。预计下个月开始测试，目前最棘手的就是我们需要专业的厨师和营养师。”他尴尬地挠挠头，“我们项目组，包括组长在内全是厨房小白。”

宁从简失笑，伸手指了指几个人，无奈地摇摇头。

这要是让大众知道研发组全是厨房废柴，也算个不大不小的笑话了。

“我会尽快和欧芹达成协议，不会拖延你们的进度的。”

听见“欧芹”二字，研发组的成员备受振奋，均有些摩拳擦掌、跃跃欲试的意思。

宁从简从实验室出来，就吩咐苏籽去约欧芹，项目的进展比他想象的更加顺利，的确令人振奋。他哼着小调下到停车场，刚上车就收到了甘菘的微信。

甘先生爱糖糖：库存已清空，注意查收。

宁从简看着这条莫名其妙的信息，只觉得甘菘是结婚结昏了头，问都没问就直接忽视了。

回到家，他正碰见江小鱼下楼取快递。

“我帮你拿。”见她抱着一个大纸箱，他忙上前，结果伸出的手却被直接躲开了。

“不用不用，很轻的，我自己拿着就可以。”江小鱼连连拒绝。

宁从简无奈，硬抢了过来：“你要时刻记住你是个有男朋友的人，这种粗活怎么能自己干？”

江小鱼尴尬地笑了笑，看着他捧着的箱子，一脸心虚。想到箱子里装的东西，她更是无比羞耻。进了电梯，她几次想要拿回箱子却都被拒绝。直到下了电梯，江小鱼站在门口再一次伸手：“我自己拿进去就好。”

宁从简抱着箱子一躲，看着她微微蹙眉：“你今天不太对劲啊？”

“哪……哪有不对！”

“都结巴了还说哪有不对。”他越发觉得不对劲，抱着怀里的箱子盯着她，“你心虚什么？”他拿眼神瞟了瞟家门，“里面有人？”

“胡说八道，我家能有什么人？”江小鱼的心快被提到嗓子眼，为了掩饰心虚，直接转身按开家门自证清白，“鬼影都没一个，哪来的人？快把箱子给我，我要回去准备晚餐了。”

宁从简狐疑地递过去，就在江小鱼要接住的一瞬间又收回手：“这箱子里是什么？”

“我……我网购的食材，你快给我。”她说着话就要上前来抢，一看就是心里有鬼。

宁从简左躲右闪，单手抱着箱子，另一只手直接拆箱。

封箱胶带被撕开的声音对江小鱼来说绝对是噩梦。

“不要……”她大叫尖声，可惜完全阻止不了。

胶带被无情地撕开，箱子也像是散了架一样从他手上歪倒，一个个小小的塑料包装从箱子里倾泻而出，红红蓝蓝的颜色格外刺眼。

江小鱼简直绝望，直接捂住自己的脸，恨不得就此晕倒。

宁从简也被箱子里倒出来的东西震惊了，盯着散落一地的计生用品，哑然失声。好半晌，他才找回自己的声音。

“这……这……你买的？”他干巴巴地问。

江小鱼捂着脸摇头。

“那哪儿来的？”他问完，猛地想起在停车场收到的那条微信。

甘先生爱糖糖：库存清空，敬请查收。

这不会就是甘菘所谓的库存吧？

不过甘菘快递这么多套套给江小鱼干什么？他脑子里很乱，却也知道甘菘不可能快递这种东西给江小鱼，除非是……

“唐棠？她快递给你的？”

江小鱼真的要哭了，直接转身躲进屋里，“砰”的一声甩上门，只留下宁从简一个人站在走廊，对着满地的套套。

宁从简也有些傻眼，这辈子还没一次性见过这么多套套，今天也算是开了眼了。他来回踱步，想明白是怎么一回事，又看了看关得严严实实的大门，突然就笑了。

这个傻姑娘啊！

他摇摇头，蹲下身收拾残局。回到自己的公寓，看着那个破纸壳箱子，总觉得他们算是被甘氏夫妻给涮了，越想越不甘心，索性掏出手机回复甘菘。

宁从简：库存收到，恭喜弹尽，祝早日粮绝。

发完消息，他暗爽地笑了半天，直到肚子“咕咕”叫了一声才尴尬地朝门口望去。就在他琢磨着如何去隔壁的时候，手机屏幕一亮，一条新信息显示出来。

只有两个字，却令人无比雀跃。

小鱼儿：吃饭！

宁从简：马上！

江小鱼对着做好的饭菜足足有十分钟才鼓起勇气发了信息给宁从简，结果等见到人，她又后悔了。

还不如饿他一晚上呢！

宁从简莫名地兴奋，虽然什么都没有说，用餐的全程嘴唇都扬起一抹古怪的弧度，偶尔还会故意用膝盖蹭她的腿，然后看着她爆红的脸，又是一脸无辜。

这个人，真的很欠揍！

江小鱼又窘又气，无时无刻不想掀桌赶人，却又不得不压着火，假装对方是隐形人。直到用完餐，看见他放下筷子，那心情都快赶上渡劫完成了。

殊不知，宁从简看着她那斗争激烈的表情，忍笑忍到内伤。

“那箱子……”

“没有箱子，什么箱子，不许说箱子！”江小鱼像是被摁了开关一样，猛地蹦起来，怒目瞪着他，激动得拳头都挥舞起来，那架势完全是“你再敢提一句，老娘就揍你”。

宁从简识相地封唇，可惜颤抖着的双肩完全出卖了他。

“不许笑！”这话绝对是尖叫着喊出来的，隐隐还带了哭腔。

这回他不敢笑了，赶紧收了笑也站起身。

江小鱼脸红眼也红，又急又气，又羞又窘，完全不知该如何面对。她想要转身躲起来，却被一把拉住。她也不说话了，咬着牙使劲挣脱，像一只受了委屈的小牛犊子。

宁从简拉着她的手更紧，若这时松了手，以后只怕更难解决。他索性拽着她的手臂用力一拉，将人紧紧地困在怀里，也不管她张牙舞爪的扑腾，一下下拍着她的背："好了，好了。"

神奇的是，她那复杂又激动的情绪竟真的在这一声声"好了"中逐渐平复。冷静下来的人更觉委屈，额头抵着他的胸口，嘤咛着一下下地蹭着。

宁从简松了口气，笑容又回到脸上，抱着人坐到沙发上，"箱子"两个字再不敢提。两个人就这样相互偎依着，谁都不说话，谁也不觉得无聊。直到宁从简的手机振动，江小鱼才从他怀里移出来，示意他看手机。

宁从简伸手在她的头上揉了揉才掏出手机，是甘菘发的微信。

甘先生爱糖糖：放心，没有那一天，我家糖糖要给我生猴子。

宁从简磨了磨牙，他还没吃到肉，人家已经要生猴子了。

放下手机，他再看向江小鱼，眼神突然就怨念了。

江小鱼被他看得莫名，心怦怦跳，好似怕他再提"箱子"一样。她看了看挂钟，突然开口赶人："很晚了，你该回家了。"

说着话，她直接伸手拉他，然后推着他就往门口走。

宁从简直到被推到门口都没反应过来是怎么一回事，几次张嘴都被江小鱼给打断，直到被推出门去才听到一句重点。

"你把那些东西丢掉。"随着话音落下的还有重重的关门声。

他对着门板足足愣了两三秒，不禁感叹："女人啊……"

感叹完他突然想起一件事，忘记告诉她明天录节目的事了。

算了，还是等录完再说吧。

"缘来是你"算是省台最热门的相亲节目了，已经播出了五季，热度持续增高，很受观众喜爱。之前还请过一些单身的明星来相亲，很会做噱头。

宁从简算是企业家里话题度极高的一位，年轻、英俊、多金、有能力，身上的光环多了，自然引人瞩目。再加上他之前有过一位明星女友，对普罗大众来说他的知名度比那些小明星高出太多了。

这种重量级的嘉宾让整个节目组都振奋了，总导演亲自相迎，陪同妆发，还将场上二十四位女嘉宾的资料都打印出来，让他提前做功课。

宁从简不是第一次上节目，化好妆就坐在休息室认认真真地看台本，设计自己上台后的说辞，尽量做到不动声色地植入产品。

所有嘉宾就位后，副导演叫他候场。

后台还站着几位参加活动的男嘉宾，看见宁从简都有些小激动。不过因为他身边围着助理、导演一堆人，便也只是多看几眼，并没有上来搭话。

宁从简是第一位上台的嘉宾，主持人幽默诙谐的开场后，耳机里传来“有请第一位男嘉宾上场”，他站在升降台上，嘴角勾起礼貌的弧度。

灯光投射过来，他从容地挥手，场上场下瞬间沸腾了。

“宁从简，二十七岁，青年企业家……”主持人顿了顿，突然放下手卡，扫视着场上兴奋异常的女嘉宾们，故作无奈地开口，“算了，我也不用介绍了，估计对于宁总的履历，你们比我还要清楚。”

话音刚落，九号女嘉宾便接了话：“二十岁靠投资赚到人生的第一桶金，二十二岁创建从简科技，仅仅三年就将从简科技做成国内最大的厨房家电制造商……呜呜，我要激动死了……”女嘉宾夸张得原地跺脚。

“哎哎哎，别激动，别激动，人在这里，不会跑。”主持人笑着接话，“今天，人人都有机会了。”

场上又是一片沸腾。

“宁总，你的择偶条件是什么？或者说，你喜欢什么样的女生？”

所有人都屏住呼吸等待他的答案，宁从简看着镜头，礼貌地笑了笑，想都没想就开口道：“会做饭的。”

第十三章
单身千层饼

话音一落，大家明显都愣了，显然是没料到他会提出这样的条件。不过主持人反应很快，立即问场上的女嘉宾：“谁会做饭？”

“我。”

“我会。”

女嘉宾们争先恐后地举手，还有的在喊“我能学”，逗得台下的观众捧腹大笑。

“学肯定是来不及了，机会总是留给有准备的人。”主持人神秘地笑了笑，镜头在女嘉宾之间来回转换，最后落在站在边上的桃桃身上才再次开口，“桃桃可就不一样了，职业厨娘，自从她来当嘉宾，每一期上节目时都给我们带好吃的。今天宁总来当男嘉宾，桃桃又做了什么好吃的迎接呢？”

桃桃捧着脸做羞涩状：“我好激动呀。”

“别激动，平复一下。”

桃桃跟着主持人做了两个深呼吸，手从脸上移到胸口，显然还是很激动，不过她极力在控制：“特别特别巧，我今天给大家带的好吃的，就是用从简科技的电饭煲做出来的。因为新款电饭煲的颜色太美了，周末逛街没忍住就买了，今早试锅做了排骨焖饭。”

主持人大笑：“人家姑娘都是看见漂亮衣服、首饰忍不住剁手，你是看见电饭煲忍不住剁手，也是厉害！”

桃桃羞涩地笑了笑，突然看向宁从简，眼睛发亮：“不知道有没有这个荣幸可以让宁总尝一尝我的手艺？”

听见品尝，宁从简下意识地皱眉，意识到自己是在录节目，随即扬起礼貌的微笑，眼里的不耐烦却是难以遮掩的。不过场上的人好似都瞎了一样，起着哄让他品尝桃桃做的美食。

这是台本上没有的环节。

副导演将电饭煲直接送到台上，他不得不打起精神。最新款的电饭煲被放置在舞台中央，他主动走到离电饭煲最近的位置，尽量让电饭煲多多入镜。

“用这款炫彩电饭煲焖饭，又香又糯，再加入排骨，完全不需要配菜。”桃桃也走下场，站在宁从简身边介绍电饭煲。不过她刻意贴近的行为几乎让宁从简想直接下台。

她打开电饭煲，焖得正好的排骨饭散发出香味，主持人直接竖起大拇指，很捧场地喊道：“真香，一定很好吃。”

桃桃用简易餐具给大家盛饭，第一碗直接递给了宁从简。宁从简接过饭的举动引发了场上女嘉宾的一阵起哄。

主持人又开口：“了解宁总的人都知道他对美食极其挑剔，不知道桃桃的这碗排骨焖饭能不能征服宁总的味蕾。”

大家的目光随着这句话直接投向宁从简。

宁从简看着手里的排骨饭，着实是不想动筷子。可他也明白这是工作，只能硬着头皮拿起筷子。脑子里默默想着江小鱼做过的排骨焖饭的味道，她会精心挑选每一块排骨，对待任何食物都带着一种近乎信仰般的虔诚，从她手里做出的佳肴总是异常地暖心暖胃。

排骨入口，瞬间打破了他的想象。

这一锅排骨饭与江小鱼视频里制作的看上去几乎一模一样，可入口才知道差距。排骨不够入味，米饭又有些过咸，若不是锅好，将米饭焖得足够香糯，这锅饭几乎没办法入口。

这种水准也能当网红厨娘？

太骗人了吧！

宁从简面带微笑地腹诽着，为了电锅宣传又不得不昧着良心夸赞几句，下了台却是直接冷了脸，吓得导演半句话都不敢多说。宁从简不在外用餐的事并不是什么秘密，导演也没料到桃桃会开口让他品尝，此时看着他的神色，心里“咯噔”一下，想了想还是颤巍巍地上前道歉。

“宁总，真不好意思。”

没等他说完，宁从简直接摆了摆手，表示没关系。本也不是什么大事，只是他情况特殊，却也没有迁怒的坏习惯，强撑起笑，反过来安抚导演。

导演也怕得罪这种大人物，万般感谢地将人送走，并再三保证一定多给几个电饭煲的特写。

目的达到，宁从简也从那口饭的糟糕心情中脱离，迫不及待地回家吃饭。

殊不知，家里已经飞醋满屋了。

从他进电视台就被人偷拍了，再配上几张他在台上和桃桃互动的照片，一发上网就直接上了热搜——

宁从简桃桃

宁从简相亲

两条热搜直接爆了。

江小鱼此时正在准备食材，微博提示音响起，她下意识地瞄了一眼，却不料会看见“宁从简”三个字。

她放下手里的活，打开微博细看，被“相亲”两个字直接灼了眼，再看到他和桃桃的合影，差点把菜刀飞到对面。这个桃桃她也听说过，四处抄袭别人的美食视频，做个美食露脸比露菜还多，也不知道是卖脸还是卖手艺。

胸口腾起一团怒火，再看向准备好的食材，她直接从调料柜里掏出一瓶白醋。打开炉灶给锅子加热，倒入姜蒜末爆锅，倒入辣椒酱、剁椒酱并加入番茄和调料，然后加水。汤汁沸腾后，再加入金针菇和肥牛片，待再次沸腾后，她拿起白醋瓶子，咬着牙往里倒。

厨房里蒸腾出一股又酸又辣的香味，倒是正符合她此时的心情。

饭菜上桌，某人准时进门，身上穿的还是录节目时的那件衣服，简直是人赃并获。

宁从简尤不自知参加节目这件事惹了大祸，脱了外套就直奔餐桌，闻着饭菜的香味，异常满足：“还是我家小鱼儿的手艺棒。”

说着，他抓起筷子就吃。只是肥牛入口，酸辣的味道几乎冲鼻，让他不自觉地皱了皱眉。倒也不是不好吃，只是江小鱼知道他的脾胃不好，一向很少做这种重口味的菜肴。

随着这一口“不对味”的肥牛入口，他方察觉家里的气氛有点不对。看着板着脸的江小鱼，他莫名就心虚了，小心翼翼地试探：“你怎么了？怎么看着像不开心呀？”

江小鱼冷哼一声，把手机放在桌上，面无表情地直接质问：“相亲相得挺开心？”

宁从简只觉得脑子“嗡”的一下，再低头看到手机上的微博页面，哭出来的心都有了：“小鱼儿，你听我解释。这个节目本身应该是甘菘去参加的，谁知道他突然领了证，要是已婚了还参加相亲节目，不仅没办法宣传新产品，可能还会连累产品的宣传。因为之前就已经答应了电视台，我也是被逼无奈。”他一气呵成，半点停顿不敢有，就怕她来一个“我不听、我不管、我不看”，那可真就是判了死刑了。

“是吗？”

轻飘飘的两个字，像是两把小刀。

宁从简委屈地蹲下身，握着她的手可怜巴巴地开口：“真的，我可以让甘菘来做证，真是只是为了宣传新产品，绝对没有相亲的意思。不信的话，等节目播出你就知道了。我灭了所有女嘉宾的灯，一个都没选。主持人问我想要什么样的女朋友，我都是照你的样子说的。”

“我什么样子？”江小鱼被勾起了好奇心。

宁从简总算是找到了机会，可劲地夸：“可爱、善良、聪明、伶俐……最最突出的就是厨艺好，真可谓是出得厅堂，入得厨房。”

“油嘴滑舌。”江小鱼嗔了一句，冲着他哼了哼，嘴角微微勾了勾。

“油嘴滑舌也只是对你，别的女人我才懒得油嘴滑舌。”他顺势搂住她的腰，撒娇似的用头在她的腹部蹭了蹭，发现并没有被推开，心总算是落了地。

他发现江小鱼这个姑娘年纪虽小，脾气却不小，不过胜在好哄，也不会无理取闹。他美滋滋地评价着，殊不知女人的心里都是有一本账的，说不定哪一天爆发了，你自以为哄好的那些旧账，都会被一一翻出来重新掰扯。

不过此时看着她吃点小醋，内心虽有忌惮，更多的还是觉得被人在乎了。他抬起头看她，伸手摸了摸她的脸，又去捏她的耳垂。

江小鱼害羞地抿了抿嘴唇，自从“箱子”事件后，俩人还没如此亲密过。不过恋爱中的人，哪有不渴望靠近的。她说不清内心复杂的情绪，只知道自己想抱抱他、亲亲他。

她如此想，也如此做了。

她红着脸又低了低头，唇瓣擦过他的额头，很轻、很柔软，却擦出了火。

他伸手按在她的脖颈后，迎上她的唇就吻了上去。

宁从简的舌尖在她的牙齿上扫过，江小鱼的身子立即就软了。两个人的姿势并不舒服，他含着她的唇缓慢地站起身。而她自低着头变成抬起头，他吻得越来越凶，直到她的嘴唇发麻，才稍稍松开一点。她大脑一片空白，完全不记得之前的小争执，更加不知道两个人怎么就吻到一起去了。

等她清醒一点，两个人已经都站了起来。江小鱼被抵在墙上喘着粗气，看着他的眼睛有点雾蒙蒙的，看上去有点呆，却格外可爱。她的嘴唇有些肿，比脸蛋更红，很诱惑。

他的指腹摩挲着她的腰，不舍离开。明知道江小鱼的节奏不能太快，可手指就像控制不住一样顺着她衬衫的下摆一点一点地钻了进去。

宁从简亲下来的时候，江小鱼的心跳很快。

他抱着她转了个身，两个人躺在了沙发上。深吻过后，他一下下轻啄她的额头、脸颊、脖子、耳朵，还有锁骨，到最后脑子又乱得无法思考了。

直到那带有气息的吻一路向下。

"饭……还没吃饭。"

宁从简闷在她的胸口笑了笑，抬头，咬了咬她的下巴，不疼，很刺激。

他在她的耳边说："我在吃我的饭。"

江小鱼的脑子"嗡"的一声，有点结巴："我……我……我不是饭。"她胸前的一片肌肤都红了，这个时候居然想到"箱子"被宁从简给抱走了。

宁从简故意学她："你……你……你就是我的饭。"

学完，他自己倒是先笑了。

这一笑，缓解了些许过火的暧昧，可身体还在叫嚣着。

他摸了摸她的头发，低头亲了亲："别怕，我会等你准备好的。"说完，他好似不舍得似的，硬是在她的脖子上吮出一片红，才起身去了卫生间。

江小鱼看着他的背影，有点愣怔。直到卫生间传来水声，她想到什么，抬手捂住脸，转身埋进沙发靠垫里。

她想说自己已经准备好了，可他没给她这个机会。

江小鱼偷偷窥了一眼浴室，水声仍旧“哗啦啦”，忍不住掏出手机发信息给唐棠。

小鱼儿：在吗？

甜牙齿的甘太太：在。

小鱼儿：刚刚差点……擦枪走火。

甜牙齿的甘太太：为什么是差点？不是真的擦枪走火？套套没收到吗？楼下便利店买一个好不好？

江小鱼被唐棠一连串的问题问得更加面红耳赤，不知道为什么，此时和唐棠提到他，她的心都会“怦怦”直跳。

小鱼儿：他……说要等我准备好，然后就去洗澡了。

甜牙齿的甘太太：靠！

甜牙齿的甘太太：牛掰！

甜牙齿的甘太太：真爱啊！

小鱼儿：……

甜牙齿的甘太太：夸他呢。能忍的才是大丈夫，这点他比甘菘强。

江小鱼又捂了捂脸，心里有点甜。

甜牙齿的甘太太：不过你也不能让他忍太久，他们这种吃惯了大鱼大肉的，家里太素就容易去外面化缘。再说了，男人忍多了对身体也不好，真完蛋了，以后还是你遭罪。

小鱼儿：我没让他忍啊！

甜牙齿的甘太太：那现在就脱光光躺在床上，他从浴室一出来，你就说‘come on baby’。

小鱼儿：再见。

甜牙齿的甘太太：【坏笑】去准备吧，记得喷香水。

江小鱼直接发了一个倒地不起的小表情，然后真的倒在了沙发上。想到唐棠说的脱光了躺床上，她都羞耻得想砸出个洞钻进去，根本不可能那么做嘛。

浴室的水声戛然而止。

江小鱼立即从沙发上跳起来，规规矩矩地坐在餐桌前，好似之前什么都没发生过。

浴室的门半开："小鱼儿，有浴巾吗？"

"有。"她猛地起身，小腿磕到桌腿，疼得眼泪都要流出来。她抱着腿跳进卧室，衣柜里放着上个月她买回来的新浴巾。她背对着门，从门缝里把浴巾递进去，手背被轻轻碰了一下，心像触了电似的。

宁从简洗完澡，倒像是没事人一样，坐下的时候，还伸手摸了摸她的头发。俩人默不作声地吃饭，吃完饭她去洗碗，他则站在厨房门口陪聊。

说的是工作上的事。

"下次带你去看看我们的新产品，一种能够替代厨师的黑科技。"

"很多职业都有可能被科技替代，不过厨师是不可能的。"江小鱼提出反对意见，"我爸曾跟我说过，做饭这件事不仅仅是口味上的优劣，还有一种无法用舌头品味的味道。"

"不用舌头品味？那是什么味道？"

"人情味。"江小鱼提到父亲很是骄傲，"他说好的厨师除了能烹饪出有绝佳口感的佳肴外，更重要的是能让客人在佳肴中吃到心意、回忆和人情味。尤其是现在这个时代，不缺吃也不缺喝，更不缺美味。可为什么还有那么多人四处寻觅美食呢？与其说他们是在寻觅美食，不如说他们是在寻找感觉，小时候的回忆、妈妈的味道以及满足猎奇的心理。"

她放好碗筷，擦了擦手。宁从简看着她侃侃而谈，满眼都是舒服，哪怕她是在否定他的研究。

他伸出手，她自然而然地将自己的手放在他的掌心里，然后被他温暖地包裹着，牵着她回到客厅，偎依着窝在她的小沙发上。他身上散发着熟悉的沐浴露的香味，莫名地觉得比自己身上的香味好闻。

“你从来没有跟我说过你的父母，可以说说他们吗？”他问。

“嗯。”

江小鱼闭上了眼，似乎在回忆什么，好半晌才开口：“我爸是一名厨师，开了一间小鱼馆，还算有名气，每天都会有很多人从很远的地方慕名而来。我妈负责前台，家里还有几个小徒弟跑堂，生意很好。虽然辛苦，却很快乐。他们很爱我，打烊后就算是累得直不起腰，也会把我抱进怀里哄我说话，问我学了什么，或是给我讲故事。我爸还会偷偷带我进厨房教我做菜，不过我妈总担心危险，每次被发现家里就会河东狮吼。我爸那个人带徒弟可凶了，可是我妈一吼他就尿，所以家里的小徒弟们犯了错，第一时间就是找师娘。因为有师娘在，就不用挨打了。”

那时候真的很开心，哪怕回忆都觉得幸福。可每每想到他们的离去，仍旧忍不住伤感。

“他们是在我上初中的时候意外离世的，燃气爆炸。他们没了，小鱼馆也没了，除了钱什么都没留下。”这一直是江小鱼耿耿于怀的一件事，小鱼馆一楼做生意，二楼住着他们一家三口。那天她被奶奶留宿没能回自己家，临睡前还和妈妈通了电话，却不知那会是最后一次听妈妈的声音。

小鱼馆的意外带走了她的父母，也将一切与他们有关的物品都焚毁了，连一件能留念的物件都没有给她留下。奶奶伤心极了，狠下心连小鱼馆都给卖了，带着她回了乡下。

那时候她告诉自己，你有的只是回忆，所以好好记住。

抱着她的手臂突然紧了紧，将她从悲伤的情绪中带离。江小鱼侧头靠在他的肩膀上，有一种漂泊很久终于找到一个港湾的归属感。

“你的父母是做什么的？”她的声音里还有一丝喑哑。

宁从简蹭了蹭她的额头，想到父母现在的状态，一时间还真不知道该怎么说："我家有点复杂。"

"复杂？"江小鱼坐起身，眨巴着眼看他。

宁从简叹了口气，把她拉回怀里，玩着她的小手慢悠悠地道："我父母年轻的时候都是大学教师，后来我妈辞职经商，生意越做越大，两个人聚少离多就分手了。"

"离婚了？"

"嗯，我还有个哥哥，他们俩分开的时候我哥跟了我妈，我跟了我爸。不过我妈哪有时间管我哥，最后就变成我们哥俩儿都跟着我爸生活，直到我哥高考那一年，我爸查出得了癌症。他不敢告诉我们，怕吓着我们，也怕影响了我哥高考。手术之前，他怕自己就这么去了，所以才联系了我妈，将我们俩托付给她。

"谁知道我妈回来后，把我们哥俩儿直接委托给了一位老师带着，自己衣不解带地去医院照顾我爸。我爸手术成功后她也没走，说是等他过了五年复发期再走。五年过去，她又说等十年，这一等就等到老了。"

"阿姨一定很爱叔叔。"

宁从简点头："爱肯定是爱的，就是年轻的时候太能吵，我小时候对他们俩的记忆就是不停地吵架，吃饭也吵，睡觉也吵，直到吵散了，家里才安静。我和我哥一直觉得他们分开挺好的，所以后来我妈回家了，我们俩还担心了好一阵子，怕家里又会吵个不停。好在我爸这一病，倒是让两个人都闭了嘴。就连我上学坚持读商科，再到出来做生意，我爸都没吭声。其实我知道，他还是希望我能像我哥那样去搞科研，安稳地生活。"

"哪有希望父母分开的孩子？你和你哥哥算是典型的熊孩子了！"江小鱼在他怀里偷笑，被他威胁地戳了戳额头才闭上嘴。

宁从简接着说："外界都以为我创建从简科技是白手起家，其实启动资金全是我妈给的。"

“阿姨很支持你的事业。”

“我爸也支持，只是他嘴上不说罢了。他一直以为我不知道，其实我早就知道我上学的时候卖出去的那些项目，都是他帮我联系的买家。”

“父母对孩子的心都是一样的。”江小鱼感叹，如果爸妈现在还在，也一定会支持她做好一名厨师的。说不定她已经继承了小鱼馆，成为老板娘了。

不过很可惜，只是如果。

夜已深，江小鱼打了一个小哈欠。

“困了？”

“嗯。”她点头，却没有动，也没开口赶人。大概是这个怀抱太温暖了，温暖到她想到父母也不似一个人的时候那么难过了。

“睡吧，你睡着了我再走。”似乎是看出了她的不舍，宁从简直接把人抱了起来，迈步走向卧室，将她放在床上，自己也躺了下去。

江小鱼身子一僵，温暖的怀抱又贴了过来，从身后将她抱住。

他声音低沉：“睡吧，我不会对你做什么的。”

她看不见他的脸，想转身亲他又放不下矜持，就这么睡了又有些舍不得，思绪来回地拉扯，扯着扯着就混沌了。

江小鱼是被手机的振动声吵醒的，半梦半醒之间想是自己睡前没关机吗？她闭着眼睛在枕边摸索，摸到手机后整个人都缩进被子里才按下接听键，似乎这样接电话可以边接边睡。

“喂？”

“……”

“哪位？”

“不好意思，打错了。”一个男声有些惊慌失措。

江小鱼不满地哼唧一声，把手机丢回枕边，打算翻个身接着睡。刚要睡着，手机又振动起来。

“嗯，真是烦死人了。”她气鼓鼓地踢了踢被子，接通电话时的语气已经有些小暴躁，“哪位？”

“我是苏籽。”

苏籽？宁从简的助理为什么给她打电话？

“苏助理，找我有事？”

“没事，没事。”苏籽连连否认。

没事打什么电话？江小鱼被气得睁开了眼：“那你打电话来干什么？”

“那个……能不能让宁总接电话？”

“那你给他打电话啊！”

“这个就是宁总的电话。”

“……”

江小鱼脑子一“嗡”，猛地翻身而起，转头看向枕头的另一边。玫瑰金的手机安静地躺在枕边，而手里握着的这部手机在晨光下泛着黑色的金属光泽。

回忆一点点回笼，江小鱼看着手机，整个人都僵硬了。

“江小姐，江小姐？”电话里传来苏籽的叫声。

江小鱼很想装死，可为时已晚。

就在她想一头撞死在床上的时候，房门一动，顶着一头湿发的宁从简推门而入。他先看了看她那古怪的表情，视线下移落在手机上，了然地笑了笑，伸手从她手里接过手机：“什么事？”

苏籽是例行汇报公事，宁从简一边听，一边分神去看已经把脸埋到枕头上的江小鱼，扭着身子的动作从头到脚阐释着“懊恼”二字。

“让宣传部定就可以。对了，把宣传片发给我。”

苏籽答应完，宁从简刚要挂断，那边弱弱地问了一句：“老板，你的手机怎么会是江小姐接听？”

宁从简又看了看江小鱼，见她在偷瞄自己，嘴角一勾：“我在洗澡，不方便接。”

江小鱼像一只奓了毛的猫，张牙舞爪地扑上来。可惜电话已经挂断，根本没给她解释的机会。

“你怎么能这么说，多容易让人误会啊！”

“误会什么？”

江小鱼说不出口，脸红红的。

“我们光明正大地谈恋爱，有什么怕被误会的。”他笑着说，伸手捧着她的脸亲了一口，“等新产品上市后，我会对外公布我们的恋情。”

窗外，晨光射到床上，她能闻到他沐浴后清爽的味道。

不排斥、不反感，甚至很喜欢、很依赖。

他们才认识多久，她竟然开始对他产生依赖了。

江小鱼想：如果每天早上睁开眼就看见他的脸，应该是一件很幸福的事。

“好。”她说，伸手抱住他的腰，像一只刚睡醒的小猫，不停地蹭着主人，求抚摸。却不料还未等到公开，就被宁从简节目上的一句“单身”给打了脸。

节目正式播出的这一日，江小鱼录了一期“一人食千层饼”的视频。唐棠来帮忙，顺便带了甘菘来蹭饭。视频录好，宁从简也回了家，四个人正好开餐。

刚出锅的千层肉馅饼，外酥里嫩，葱花和肉馅的香味完全融入面饼中。咬一口饼，吃一口小菜，再喝一口牛肉汤，令四个人都满足地喟叹。

填饱了肚子以后，节目正好开始。

江小鱼一边剪辑视频一边看节目，直到宁从简出现在屏幕上，她才停下手上的活，专心致志地盯着电视。

屏幕里的男人穿着一身合体的西装，妆发自然，与他本人并无差异，只是从后台走上来的气势绝对与在家里等着她投喂的时候完全不同。明明脸上挂着礼貌的微笑，可透着屏幕都能感受到那股凌厉和距离感。

“宁老板上电视还挺帅。”唐棠在她耳边低声揶揄，“有没有那种‘你们不知道这么帅的男人是老娘的’的暗爽感？”

没等江小鱼回答她，就听主持人问道：“宁总是单身吗？”

宁从简：“单身。”

这两个字让女嘉宾们沸腾起来。

“节目效果，这都是节目效果。”宁从简偷瞄了一眼江小鱼，见她面无表情，心里有点发毛。他用手肘捅了一下甘菘。

干什么呢？还不给我解释。

甘菘接到他满是杀气的眼神，有点㞞，不过心里却在想：宁从简，让你嚣张让你狂，你也有今天。

他忍着笑，毫无诚意地附和：“对对对，都是节目效果，小鱼儿你可别当真。”

“不当真，有什么可当真的。”

这话怎么听怎么有点咬牙切齿的感觉。

江小鱼的视线又回到电脑上，给视频配后期的字幕，又调了调光感，满意后直接发到了微博上。刚发送完，宁从简的微博就“叮”的一声响。

他打开一看，脸都要绿了。

“江小鱼，什么是单身千层饼？”

“你不是刚吃完吗？”她凉凉地回答，头都没抬，回复着粉丝的评论。一人食的视频是微博上发起的一个美食小比赛，很多美食博主都参加了，乔木也替她报了名。原本这道菜的名字叫“肉馅千层饼”，就在刚刚听见“单身”二字，她索性直接把肉馅改成了单身，更符合一人食的概念。

没想到“单身”二字似乎是打中了粉丝的心，好多单身狗都出现在评论里卖惨，还有粉丝直接问她是不是单身。

宁从简是“单身”，她自然也是，于是她想都没想就回复了一位粉丝。

没想到评论区瞬间炸了锅，冒出来好多男粉纷纷转发求娶。

宁从简看着转发量“噌噌”地往上涨，莫名地觉得自己头上绿了一层。

江小鱼抬头看看他，见他那憋着火的样子，莫名就高兴起来。感觉自打知道他录相亲节目后的那种憋屈，一下子就发泄出去了。

“噱头而已，不用在意。”

他怎么可能不在意，也顾不得边上还有甘菘和唐棠在，火大地质问：“你还在评论里说自己单身！”

“你不也在节目里说自己单身。”

“你……”宁从简气得说不出话来，站起身瞪着她。

甘菘和唐棠面面相觑，默默地挪到餐桌边坐着，以免被这俩人误伤。唐棠还不忘把零食盒子拎过去，两个人一边分食一边看戏，着实气人。

江小鱼不客气地瞪回去，见他一副气急败坏的样子，心里格外爽，似笑非笑地开口：“你单身我就要理解，我单身就罪不可恕，知道什么叫双标狗吗？”

唐棠直接给她竖起大拇指。

甘菘咬着腰果摇头，输了输了。

宁从简被问得彻底败下阵来，不瞪眼了，也不气了。

“站着不累吗？”江小鱼也软了语气，拍了拍身边的位子，给了他一个台阶下。

宁从简顺势坐下，又有点不甘心，见她还在回复评论，也摸出手机登录微博。他打开最新的那一条“一人食：单身千层饼”的视频微博，点下转发，配文：求娶【爱心】。

宁从简的微博粉丝有四千五百万，就是发条广告都会有十几万的评论，更别说大众一向关注他的私生活了。

“求娶”两个字一发出去，江小鱼的微博主页几乎要死机了。

甘菘和唐棠也傻了眼，要不是目睹他们吵架，真不敢相信俩人这么草率地就公开了。

过了几分钟，江小鱼还是盯着手机，宁从简从“小得意”已经上升到“坐不住”了。他用膝盖碰了碰她的腿：“你就不回应点什么？”

“这个？”江小鱼点了点手机。

宁从简点头，可惜还没来得及提起兴奋，就被浇了一头冷水。

“有什么好回应的。”

“你不回应我很尴尬的。”

宁大少的表白被无视，应该会上热搜吧。

江小鱼盯着越来越多的转发量，嘴角突然勾起一抹坏笑，点点头：“那就尴尬着吧。”

“……”

“噗……”甘菘和唐棠已经笑得东倒西歪。

宁从简咬着牙，不敢招惹江小鱼，便死命地瞪着甘菘。直到把那看热闹的两口子瞪得落荒而逃，他才苦兮兮地抱着江小鱼哀求：“小鱼儿，回应一下吧！”

“不要。”她拒绝得很干脆，嘴边还是那一抹坏笑，有点任性，有点稚气，却像是小猫的爪子轻轻地挠了他一下。她打了个小哈欠，直接横躺在沙发上，小脑袋自然而然地躺在他的腿上，还在他的腹部拱了拱，很嚣张地闭上了眼。

宁从简看着她哭笑不得，有点委屈又有点高兴，不过高兴什么他自己都不知道，对着她比画两下，又忍不住低下头在她的头发上亲了亲，然后叹了口气。

再看向手机，宁从简求娶的话题已经上了热搜榜第一名。想到江小鱼若是一直不回应，瞬间又是满满的心塞。

第十四章

蒜蓉娃娃菜

宁从简求娶事件很快就成了网上热议的新闻，他之前在节目中说自己的择偶条件最重要的一条是“会做饭”，网友们居然一面倒地认为这是他在节目上对小鱼儿的公开表白。有好事者顺着俩人的微博查找，发现小鱼儿“排骨焖饭”那一期的视频里有从简科技出品的电饭煲，一锤定音这俩人早就在一起了。

而小鱼儿迟迟不更博、不回应更是让这则新闻持续发热，甚至造成了千万网友求回应的现象。

江小鱼打开微博，评论和转发都是炸锅的状态——

网友 A：小鱼儿，求回应？

网友 B：我老公跟你求婚了，你知道吗？

网友 C：未来婆婆，你什么时候把我老公生出来？

……

这下子换江小鱼心塞了，索性关了评论功能，让新闻热度自然冷却。宁从简抗议了两次，完全没用，也就只能继续尴尬着了。

公司宣传部对现在的状况倒是乐见其成，老板的绯闻直接带动了新产品的销量，简直就是最有利的免费宣传。大家嘴上不敢说，心里却是默默祈祷江小姐沉住气。

江小鱼的气自然是沉得住的，不过宁从简就不同了，吃饭的时候都是用一种哀怨的眼神看着她。

江小鱼被这眼神盯得着实有些心虚发毛，夹了一筷子蒜蓉娃娃菜放在他碗里，状似无意地问：“周末有空吗？”

“约我？”两个人在一起也有一个多月了，还没正正经经地出去约过会。想到这儿，宁从简还真有些愧疚，这绝对是他这个男朋友不称职。

“奶奶的养老院周末举办联欢会，我答应了乔木去帮厨，如果你有时间的话可以一起去……”江小鱼抿了抿唇，声音低了点，“顺便见见我奶奶。”

宁从简的眼睛一亮，这是要正式见家长的意思了，怎么可能没时间。

“有空，不仅有空，我还能给你带几个帮手。”

“什么帮手？”

宁从简挤了挤眼，故弄玄虚地道：“到时候你就知道了。”

养老院每个季度都会举办一次联欢会，老人家平日里没什么事，经常聚在一起拉拉胡弦、唱唱戏，联欢会正好给他们提供了一个展示的机会，也算是给他们找点乐子。

乔木家的养老院住着三十多位老人家，除了乔爸乔妈外，还有六名护理人员和两位打扫的阿姨。联欢会就在楼前的空地上举办，江小鱼和宁从简到的时候，空地上已经摆好了桌椅，临时搭建的舞台也铺上了红地毯。

“还挺正式！”宁从简对着舞台挑了挑眉。

迎上来的乔木听见这句，不轻不重地冷哼一声：“爷爷奶奶都很重视联欢会，自然要做得正式一些。小鱼儿，食材都准备好了，今天张阿姨请假了，我去后厨给你帮忙。”

江小鱼还未开口，宁从简直接帮她拒绝：“不用，我带了助手帮她。”

“没关系，让你的助手就当来参观敬老院了。”乔木皮笑肉不笑地说，伸手就要接江小鱼的包，却被宁从简抬手拦住。

“他们领的薪水可不是参观敬老院的薪水。”宁从简笑了笑，收回手直接揽住江小鱼的肩膀，“厨房就交给我们吧，你去忙，小鱼儿会照顾我的。”

江小鱼也帮腔：“乔木你就去帮乔叔叔的忙吧，不用管我。”完全没发现俩人的兵刃相接，她乐呵呵地拉着宁从简往厨房走，完全不知道身后的乔木气得直跺脚。

当初他怎么就见钱眼开地非让江小鱼去给他当厨娘呢？此时真是悔得恨不得戳自己两刀。

厨房里，所有的食材都已经准备妥当。

江小鱼刚抓起蔬菜要清洗却被宁从简拉住了手：“干吗？”

“我不是说给你带帮手的吗，怎么可能还让你自己洗菜？”说完，他冲着外面喊了一声“抬进来”。

苏籽带着人，抬了几台机器进门。工人们熟练地安装，动作极快。

先安装好的几台，江小鱼家里虽然没有，却也是认得的。洗菜机、洗碗机、蒸箱和烤箱，只是到了后面两台，她就说不准是什么了。

安装好，工人直接将大捆的芹菜放入机器中，按下智能开关，十几分钟，芹菜已经洗好切段，每一段都是一样的长短，美中不足的就是芹菜叶也混在其中。

宁从简得意地冲她挑挑眉。

江小鱼理性评价：“简单、便捷，清洗得也够干净，虽然挑不出叶子，却也不是什么大问题。最大的问题是清洗时间过长，很多维生素都是水溶性的，随着反复的清洗，蔬菜中的维生素也会大量流失。”她用盆子将芹菜段收起来，取了几个土豆，尝试着操作机器。机器基本不需要手工设定，智能选取蔬菜种类，洗切一体，的确足够便捷。

“维生素流失的这一点，我们的设计师也有提及。不过现在的蔬菜农药残留较多，就算是人工清洗也避免不了。”苏籽开口解释。

江小鱼点点头，算是接受了。

宁从简却皱起了眉，他对家电的要求不仅仅是等同于人工，而是要高于人工，优于人工：“让研发部解决这个问题。”

苏籽应声，混在工人里的两名科研部人员却是在心里暗暗叫苦。

被抬进来的机器江小鱼都一一试用了，普通人品尝绝对猜不出部分菜品是机器制作的，她看着两盘几乎一模一样的芹菜炒土豆丝陷入深思。

宁从简见她发呆，戳了戳她的腰：“想什么呢？”

江小鱼对着菜努努嘴：“我一直坚信厨师是不可能被人工智能取代的职业，今天却有点动摇了。”

这还真是莫大的夸奖。

宁从简忍不住勾了勾嘴角，拿起筷子分别尝了尝两盘菜，肯定地指着其中一盘说：“这是你做的。”

江小鱼有点惊讶，因为配料是同样的，她之前就已经品尝过，基本尝不出区别才会有此感叹。

宁从简这回得意起来：“因为有你的味道，还有你之前说的人情味。”他顿了顿，也顺着她的目光看着菜肴，“其实我做智能家电的初衷并不是要用智能家电替代人工，而是希望能让那些不会做饭、不便于厨房工作的人，也可以吃上营养美味的一日三餐。我爸生病的时候，我妈特别想给他做饭吃，总觉得自己当了人家半辈子的老婆，如果连一顿饭都没给人家做，有点亏心。可偏偏她根本不懂做饭，他们两个人又都是挑嘴的，厨房差点被烧了，这餐饭也没送到我爸面前。我妈就蹲在一片狼藉的厨房里号啕大哭，那是我第一次见她如此崩溃，在那之前，我和哥哥一直认为她无比坚强。也是那一次我们才知道，我们的妈妈也许不是我们以为的那样。”

“你做智能家电的初衷是想让你妈妈给爸爸做一顿饭？”

“是，也不是。”宁从简笑了笑，“其实我知道，我妈那么崩溃并不是因为做饭，她是怕失去我爸。不过那时候我还是想要做出一台可以让任何人都能做出美食的机器。公司成立后，我们在研发之初做过一个民生调查，调查的结果显示，我们国家正在走向老年化，‘421家庭’越来越多，绝大多数的小夫妻都是上有老、下有小，简直是分身乏术。越来越多的人放弃厨房，外卖、简餐成为家庭消费的大支出。可是长期大量地食用外卖食品，过高的油脂以及卫生问题正危害着这一代人。其实大家都知道外卖对身体不好，却不得不吃。如果有更便捷的厨房电器，我相信很多人会回归厨房，会围坐在餐桌旁一起用餐，而不是捧着外卖便当，让家连一丝烟火味都没有。”

江小鱼看多了宁从简吊儿郎当的公子哥模样，此时听他认认真真地说着自己的事业和梦想，身心都被感动了。

“你一定会成功的！”她异常地肯定。

看着她略带崇拜的眼神，宁从简由衷地感到满足，用力地在她的脸上亲了一口：“菜都做好了，该带我正式见一见奶奶了吧。”

“走吧。”江小鱼解下围裙，有点紧张。

养老院的阿姨们走进厨房帮忙端菜，看见两个人的亲密举动，拉着她热络地问：“男朋友？”

“嗯。”她答应了一声，手心里有点冒汗，很不习惯被人这样围观。

宁从简倒是如鱼得水一般，比她还亲近地一口一个“阿姨”地叫了起来，叫得几个阿姨恨不得这人是自家女儿的男朋友。

江小鱼赶紧拉着人往外走，江奶奶今天也有节目，此时正在空地上吊嗓子，“咿咿呀呀”格外认真。还是旁边拉二胡的爷爷拍了拍她，她才收了声回头看。

两个孩子就站在不远处，宁从简穿着白衬衫、西装裤，原本就英俊的脸上此时挂着笑容，显得格外阳光。江小鱼站在他身边，一副乖乖巧巧的模样，异常登对。也不知为什么，江奶奶只觉得有些鼻酸，冲着俩孩子伸了伸手，满心都是“真好”这两个字。

宁从简想要讨人喜欢是一件极容易的事，他原本就长得好，此时又刻意地讨好，礼貌周到，面面俱全。不仅仅给江奶奶准备了礼物，养老院里的老人家人人都没空手，就连乔木都得了一份。

几位拿了礼物的老人家围着江奶奶夸赞——

“你这个孙女婿好呀，人长得帅，还有礼貌。”

“出手也大方，看看这个乳胶被，我女儿上次去泰国给外孙买了一床，要上千块的。”

江奶奶笑着点头，嘴上埋怨道：“这孩子就是大手大脚的。”眼里却尽是满意。

她转过头，拉着宁从简偷偷说：“小宁，下次来可不要带这么多礼物了。你们年轻人赚钱不容易，我们人老了，用什么都一样，没必要花这个钱。”

宁从简扶着奶奶，挤眉弄眼地低声说：“下次只给奶奶自己买。这次是初次见面，我不是想着多讨好讨好大家，万一您看不上我，还有人给我说点好话吗！”

“你这孩子啊！”江奶奶被他逗得笑出声。

江小鱼回头看着他们俩，一头雾水：“说什么这么好笑？”

江奶奶擦了擦笑出来的眼泪，冲着她招了招手，然后拉过她的手放到宁从简的手里：“小鱼儿父母走得早，就留下我们一老一小相依为命，我也不懂怎么教她，这些年都是她一个人磕磕绊绊走过来的。她受了委屈从来不说，也不太会讨好别人，我知道她性格上有缺陷，以后你可要多多包容她。如果有一天你觉得她不好了，请你千万别说伤她的话，让她走就行。我们江家的姑娘，绝对不会死缠烂打。”

“奶奶。”江小鱼瞬间就红了眼。她一路走来磕磕绊绊，江奶奶又何尝不是。

宁从简用力握住江小鱼的手，什么话都没有说，只是重重地点了点头。他无法承诺会爱她一辈子，因为谁也不知道未来的事，不过他会尽全力呵护他的小鱼儿，让她后半辈子的路没有磕绊，只有顺遂。

“奶奶，我会对她好的。”

这个答案很朴实，江奶奶很满意：“去吧，别围着我们转了，去帮你乔叔和乔婶的忙。”

“那我们先去准备，一会儿好看你们的表演。”

“去吧，去吧。”

宁从简笑呵呵地拉着江小鱼进了室内。其实把饭菜做好，基本就没有什么活需要她了，不过是老人家找借口让两个人独处罢了。

江小鱼看了看表，距离开始差不多还有半小时：“我们去奶奶的房间坐一会儿。”

“好呀。”

俩人上了二楼，江奶奶自己住一间房，房间里有独立的卫浴，家用电器也很齐全，房间的装饰也不是养老院里统一配备的蓝色，都是江小鱼亲自选的小碎花，看上去又干净又温馨。

床头柜上放着一张老照片，照片上有五个人，他只能依稀辨认出坐在正中间的江奶奶。

江小鱼指了指江奶奶怀里抱着的小婴儿：“这是我一周岁的时候照的。”

“这是你的父母？”宁从简指了指江奶奶身后站着的两个年轻人。

江小鱼点头，勾了勾嘴角问："我爸爸帅吧。"

"没我帅。"宁从简故意逗她。

江小鱼"啧"了一声，很是不屑。她从他手里接过照片，小心翼翼地摆回床头，可见其之珍贵。

宁从简笑了笑，搂着她撒娇："这都见家长了，你还不给我这个男朋友正名一下吗？"

"正名什么？"

"别跟我装糊涂。"他低头对着她的脖子龇牙以示警告。

江小鱼抿着嘴笑，扣着他的手摇了摇，求饶似的开口："不是不给你正名，只是我的微博是工作用的，绯闻多了，大家的关注点就全都偏移了。你也不想我失去工作吧！"

她简直在鬼扯。谁不知道这年头自媒体靠的全是流量，流量大了谁管你的工作重心是什么！他也不揭穿，索性自己掏出手机，对着俩人紧握的手拍了一张照片："我自己正名总行了吧！"

没等她反应过来，宁从简点了几下屏幕，江小鱼的手机便传来"叮"的一声提示。

新消息提醒：有人 @ 了你。

江小鱼狐疑地打开微博，宁从简最新发布的消息就跳了出来。

十指紧扣的照片竟是异常温馨。

宁从简：@ 厨娘小鱼儿你的味道我喜欢。

江小鱼看着屏幕呆住了，好半晌才回头去看宁从简，问："这算是官宣了？"

"什么叫算是，这就是官宣了。"他直接敲她的头，也不知道这小脑袋瓜里每天到底在想些什么。

江小鱼突然笑了，回过头亲亲他的下巴："晚上给你做好吃的。"

这还差不多，宁从简刚扬起笑，她又接了一句："庆祝三千万少女失恋，我居然能让这么多人失恋，突然觉得自己好厉害。”

宁从简的脸抽了抽，莫名地觉得哪里不对劲。

宁从简单方面官宣，让江小鱼的微博又大火了一把。上一次的“求娶”事件，绝大多数网友都是一种看热闹的状态，大多数人大概是没有真的认为这两个风马牛不相及的人会在一起。这一官宣，算是彻底炸了。

说酸话的自然有，更多的却是祝福。

江小鱼不大不小也算个网红，对于网络上的攻击早就练出了自动屏蔽的能力。再加上宁从简有意控评，一切似乎都是朝着好的方向在走。

不过两个人都没有想到的是，还没等江小鱼回应官宣，她的资料就已经被网友扒了出来。

起因还是之前他们俩一起参加的那场七分钟约会，有参与者认出了宁从简，接着江小鱼也很快被指认出来。

江小鱼：“现在是什么情况？”

甘萩和宁从简对了对眼神，沉默不语。

唐棠就比较直接了，冲江小鱼一伸手：“手机给我。”

江小鱼递过去，完全不知道这三个人在琢磨什么。

一分钟后，四个人的手机同时“叮叮叮叮”地响了起来。

“怎么回事？又爆出什么了？”江小鱼拿回手机赶紧看，结果看到自己最新发布的一条微博时，整个人都傻了。

厨娘江小鱼转发了宁从简官宣的那一条微博，配文：感谢红娘网。

简单粗暴，广告硬得不能再硬了。

“唐棠！”江小鱼近乎尖叫。

甘萩和宁从简均是一缩脖，只有唐棠淡定如故：“这么好的宣传机会干吗错过？而且红娘网也能帮你们分分流，省得网友总盯着你们，搞不好过两天连公寓地址都被挖出来，那就真的不用好好过日子了。”

一句话，秒杀一切火苗。

江小鱼像一个泄了气的瘪茄子，不过当她发现网友似乎真的被带跑了后，泄下去的气瞬间又冲了回来。

网友 A：红娘网是什么鬼？

网友 B: 赶紧去红娘网注册一个 VIP 会员。

网友 C: 红娘网还有第二个宁大少吗？

网友 D: 我有预感，红娘网要火啊！

不到两个小时，#红娘网#这一话题直接蹿上了热搜榜第一名，彻底沸腾了。

三个小时后，红娘网新增会员一百多万人。

五个小时后，红娘网因访问量过大彻底瘫痪。

正所谓人红是非多，网红事故多，当#红娘网瘫痪#这个话题上了热搜后，红娘网的工作人员还来不及兴奋就成了瘪茄子。

网友们开启群嘲模式——

“这网站质量不行，技术小哥会被骂死吧！”

“咯咯咯——笑死我了，网民果然强大，居然就这么上瘫了一个平台。”

“呜呜——我还没注册，怎么就坏了？说好的童话制造商呢？老板是谁？出来！我们聊聊！”

四个人又不得不连夜赶往红娘网总部，唐棠已经转到了宣传部工作，直接被主管抓去开会，商量公关对策。甘菘吼完了主管们，全公司的人都动起来抢修网站。不过技术部实在是人丁单薄，随行的江小鱼也被临时收编，加入技术小哥的队伍之中。

技术部的大牛们起初还挺看不起这个小姑娘的，觉得这个小姑娘仗着老板的势来添乱。可听说她就是之前黑了网站资料库的黑客后，看她的眼神瞬间就亮了。

江小鱼坐在电脑前，莫名地被一众人围观，心里直发慌。

直到宁从简压不住火地大吼道：“看什么看，没见过女人吗？”他横在江小鱼前面，挡住所有人的视线，脸上已不仅仅是因为网站瘫痪的气恼。

技术小哥们纷纷归位，不过还有胆大的偷瞄江小鱼，那眼神瞬间打翻了某人的醋坛子，恨不得就此把人带回家。

甘菘看出苗头，赶紧拦住：“宁大少，就借你老婆一晚上，求你了。”

“我借你老婆一晚上你干不干？”宁从简就差挥拳了，“会不会说话，不会说话就闭嘴！”

“我错了，错了！重说。”甘菘连忙打嘴，“拜托小鱼儿就帮一次忙，这网站的大股东可是你家宁大少。”

“我也不知道我能不能帮上忙。”江小鱼黑别人倒是挺自信的，抢修网站她还真没干过。

“你能，你肯定能。”甘菘就差给她跪了。

“那好吧。”

听见她答应，甘菘狠狠地松了口气：“那我去宣传部那边，这边就交给你们了。”说完，他撒丫子就跑了。

江小鱼无奈地抿嘴，将注意力集中在电脑屏幕上。

网站突然瘫痪的原因很简单，就是访问量过大，系统无法支撑。这就好比盖楼，六层楼的地基上住了十六层楼的人，地基不稳自然会出问题。

她的手指飞快地在键盘上起舞，无数的代码在屏幕上飘过，令人眼花缭乱。不过她如此快地进入状态，自然又让技术部的小哥们好奇万分。

宁从简索性拉了一把椅子坐在她身边，眼神扫视着室内，谁的眼神敢往这边瞟一点点，他就怒目瞪过去。直到再没有人敢看江小鱼，他的视线才回到她的身上。

江小鱼不管做什么事都格外认真和专注，宁从简手托着下巴看她，越看越觉得赏心悦目。视线落在她在键盘上飞舞的小手时，目光又炽热了一分。她的手不仅在做饭的时候引人食欲，工作的时候更加引人欲望。

他掏出手机，对着她的侧颜拍了一张照片，然后登录微博，点击发送。

配文：入得厨房，出得厅堂。

这一把狗粮撒的，将红娘网分出去的流量再次夺回，也成功弄瘫了第二家网络平台。

这次事件被网友们群嘲：宁老板恋爱有毒。

宁从简和江小鱼的恋爱事件持续发酵了一个多月，热度才稍稍降了一些。不过江小鱼的微博比起从前，绝对称得上是爆红。人一红，各种广告就都找了上来。乔木看着商家开出的价格，也顾不得失恋的悲伤，想象着每天数钱数到手抽筋，嘴角恨不得咧到耳根处。

不过江小鱼接广告是很有原则的，此时不大不小也算个名人，自然也就更加谨慎。请她代言的她一律都拒绝了，只挑了两三个她感兴趣的植入广告。

白天宁从简上班后，她就在家根据需要植入的产品制作视频，除了出门采购食材外，基本都宅在家里。她一宅就是小半个月，要不是小米打电话来说店里进了新的碗盘，她可能还会继续宅着。

她开着小车驶出停车场，出门的时候还被保安拦了一下，提醒她该交管理费了。江小鱼索性先去了物业办公室，把她和宁从简的管理费一起交了。

离开物业办公室，她看见小区门口停着一辆黑色的奔驰，不过这种类型的车子在这个小区太常见，也就没有多停留，只扫了一眼就驱车离开了。走到半路上，她才发现那辆奔驰车一路跟着自己的车。她留意了一下车牌号，故意绕了路行驶，可那辆车居然紧追不放。

记者？

却又不见有镜头探出来拍摄，不是记者还能是什么人跟着她呢？

江小鱼不敢往别的地方想，虽说现实生活中没见过，不过电视剧、新闻里也有不少绑架勒索的案例。若换了以前，她自然觉得自己根本没有被绑的可能，可现在保不齐有人想利用她去勒索宁从简，那可不是闹着玩的。

她越想心里越慌，又看了一眼倒车后视镜，奔驰车还是紧紧地跟着。

不管是记者还是绑匪，这年头都是开着奔驰追目标人物的吗？

江小鱼察觉到不对劲，只是她根本来不及细想。她也不敢去暖房了，车子就在大路上绕行，实则一直在观察路面上是否有交警，或是路边有没有派出所。

有问题找警察总是没有错的。

不过也是奇了怪了，平日里大街上随处可见的交警，今天就像集体失踪了似的。后面的奔驰车仍旧紧跟着她，绝对不是顺路的巧合。

她心里有些发慌，踩着油门的脚加大了力度。不过她就是把油箱踩漏了，她这辆小 Polo 也跑不过人家奔驰。

江小鱼拼命暗示自己冷静，嘴里念叨着“也许只是记者，没事，大不了就被拍几张照片”，可心却已经在颤抖，控制不住地想最坏的结果。

就在她努力加速的时候，手机“嗡嗡”地振动起来。看见屏幕上显示的“宁从简”三个字，她的眼泪都要掉下来了。

电话接通，她一秒不耽误地开口：“宁从简，我被人跟踪了。”

“你在哪儿？”那边明显愣了一下，随即紧张地问道。

江小鱼看了一眼路牌，跟着车流停在左转弯道上。

“我在科大附近，现在从科技大街转向复兴路，我看不到……看到了，我看到交警了……”来不及多说，江小鱼也不管红绿灯变没变，直接压着预备转弯的虚线冲向马路中间站立着的交警。

交警看见冲过来的小车有些不明所以，抬手示意她停车。江小鱼踩住刹车的时候，心脏像是要跳出来似的。

交警先敬了个礼，有点疑惑地看着她，不明白这位女司机直愣愣地把车开过来是发什么疯。

江小鱼直接下了车，手有点抖，还是指向了仍旧在等灯的那辆黑色奔驰："那辆车从我离开家就一直跟着我，我绕了好几圈都一直跟着……"她有点语无伦次。

交警皱了皱眉，见她急得眼泪就要出来了，觉得小姑娘肯定不会拿这种事开玩笑，果断地朝着黑色奔驰车走去，抬手示意司机靠边停车。好在司机很配合，听从交警的指挥靠了边。

江小鱼的手机又响了起来，她接起来。

"你现在在哪儿？"宁从简的声音从手机里传出来。

"复兴路街口，交警拦停了那辆车，你别担心……"

没等她说完，宁从简就急忙道："就在那儿等着我，别动，也别怕，我五分钟就到。"

不知道为什么，刚刚吓成那样江小鱼的眼泪也没掉下来，可此时听见他急吼吼地说"别动，也别怕，我五分钟就到"，突然就忍不住了。

她努力压着哭腔："我等你。"说完，眼泪便簌簌地向下落，不是害怕也不是恐惧，就是想哭。她此刻特别想他，连五分钟都觉得漫长，就希望他能立即出现，张开双臂让她躲进怀里去。

虽然她努力压抑着，宁从简还是听出了她的哭音，心脏像是被什么攥了一下，紧得疼。油门被他踩得轰隆响，可他仍觉得不够快，他得再快一点。

接到她电话的那一瞬间，他抓起钥匙便冲向了楼下，无比庆幸公司距离复兴路并不远。就在宁从简恨不得长了翅膀飞过来之际，交警已经让奔驰车停在路边，检查司机的驾驶证和行驶证。

开车的是一个年轻男人，二十多岁的年纪，穿着整洁，并无异常。

后座上坐着一对六十多岁的男女，应该是夫妇俩。交警借着检查证件的空当，透过车窗打量了两个人一眼，发现这两位的神色特别紧张，心里也“咯噔”一下。

难道这辆车真有问题？

“交警同志，有什么问题吗？”司机询问。

“例行抽检，核对一下您的驾驶证和行驶证。”交警礼貌地道，侧过身假装检查驾驶证的真伪，实则偷偷联络附近执勤的同事过来帮忙。

“您稍等一下，那边核实完就可以让你们离开了。”

“好。”司机瞟了一眼江小鱼的方向，故作不经意地问，“那辆车也是被抽查的？”

“对。”交警一口答应。

不到两分钟，从同一方向驶来两辆警车，一辆车身上印着“交警”，一辆印着“巡逻”二字。车子一前一后夹住了奔驰车，司机立即察觉到不对劲，不过这时警察已经走上前来。

交警直接将驾驶证递给民警，指着江小鱼的方向交代情况：“那个女孩说这辆车跟了她一路，吓得小姑娘都要哭了。我刚查了驾驶证，没有问题。”

民警点点头，礼貌地请车内的人出来：“不好意思，因为有人报警说被你们跟踪了，所以需要你们说明一下情况。”

三个人面面相觑，可是谁也不开口，全都支支吾吾的，一看就是在心虚。

民警瞬间察觉不是什么乌龙事件，“跟踪”这种事可大可小，他严肃起来：“请你们跟我回局里一趟吧。”

“警察同志，都是误会，你听我说……”年轻的司机想要解释，话还未说完，江小鱼那边突然传来一道刺耳的刹车声。

一辆商务车直接横在了江小鱼的车身前，车门打开，走下来的男人眉头紧皱，步伐急促。与此同时，江小鱼也推开车门下了车，几乎是扑进男人的怀里。

宁从简紧紧地抱着她，悬着的心总算是落了地。

被他拥抱着的江小鱼仿佛终于找到了安全区，心跳平稳了许多。她吸了吸鼻子，想说话，可喉咙异常地紧，根本发不出声音，索性将头直接埋在他的怀里，用力地蹭了蹭，像极了被吓坏的小动物。

他拍着她的背轻声安抚，直到怀里的人喊了一声他的名字，才又舒出一口气来。

“别怕，没事的。”宁从简很想就这么一直抱着她，可警察已经走了过来。

“你好，请问你是？”

“我是她的男朋友，跟踪她的人现在在哪里？”宁从简褪去温柔，一身戾气。

民警怕他做出什么过激的行为，先挡住他的视线，开口道：“我们现在一起回局里，回去录一份口供就知道是不是误会了。”

“好。”他立即答应。

民警转身冲同伴招了招手，被截停在路边的三个人也从警察的身后露了出来。三个人都有些畏缩，尤其是那对老夫妇，直接抬手遮住了脸。

江小鱼抱着宁从简的手臂，发现他身上的戾气瞬间就泄掉了，随即升起隐隐的怒意。他伸手揽住她的肩膀，带着她走向那对老夫妻。

老两口躲闪的动作更加明显，恨不得钻到民警身后。

直到他们走近，俩人避无可避，有些丧气地看着他们，然后露出一个尴尬又不失礼的笑容。

可惜宁从简全程冷着脸，根本不予回应。

江小鱼察觉到不对劲，觉得有他在身边也没什么可怕的。她看了看老两口，又看看那个年轻人，三个人脸上有明显的心虚，却完全没有做坏人被抓包的胆怯，反而均是一副尴尬得不知道该怎么办的羞窘。

她大胆地猜测：“你们认识？”

这一问，司机立即接过话，连连道：“认识，认识，都是一场误会，我们可以自己解决，就不用麻烦警察同志了。”

民警一听“认识”，也有点蒙了，询问般地看向宁从简。

只见他抿着嘴唇，半晌才冷哼了一声，咬着牙开口道：“岂止认识，他们是我的父母。”

第十五章
海马核桃汤

这乌龙可真是闹大了。

从公安局出来，五个人都被老民警批评教育了一顿。将他们带回局里的小民警送他们出来的时候还在乐，笑言他们一家子可以上社会新闻了，就连标题都给他们想好了，就叫——准公婆跟踪准儿媳，闹乌龙全进公安局。

宁从简的脸已经黑到不能再黑，宁爸爸也板着脸，不过眼神中透着藏不住的窘迫。宁妈妈进了公安局后，反而一派自然，不住地打量江小鱼，还真拿出了婆婆相看媳妇的架势。

出了公安局，宁从简的车子已经被苏籽开回公司去，他径直上了江小鱼的车。见他们四个人还杵着不动，于是他摇下车窗喊江小鱼："回家！"

江小鱼答应了一声，转过身看着宁爸爸和宁妈妈："叔叔、阿姨，如果你们没事的话，可以去家里坐坐。"

"好呀，好呀。"宁妈妈立即答应，答应完又小心翼翼地瞄宁从简。见他没出声，她喜笑颜开地接着道，"那我们跟你们的车走。"

"跟什么跟，不是从家里跟过来的吗？又不是不认路，装什么装！"

宁从简冷淡地道，还要再讽刺几句，见宁爸爸瞪着自己，便识相地闭了嘴。等江小鱼上了车，一脚油门直接飞上马路，根本没有让他们跟车的意思。

宁爸爸对着车尾冷哼了一声：“欠揍！”

宁妈妈也冷哼了一声：“像你！”

“……”

回到公寓，宁从简直接让老两口进了自己家，他自己反倒跑去了江小鱼家。见她正从冰箱里掏食材，他拉着她先坐下休息：“别忙了，我家老爷子出了名的挑食，比我还矫情。一会儿你去我那边跟他们打声招呼，就让他们走，吃饭的话改日找家餐厅就好。”他摸了摸她的头，“对不起，今天吓到你了。”

江小鱼摇摇头：“误会一场，没事。就是挺不好意思的，第一次见面就闹到了公安局，也不知道叔叔、阿姨会怎么想我。”她从没经历过这些，与外人的接触也有限，说实话，现在她一想到要面对的是宁从简的父母，就紧张得手心冒汗。

“还是留叔叔、阿姨在这里吃个饭吧，除了做饭，我也不会什么了。”长辈们大概都喜欢贤惠的女孩，此时她倒是庆幸自己有这一技之长。

宁从简看出了她的紧张，有点心疼，却也有点开心。她在乎他的父母，也就证明她在乎他：“不用特意准备，我们平日吃什么你就做什么。你也不用特意讨好他们，我们家恋爱自由，父母从不干涉子女的生活，所以不管他们喜不喜欢你，都不会影响我们的关系。”

“知道了，你去和叔叔、阿姨聊天，别影响我做饭。”她蹲在冰箱前琢磨菜色。

宁从简看着她认真的模样，格外心动，突然蹲下来叫她：“小鱼儿。”

“啊？”江小鱼一侧头，嘴唇就贴在了他的嘴唇上，愣了半秒才下意识地后退。知道他是故意逗自己，她努着嘴抱怨：“你讨不讨厌！”

宁从简站起身，坏坏地一笑：“你不就喜欢我讨厌吗！”说完，他对着她挤挤眼，放了一把电才潇洒地转身。

江小鱼被他电得心都酥了，借着冰箱的冷气让自己冷静下来。

男人妖孽起来真是太要命了，如果不是宁爸爸和宁妈妈在隔壁屋坐着，她真想把那只妖孽揪回来，好好地亲一亲。

今天这场大乌龙的确是把她吓得不轻，可正因为这场乌龙，也让她感受到自己与宁从简之间更加自然、亲密的关系。他会因为她的安危而恐惧，她也会因为他的到来而安心。

她说不出那种感觉，可被他抱住的那一刻，她真的很幸福。

这大概就是爱情吧。

比动心更动情的是安心。

而这份安心，不正是她一直所求的吗！

宁从简回到自己家，看着端坐在沙发上的二老，一阵心塞。

“爸、妈，你们俩今天差点没吓死小鱼儿。这要是把我媳妇给吓跑了，我看你们上哪儿赔我。”他手叉着腰站在俩人面前。

宁爸爸眼皮都没抬一下，假装老僧入定。

宁妈妈“啧”了一声：“哪有那么容易吓跑？你要是早早地把人带回家让我们见一见，就不会发生今天这种事了。”

“该带回去的时候我肯定就带回去了。你们着什么急啊？”

“什么时候是该带回去的时候？等那姑娘肚子大了再带回家？简简，我们家的确没有门第之见，不过那种眼睛里只有人民币的姑娘，我们还真是看不上眼。那种人你就是带回去，我也是不会让她进门的。”

宁妈妈说完，宁爸爸赞同地“嗯”了一声。

宁从简被这俩人弄得有点小崩溃：“那种眼睛里只有钱的，别说你们了，我也看不上。小鱼儿才不是那种姑娘，我现在是被她包养的。”

说起这个，他还真有点不好意思。俩人确定关系后，江小鱼坚持不再收他的任何薪资，直接包养了他的一日三餐。这是他二十多年来，除了自己的妈妈，头一次被女人包养，“算了算了，我不和你们说了，一会儿去小鱼儿家吃饭，你们别再吓唬她了。”

“你说得我们好像会吃人似的。”宁妈妈横他一眼，嘴上虽然不说，可看着儿子容光焕发的模样，也知道那个女孩将他照顾得很好，心里还是赞许的。

“还有爸，吃饭的时候不要太挑剔，就算不喜欢吃也多少吃一点，她脸皮薄，别让她下不来台。”宁从简像个老妈子似的絮絮叨叨。

“她不是厨娘吗？只会做饭还做不好，那还当什么厨娘。”宁爸爸不轻不重地说道，气得宁从简瞬间就想把二老给送走。

敲门声响起，门没锁，江小鱼站在门口探了探身子：“可以开饭了。”

“我们这就去。”宁从简回话，侧过身指了指父母，暗示他们记住自己说的话。殊不知他一转身，二老均是冲他撇了撇嘴。

时间虽然不长，但江小鱼准备的午餐却极为丰富。

六菜一汤，荤素搭配，满室溢香。

宁妈妈一下子就被餐桌上摆着的十二生肖小馒头给吸引了，看着那形态各异的小白团子，喜欢得不得了：“这是你自己做的？”

江小鱼点点头，谦虚地说：“其实就是白馒头。”

“你这个白馒头可不一般。”

“那是当然。”宁从简特别骄傲地接话，催促着他们动筷子，然后略有些紧张地看着宁爸爸。

只见他皱着眉夹起一块蒜香茄子，放入口中慢慢地咀嚼，然后神情一愣，随即又夹起一块，原本皱着的眉头瞬间舒展开来。

江小鱼暗暗松了口气，落在膝头的手被身边人一握。她抬起头，宁从简得意地冲她挑挑眉，偷偷做了一个“厉害”的手势。能把挑食成病的宁家父子搞定，她的确够厉害的。

一顿饭就彻底征服了宁家二老的胃。

宁妈妈很不客气地将她冰箱里冷冻的馒头还有一些腌菜和酱料全部打包了，临走的时候，沉默是金的宁爸爸忍不住交代：“你周末带江小姐回家……早点来，让阿姨跟江小姐学学手艺。”说完，他推门就走，根本不给人拒绝的机会。

“这老头儿还吃上瘾了！”宁从简气得跳脚。

江小鱼倒是挺开心的，拉了拉他的袖子问：“我今天的表现算不算合格？”

“哪里是合格！”他捏了捏她的脸，“你简直太优秀了。”

回到家的宁爸爸和宁妈妈，喝着从江小鱼那儿顺回来的百香果蜜，内心无比满足。

“我看这小姑娘不错，又软又萌，最重要的是有了她，以后再也不用担心简简不好好吃饭了。”

“你说等他们结婚后，有没有可能搬回家和我们一起住？”宁爸爸异想天开。

宁妈妈抿着嘴，也在仔细思考这种可能性。儿子那边肯定是不好下手的，想要天天品尝儿媳妇的手艺，看来还得从儿媳妇那边下手。

不过江小鱼什么时候才能变成她的儿媳妇呢？

为了配合新产品上市，公司特意安排了一个新品发布会，届时宁从简和代言人均会出席。由于恋情公布的原因，宁从简和江小鱼的热度一直持续不下，很多记者都蹲守在公司楼下，就为了拍到江小鱼的正脸。以至于宁从简每次回家都要绕半座城市甩人，他也怕真的发生江小鱼被跟踪的事件，索性借着发布会，两个人公开亮相一次。

江小鱼看见出席发布会的合约时，被上面的价格震惊了。

“不就是去发布会做几个菜吗？不用这么多钱的，我的收费没这么高。”

“傻。”宁从简敲了敲她的头，“你现在的身份不仅仅是厨娘小鱼儿，还是国民老公的女朋友，以前的价格怎么能配得上你的身份？你记得告诉乔木，所有的活动、广告都要比照这个价格去谈，低于这个价格的一律不接。乔木我还是不太放心，要不要让苏籽给你找一个靠谱点的经纪人？”

江小鱼连连摆手：“乔木就挺好。”

宁从简也知道俩人有着自小一起长大的情分，也并不强求，大不了找个有经验的去教教好了。

到了发布会这天，场地内外全是代言人白蔻的粉丝。

宁从简带着江小鱼从特殊通道进了后台，亲手将她交给化妆师才去隔壁听工作人员汇报活动流程。等他再回到化妆间时，江小鱼已经换好了衣服。更衣间的门帘一拉开，他愣了两秒才勾起嘴角。

齐肩的长发编成了一条麻花辫垂在后脑，经过化妆品修饰的小脸越发显得精致，合体的白色小礼服贴合在身上，简洁大方又不失可爱，绝不逊色任何女明星。

江小鱼照了照镜子，看着镜子中的自己也觉得挺漂亮的。她转过头对着宁从简笑了笑，见他冲自己伸手，上前几步将手搭在男人的手上，却不料被他猛地一拉，直接扑到了他怀里，额头上轻轻印下一吻。

她瞬间红了脸，推了推他：“还有别人看着呢！”

宁从简低声笑语：“如果没别人，亲的可就不是额头了。”

这一幕看得化妆室里的工作人员一阵眼热，化妆师与宁从简相熟以久，忍不住调侃：“宁大老板，您就别给我们这些单身狗喂狗粮了。也请您‘口下留情’，别把我辛辛苦苦化好的妆都给吃了。”

化妆师说着话，拿出一个粉扑，径直上前在江小鱼的额头上贴了贴，然后看了看江小鱼红着的脸，一本正经地道：“也行，亲了这一下，倒是省了腮红了。”

说完，室内爆发出大笑声。

江小鱼的脸更红了。

就在她羞窘得不知该往何处躲的时候，外面传来躁动声。接着化妆室的门被推开，一个戴着墨镜的女人被前呼后拥地走了进来。

化妆助理们纷纷打招呼：“白蔻姐来了。”

白蔻点点头，目光却是直勾勾地看着并肩而立的宁从简和江小鱼。

她未语先笑，摘下墨镜，双眸似星，看谁都像是含情脉脉。此时，她似是屏蔽了所有人，只看着宁从简，声音温柔：“从简，好久不见。”

宁从简与白蔻之前的那段恋情根本不是秘密，江小鱼在来之前也知道今天会与她碰面，只是没想到这位白小姐第一面就把余情未了表现得如此明显。

“是呀，好久不见。”宁从简极为坦然，“你先化妆吧，我带小鱼儿去准备一下。告辞。”说罢，他不等白蔻再开口，直接揽着江小鱼的肩离开化妆间。

门关上的一瞬间，室内传来“啪”的一声响，是白蔻把墨镜摔到了地上。她带来的人大气都不敢喘，化妆助理们也都安安静静的，显然已经习惯了她这样的反应。只有化妆师不轻不重地叹了口气，拍了拍椅子，看着她道：“发脾气也没用，过来化妆吧。”

白蔻走过去坐下，面上一丝笑容都没有，冷冰冰的，还带着几丝阴沉。助理们立即蹲下身捡起被她丢到地上的墨镜，默不吭声地各司其职。

等她化好妆，再出现在宁从简面前时，已经恢复了似水的温柔，还主动和江小鱼打了招呼。

发布会的流程并不复杂，先是宣布炫彩电饭煲的代言人是白蔻，然后江小鱼亮相，与宁从简一起将用电饭煲做好的汤饭分给现场的来宾，请大家品鉴。

品鉴结束后，就轮到记者提问了。

前女友与现女友同台，早就让现场的记者们按捺不住。

简单地问了几个关于新产品的问题后，一位娱记拿到话筒，直接向江小鱼提问：“江小姐，您对宁总请前女友当代言人这件事有何看法？”

江小鱼一愣，没等她反应过来，白蔻已经替她回答：“记者大哥，我得罪你了吗？你这是要砸我的饭碗吗？”她故作凶悍地指了指那位记者，逗得大家哄堂大笑，然后才接着道，“我和宁总早就是过去式了，正因为已经过去了，我们才能如此坦荡地一起工作。江小姐，您说呢？”

江小鱼含笑点头，她那种羞涩、单纯很容易获得好感，无须说话，记者也不再为难，再加上现场有人把控，后面的问题也多是围绕产品，偶尔夹杂几个关于宁从简和江小鱼新恋情的。白蔻最后还提出要抢他们婚礼时的捧花，自然又引起一阵哄笑。直到结束，发布会的气氛都被白蔻把控得很好。

江小鱼之前听说代言人是白蔻，心里还有点小疙瘩。不过见识了白蔻的控场能力后，她心里这点小疙瘩也就解开了，反而对她的印象有所改观。有能力的人，值得尊重。

发布会结束，江小鱼回到化妆间换衣服，正碰见刚换好衣服的白蔻。她想就刚刚在台上的事向白蔻表示感谢，还未开口，就见白蔻从包里抽出一支口红，一边涂一边先开口：“我和从简在一起的时候，他最喜欢我涂这种偏橘色的口红，他说这个颜色很符合我的气质。”

这就是挑衅了？刚刚在台上产生的那一点点好感瞬间化为乌有。

江小鱼看向镜子，镜子里的女人漂亮又自信，可惜眼中那抹嫉妒破坏了美感。她抿着唇，尽量让自己压住火气。

不过白蔻显然并不打算就此放过她：“从简虽然快三十岁了，可完全还是孩子心性，在感情上尤其是。我们俩分手是我提出来的。”她侧过身子靠着化妆台看着她，带着几分得意与炫耀。

江小鱼狠狠地咬了咬牙才面向她，问道：“那又怎么样？”

“不怎么样。”白蔻抿嘴一笑，突然靠近她，“从简的体力好吧，他最喜欢我趴在浴室镜子上的姿势，每次都不依不饶的，非要弄哭我才肯罢休。”

江小鱼的脸僵了僵，这一瞬的僵硬明显取悦了白蔻。

这个人是故意来恶心她的！

江小鱼被气笑，摸了摸垂在胸口的项链，抽出一张纸巾擦掉嘴唇上的颜色：“简简的确是孩子气，也像孩子一样特别善变。他现在不喜欢有颜色的唇膏，因为我会亲得他满脸都是颜色。”

白蔻叫他“从简”，她就叫得更亲热；她不出声，白蔻还真以为她是条死鱼。

“还有，他现在最喜欢的姿势是被我骑，不过可惜你没机会体验了。”

白蔻完全没料到这个看着单纯的小姑娘什么话都敢说：“你……不要脸。”

“说自己男朋友有什么不要脸的，不要脸的是那些惦记着别人男朋友的女人，你说是吗？”江小鱼问完，揉了揉擦嘴唇的纸巾，一挥手丢进垃圾桶。再看向她，就像看刚刚被她丢了的纸巾一样。

白蔻还要再说什么，刚启唇就传来敲门声。宁从简的声音自门外响起：“小鱼儿，好了吗？”

“好了。”江小鱼回应，“我男朋友来接我了，白小姐，再见。”

白蔻咬着牙，手紧紧地攥着口红，恨不得将它捏碎。

江小鱼已经昂首挺胸地推门离开。

随着门关上，门内的人狠狠地将口红砸向镜子。而门外的人在关门的一瞬间，脸上的笑容也立即消失。

宁从简见她沉着脸，再加上听见室内传来“啪”的一声，心里“咯噔”一下，试探地询问：“白蔻在里面？”

“在。”

“你们聊什么了？”

江小鱼站定，眼睛直勾勾地看着他，看得他越发心虚。他立即举手投降：“她说什么你都不要相信，我们自从分手后这还是头一次见面。请她当代言人也是公司评估她的公众形象比较适合，另外性价比最高，我才同意的。”

“为什么分手？”她冷冷地问。

宁从简一副坦白从宽的模样，立即回答：“性格不合，我没有太多时间和她争辩谁对谁错。”

“谁提出的分手？”

“和平分手，谈不上谁提出来。”

江小鱼不再说话，继续往外走。宁从简大气都不敢出地跟在后面，心却是一直悬着的。

白蔻和宁从简的话，她自然更偏向于宁从简，不过一想到白蔻，心里还是犯恶心。她算是看出来了，这位白小姐，今天就是来恶心她的。她以为自己会因为这么几句话就和宁从简闹吗？

如果她真是这么打算的，那她的愿望注定要落空了。

上了车，宁从简见她还是不说话，烦躁得抓心挠肝，豁出去问：“她到底和你说什么了？”

她看了看他，觉得不能自己一个人恶心，便开口道：“也没什么，就是说你身子太虚，让我好好给你补补。”

话音一落，车子猛地刹住。

充当司机的苏籽苦着脸回头道歉，不过看着老板青紫交加的脸，他感觉自己会被杀人灭口。

“小鱼儿，你听说我，白蔻她是胡说八道的，我的身体一点问题都没有。”从车上回到家里，宁从简觉得自己即使长一身的嘴也解释不清了。

江小鱼倒是没反驳，反而摆出一副“我相信你，你说什么，我都相信”的模样：“我知道，她乱说的，我是不会信的。”说完，她掏出从超市买的猪腰子，熟练地收拾好，丢进砂锅里煲汤。

“小鱼儿。”他委屈得想哭。

江小鱼抬手摸摸他的头：“乖，好好吃饭。”

宁从简看着桌上的腰子、生蚝、秋葵……无一不是补肾的，气得恨不得把白蔻给撕了。

这还让人怎么好好吃饭？

一连三天，一天三顿，顿顿补肾。

就是宁从简的肾受得住补，男人的自尊也快补垮了。

到了周末，宁妈妈一早就打来电话，催着他们赶紧回家。宁从简难得积极，以为回了家就可以吃一顿正常的饭了。

殊不知，仍旧是补肾进行时。

江小鱼到了宁家，与宁爸爸和宁妈妈寒暄几句就带着做饭的阿姨进了厨房。二老一脸期待地看着她进去，厨房门一关，便立即揪住儿子催婚。

“这个儿媳妇我认了。”宁爸爸深沉地开口，“安排一下，看看哪天方便与小鱼的家长见一见，你年纪不小了，赶紧成家才是正事。”

“婚后你们就搬回来住，我和你爸也能多多照顾你们。”宁妈妈立即接话道。

宁从简很不给面子地翻了一个白眼，欠揍地揭穿：“你们是认儿媳妇还是认儿媳妇的厨艺？还照顾我们，我看你们就是想让小鱼儿来当厨娘，我才不上当呢！”

“不孝子！”

“你们要是想要照顾，可以照顾大哥和大嫂，他们在研究所工作赚得少，房子也小，正好搬回来和你们做伴。”他凭良心建议，结果二老理都不理，立即转移了话题。

“也不知道小鱼今天做什么好吃的，我一早就去买了新鲜的江鱼，不知道她会怎么做。”

“阿姨做鱼不好吃。”

“希望今天阿姨能好好偷偷师。”

“……”

两位老人家你一句我一句地聊了起来，完全当儿子是透明人。

宁从简对这两位老小孩实在是没有办法，不过闻着从厨房飘出来的香味，也是满心期待的。

江小鱼询问了阿姨二老的口味后，系上围裙就开始做饭。阿姨起初还以为这个女孩初次登门就进厨房是想表现一下，结果见她洗、切、烹均有条不紊，眼里满满的都是惊讶。

看着她在厨房做饭，不仅不慌不忙，反而好似天生就是为厨房而生的。整个过程如行云流水，看得人赏心悦目。

她暗暗觉得，这个儿媳妇若是娶进门，自己可能就要失业了。

午餐做好，一家子人都迫不及待地坐到桌子边上。

还未动筷子，宁从简面前就多了一碗汤。

宁妈妈眼巴巴地看着儿子的汤，努努嘴：“小鱼，你可不能这么偏心。怎么这个不孝子有汤，我和你叔叔都没有？”

“有，都有。”话音刚落，阿姨就又端了两碗鱼汤出来，分别端给宁爸爸和宁妈妈。

鱼汤异常鲜香，奶白色的汤汁上飘着一叶香菜，看着就让人垂涎。

不过宁爸爸发现了问题：“我们和从简的汤怎么不一样？”

宁从简也发现了，疑惑地看向江小鱼。

她笑着解释：“二老喝的是鱼汤，从简喝的是海马核桃瘦肉汤。”

“他的汤名怎么这么高大上？”宁妈妈立即抗议。

宁从简听着这华丽丽的汤名，根据之前三天的饮食，已经预感到不妙。果不其然，只听江小鱼笑道：“他身子虚，这汤是特意给他补身体的。”

宁妈妈探探头：“补什么的？老头子，海马是补什么的？”

宁爸爸也不清楚，不过老人家会百度，百度后还念出来与老伴分享：“海马核桃瘦肉汤具有温肾壮阳之功效……啊？”

声音戛然而止，二老同时看向儿子，宁从简恨不得一头撞死。

江小鱼也没想到宁爸爸会直接百度，脸不自然地红起来。

“爸、妈，你们听我解释。”

“不用不用，爸爸懂，喝汤，喝汤。”宁爸爸也有些许尴尬。

“不是……我……”

“从简，”宁妈妈语重心长，“不要讳疾忌医，我们是不会放弃你的。”

这话说得好像他得了什么绝症似的。

宁从简要崩溃了，偏偏宁妈妈还火上浇油，一脸同情地看向江小鱼：“小鱼，苦了你了。”

江小鱼也没想到玩笑开大了，完全不知道该怎么回答。不过某人也不想让她回答了，饭也不吃了，站起身抓住她的手腕就走。

“你们干什么去？”

“看病！”宁从简头也不回地拉着人就走。

二老面面相觑，宁妈妈问：“俩人会不会打起来，用不用去看看？”

宁爸爸看看门口，又看看一桌子美食，想了想说：“菜要凉了。”

宁妈妈：“那吃完再说，年轻人的事就让年轻人自己去解决吧。”

“从简，别闹了，叔叔阿姨还等着我们吃饭呢！”江小鱼被他塞进车里，看着他真的往家开，心里瞬间有点慌。

宁从简哼了一声，眼皮一抬：“你觉得我看起来像开玩笑吗？”

他不会是真生气了吧。车子在行驶中，她也不能跳车逃跑，看着他一脸严肃的样子，真正感觉到不妙。

“好啦，我向你道歉总行了吧。”江小鱼决定能屈能伸，好女不吃眼前亏。

不过很可惜，晚了！

“你又没错，道什么歉。”

“那你别生气了。”

“我没生气。”

骗人！江小鱼嘟了嘟嘴，也不出声了。

到了家，宁从简一路拉着她的手腕，一副怕她跑了的模样。

江小鱼心里直打鼓，手也有些颤抖。进了公寓，还没等她站稳脚，只觉天旋地转，猛地被按在墙上。

手里的包落在地上，发出“啪”的一声，然后房间里便一点声音都没有了。四周一阵静谧，只有宁从简的呼吸声在她耳边无限放大。

他一只手撑着墙壁，突然凑到她的耳边小声说：“我是不是身子虚，试试不就知道了。”

江小鱼浑身僵硬。

宁从简的手已经落在她的腰上，双手一掐，直接将她抱了起来。江小鱼吓了一跳，下意识地挣扎，却被他的手一带，双腿夹住他的腰。她的屁股被轻轻拍了一下：“夹住，掉下去了我可不负责。”

“宁从简。”江小鱼又窘又气，咬着牙喊他，却直接被他抱进房间，再无情地丢到了床上。随之而来的还有他火热的身躯，感受着身上的压力，她的心跳彻底乱了套，有恐惧，却也有期待。

她低垂着眼睑，不知道该看向哪里。

男人的轻笑声响起，气息吞吐在耳边，一阵酥麻。

“现在知道怕了？”

她抬头，眼睛里带着些许水汽，纯粹得让人哑然，所有的调侃和逗弄均被击退。他抬手撩开她额前的碎发，让人莫名地感觉到珍惜。

江小鱼勾了勾嘴角：“不怕。”

“……”

“我说我不怕。”

话音一落，他倾下的身影似要将她吞噬。他没给她任何拒绝的机会，彻底封住她的嘴唇。

江小鱼的脑子是蒙的，生涩地回应着他，想要更多，也想给他更多，不过更多的却是无措，只能紧紧地抱着他，感受着他的引导。

只是，这“引导”对吗？

滚烫的体温冲破一切，也冲破了所有的旖旎缠绵。

江小鱼疼得眼泪直流，感觉自己像一条待宰的江鱼。不对，是已经被插了一刀的江鱼。

哪有什么欲仙欲死，她只想一脚将宁从简踹下床去，太疼了。

待一切平息，江小鱼闷闷的。

宁从简亲了亲她眼角残留的湿润：“想什么呢？”

“就你这技术还能让人念念不忘，太令人诧异了。”说完，她裹了裹被子，隔出一段距离，散发着浓浓的嫌弃。

宁从简：“……”

她看了看他瞪眼不服的表情，努努嘴：“我虽然没吃过猪肉，可也看了不少猪跑，唐棠给我的‘学习资料’上根本不会这么疼……”

她话还没说完，人和被子就一起被揪了起来。

宁从简重重地咬了她一口，咬牙切齿地发出警告：“以后不许看她给你的乱七八糟的不良刊物，教坏小朋友！”

小朋友？！

江小鱼完全忘记疼不疼、技术好不好了。

因为他们之前似乎忘了一项很重要的工作。

第十六章
椰蓉软面包

突如其来的意外让江小鱼一脚把人给踹了下去。

宁从简也有些懊恼，这件事的确是他忽略了。不过想到她若是真的因此怀孕，除了有些许内疚外，心里竟然一丝慌张都没有，反而有隐隐的期待。

“怀上了就生，我们本身就是以结婚为目的在谈恋爱，怕什么。”

“你去生。”大肚子的又不是男人，他真是站着说话不腰疼，“还杵着干什么，买药去啊。”她急得哇哇叫。

宁从简“哦”了一声，垂头丧气地走出去。

等药买回来，他犹犹豫豫地递给她：“药店的人说这种药很伤身的，要不……还是别吃了。”

一眼横过去，宁从简立即又奉上水杯，是难得一见的尿样。

江小鱼对着掌心上的药片叹了口气，不过还是反手送进嘴里，咽下肚去。再抬头，发现男人看着她吃药，摆出一副“你杀了我儿子”的丧样，又好气又好笑。

“宁从简，你做好当爹的准备了吗，就想让我生？”

当爹还用准备吗？他满脸问号。

江小鱼算是看出来了，敢情男人都是只管播种，坐等收获的。难怪现在有那么多丧偶式婚姻了。

她仰头看着他，拍了拍身边的位子。

宁从简坐过去，一伸手，她便很自然地窝进了他怀里。两个人都感觉有点委屈，好在也都不是藏着掖着的性格。

“我们聊聊。”

“嗯。”

“想过结婚吗？”江小鱼开门见山。

宁从简点头：“以前没想过，但现在想过了。下楼的时候，我连以后孩子谁带、上什么幼儿园都想到了。”说完，他自己先笑了，从意识到有可能意外怀孕，到下楼买药，一路上他几乎想了孩子的一辈子。

这个想法令他自己都感到惊讶。

让她怀孕的确是一件挺不负责任的事，可那一刻他真心期待。

他是从什么时候开始期待和江小鱼有一个宝宝的呢？

这种期待是否意味着他们之间的联系更加紧密亲近，也意味着他们可以再向对方走近一步了呢？

“小鱼儿，如果我现在向你求婚，你会答应吗？”

江小鱼愣住，想了想这种可能性，还是摇了摇头：“我不知道，我不知道自己能不能做一个称职的太太，也不知道自己能不能做一个好妈妈。”

不是不答应就好。宁从简松了口气，亲了亲她的头发，有点心疼这个傻姑娘。除了厨艺，她对自己一直是缺乏信心、缺乏安全感的：“别说你不知道，我又何尝知道自己会不会是个称职的丈夫、称职的爸爸？我们在做任何事情之前，我没有办法预估自己会不会做好，唯一能做的只是努力去做好，用心去做好。我对你的保证也只有努力和用心而已，不过我愿意和你一起去尝试，两个人的用心总比一个人的强大。”

江小鱼在他的胸口蹭了蹭：“让我考虑一下。”

“好，也给我一点时间，准备一个正式的求婚。”

她笑了，有点羞涩，还是点了点头。

宁从简抱着她，心里软乎乎的，亲了又亲，亲着亲着俩人就又回到了床上。

“那个，那个……”江小鱼提醒他。

宁从简翻身爬起来，光着脚就跑回了对面屋。他再回来时手里抱着一个大箱子，竟然将甘菘快递来的所有存货都拿了过来。

红红绿绿的一箱子，看得人眼花缭乱。

江小鱼趴在箱子上，有点好奇地问：“有区别吗？你都试用过？”问完，她抬头看他，哪里还有什么意乱情迷，隐隐藏着杀气。

宁从简吞了口口水，这可是送命题啊！

“要不，打电话问问甘菘和唐棠哪种比较好？”他小心翼翼地试探。

江小鱼把手里的小袋子丢回箱子里，裹了裹被子：“不用了，我有点不舒服，先睡了。”说完，她就像个蚕蛹宝宝一样侧过身子躺下。

宁从简站在床边，看着床上的一箱套套，又看看自己热情高涨的某一处，深深地觉得自己被套路了。

而某蚕蛹宝宝正把脸埋在枕头里偷笑。

白蔻的代言人身份被撤换的消息来得很突然，江小鱼并不想因为个人原因影响了宁从简的工作，所以白蔻在化妆间对她说的话，她一个字都没有跟他说。不过补了这么多天的肾，就是她不说，宁从简也猜了个七七八八。

不是他不念旧情，只是如果他太念旧情，与渣男又有什么区别呢？

违约金一分不少，他宁可在金钱上有所损失，也不想让白蔻成为一根鱼刺，梗在他和小鱼儿之间。

代言人很快被换成一对明星夫妻，宣传海报和广告全部重拍。

刚官宣就换人这件事也引起了很多人的热议，绝大多数人都说是江小鱼吃醋，白蔻才会被换掉。白蔻的粉丝直接杀去江小鱼的微博下面，骂声一片。不过当事人根本不回应，再加上白蔻也不是什么大流量的花旦，热度很快就下去了。

“宁总，白小姐来了。”苏籽抱着文件走进办公室。

“不见。”宁从简直接回绝，“欧芹那边谈得怎么样了？”

“基本没什么问题了，欧主席答应担任新产品的营养顾问并且为新产品开发食谱，不过……”

“什么条件？”

“他想让欧莳萝也加入项目，如果项目研发成功，顺利推出市场，要让欧莳萝当代言人。”

“天下父母心，为了欧莳萝他也算是豁出去了。”宁从简笑了笑，衡量一下后觉得没什么大问题，“答应他，把合同尽快落实。”

“好的。还有就是德方技术顾问后天过来，公司安排了他们先参观工厂。”

“时间定好了吗？”

“定好了。”

“我也出席，晚上的接待工作安排好，再叫上几位技术人员一同前往。”

工厂设立在临市，宁从简去的话就意味着可能要三顿吃不上饭，苏籽有点担心。不过公司的几项重要技术都是德方支持的，老总不到场，的确是有些怠慢，便提议道：“要不要让江小姐陪您一起去？”

宁从简握着笔的手一顿，抬头看他，不轻不重地哼了一声：“你觉得那种场合适合未来的宁太太吗？”

苏籽被这一声哼得心肝肺都颤抖了一下，想到上一次招待的情景，方意识到自己说错了话。他立即道歉，然后默不吭声地溜出去干活。

得知宁从简要出一个短差，江小鱼也有点意外。从俩人相识到恋爱，似乎一天都没有分开过。

“就是没食欲也要吃一点，不可以饿着。你的脾胃才刚调理好，不许虐待它们。”江小鱼一边帮他装洗漱用品，一边唠唠叨叨地嘱咐，感觉自己像是养了个大儿子。

宁从简只在初中前享受过这种“妈妈级”的待遇，以前的女朋友虽然也帮他收拾过行李，不过念叨的全是“要记得想我”“不许多看别的女人”“记得带礼物”……从没有人关心他吃得好不好，睡得好不好。

从前总是笑她天真，和她在一起了才知道这种天真和傻气有多么可贵。她从不在乎他赚多少钱，又拥有多少财富，却将他的身体当成自己的所有物一样保护着，甚至让他不要虐待它们。

他突然好舍不得她，一天都不想分开。

“算了，我还是给你做一点能带走的食物好了。”江小鱼犯愁地叹了口气，完全没发现宁从简看她的目光中隐含了多少感动。

她匆匆进了厨房，烤了一些椰蓉软面包，又做了几样能存放多日的小菜，一样样装在密封盒里，还真有些送孩子去春游的意思。等她都收拾好，已经为只出差一天的宁从简装满了一个二十寸的行李箱。

“收拾好了。”箱子立在他面前。

宁从简看了看箱子：“你不觉得还落下了一样很重要的东西没放进去吗？”

“还有什么？”江小鱼皱了皱眉，能放进去的她都放进去了，连百香果蜜茶都给他装了一小罐，就差把家里的床单和被套都带上一套了。

他长臂一伸，将她搂进怀里：“你。”

“好想把你也装进箱子里带走。”他从来没有过这种不舍，舍不得和她分开一分一秒。

江小鱼红了脸：“油嘴滑舌。”

“我说真的。”宁从简低头亲了亲她，“要不要和我一起去？”

“不行，我答应了陪唐棠去试婚纱。你乖乖去赚钱，早点回家。”她其实是不想影响他的工作。

“好吧，我负责赚钱养家，你负责貌美如花。”他亲了亲她，“如果看到喜欢的就直接买下来，不用替我省钱。”

“我们是去婚纱店，能买什么？”江小鱼好笑地问。

宁从简从钱包里掏出一张卡，硬塞到她手里，宠溺道：“我说的就是婚纱。”

江小鱼坐在试衣间门口，看着店内挂着的精品婚纱，脑子里乱蓬蓬地冒着粉红泡泡。

试衣间的门帘被店员拉开，已经换好婚纱的唐棠转过身来，抹胸的样式衬托着她纤细的脖颈和优美的胸型，腰部掐得细细的，蓬起来的裙摆上绣满了水晶，异常的华丽高贵，让人惊艳。

“唐棠，你真美。”江小鱼由衷地感叹。

唐棠摸了摸胸口的白纱，不以为意地道：“几百万的裙子穿在身上还不美的话，设计师就可以跳江了。”她对着镜子转了个身，满意后才看向江小鱼，突然提议，“你要不要也试试。”

“你怎么也……”江小鱼适时地闭了嘴。

唐棠抓住重点：“也？还有谁让你试婚纱？宁从简？他向你求婚了？”

江小鱼涨红了脸：“不算正式求婚，但也差不多。”

唐棠双手合十：“谢天谢地，终于要把你嫁出去了。”

“喂，你说得好像我除了他就没有人娶了似的。”江小鱼噘着嘴抗议。

唐棠也不急着反驳，拉上帘子将婚纱换下来，一边换一边说：“不是没人娶，是你不肯嫁。缘分这个东西真的很神奇，没遇见那个对的人之前，我们总是有各种标准，可一旦遇上了对的人，你就会发现你定的所有标准都可以因为他而改变。其实他才是最佳标准。”

帘子拉开，她已经换回来时穿的衣服，亚麻质地的连体裤，搭配着舒适的运动鞋，一点也不像唐娘娘的风格。可她柜子里却越来越多这种类型的衣服，因为家里那只大黑熊喜欢她穿得舒舒服服的。

“你为甘菘改变了许多。”

唐棠摇头：“不是他改变了我。”

“那是什么？婚姻吗？”江小鱼很好奇。

“能改变我的不是男人也不是婚姻，是爱情。”说完，她自己都笑了。十几岁的时候谈到爱情澎湃激昂，二十岁谈到爱情羞涩胆怯，三十岁了再谈爱情就要被人耻笑，就好像成熟的生命就不配谈及爱情了一样。从事红娘行业这么多年，唐棠也曾这样认为，可是当她嫁给了甘菘，突然发现她曾经的认知是错误的，“以前我总对你说，相亲相的是条件、样貌、学历，而不是爱情，现在想想真是大错特错。人没有婚姻其实没什么好遗憾的，反而最应该遗憾的是缺失了爱人。婚姻不是人生的必修课，爱情才是。”

能让她说出这番话，江小鱼知道她是真的沉浸在爱情里，着实为她开心。

“不过婚姻也好，爱情也罢，看紧点总没有错的。”唐棠突然问道，“宁大老板出差前有没有交足公粮？”

“什么公粮？”江小鱼懵懂地瞪大眼。

唐棠真是服了她，不知道该夸她天真还是傻：“昨天晚上你们有没有为爱鼓掌。”

“你……问这个干吗？”她的脸瞬间红透了。

“你就说有没有好了。”

她不太好意思地点点头。

“那就好。”唐棠挑挑眉，意有所指，“甘先生说宁大老板今晚接待德方代表，男人们谈生意逢场作戏难免，你记得提醒你家宁大老板不要假戏真做。”

“他不会的。”

唐棠哼笑出声，横她一眼，唐娘娘的气势又回到身上：“愚蠢的女人。”

江小鱼：“……”

夜深人静，江小鱼躺在床上翻来覆去睡不着。

看了看表，八点零六分。

他应该应酬完了吧，她看着宁从简的微信聊天窗口，抿了抿嘴唇，按下了视频通话。

好半晌，通话被改成了语音通话接通。

“想我了？”宁从简的声音传来，带着一丝沙哑，很性感。

“还在应酬？”

“嗯，这些德国佬太能喝了。”

江小鱼突然不知道该问什么了，想到唐棠的话，想问他酒局有没有女人，又觉得有点无理取闹。她沉默了好半天，反而回答了接通时他问的那一句：“嗯，想你了。”

听筒里响起宁从简的笑声：“我也想……”

“宁总，您怎么跑这里躲酒了？”一个软软的女声传来，江小鱼握着手机的手一抖，心脏像是被不轻不重地捏了一下。

“你先忙吧，明天早点回来。”她匆匆挂断电话，觉得手机里像是住了一只怪兽，不知道什么时候会跑出来，把她一口吞掉。她缩进被子里，伸手将他枕过的枕头捞进怀里，用力抱住。

只是她抱得再紧，心里也还是空空的，连带着身体也不舒服起来。

小腹像是揣了一块冷石头，坠痛感越发明显。她不得不起身去卫生间，大概是之前吃了药的关系，月事提前了，而且反应特别大，不仅肚子痛，还有一些腹泻和恶心。

折腾了快两个小时，腹泻和恶心的感觉才稍稍褪去。她奄奄一息地趴在床上，委屈得想哭。

而此时宁从简也刚吐完，被灌了一肚子酒，吐出来总算是舒服了些，脑子也清明了。他拿出手机打电话给江小鱼，那边却迟迟无人接听。

宁从简有点焦躁地坐在酒店大厅等苏籽，一杯热柠水放到了他的面前。

“喝一点能舒服一些。”女人的声音温柔，因为喝了酒，眼神更是迷离。

“谢谢杨总。”宁从简道谢，却没碰那杯水，“怎么没和劳森他们一起走？苏助理工作做得不到位，我给他打电话。”说着他就要掏手机，却被杨总直接按住了手。

她的手就落在他的手背上，丝毫没有松开的意思。

这位杨总才三十出头就成了大中华地区的经理，能力自然是毋庸置疑的。再加上她面容姣好，性格圆滑，有不少追求者。不过偏偏她谁都看不上，就相中了宁从简。

按理说，这一次技术部来考察，根本不需要她亲自出面。而此时她会出现在这里，宁从简已经猜到了七八分她的意思，不禁有些头疼。

“宁总，从简科技与德方的合约快到期了。”

宁从简抽回了手，端起水杯，笑着接话：“续约的事情我会让苏助理跟进的，到时候还要杨总费心。”

杨总也收回手，目光灼灼地看着他。不知道是喝了酒的缘故，还是她突然就失去了耐性，直接捅破了最后一层窗户纸：“宁从简，我喜欢你。除了年纪上我比你大了两岁外，我自认没什么地方配不上你的。”

“我已经有……”

“我知道你已经有女朋友了，一个厨娘而已，她能帮你什么？”杨总笑得轻蔑，“我能让你的事业更上一层楼，我想你是个聪明人，知道谁更适合你。”

这就是威胁了。

宁从简握着水杯的手紧了紧，突然笑了。

杨总挑了挑眉。

宁从简将水杯放回桌面上，抬头看她，眼里是淡淡的嘲讽。

他说：“我现在就可以回复你，我的事业不需要用我的婚姻去换。还有，小鱼儿的确只是一个厨娘，可她能帮我做的事，任何人都替代不了。”

“你……”杨总完全没想到他会拒绝得这样干脆，一时间有些下不来台。

宁从简却已经坐不住了，起身告辞，背影决绝。

“您怎么出来了？我正要进去接您。”苏籽看见宁从简走出酒店，立即迎了上去，“有没有什么不舒服？用不用去医院？”

“不用，走吧。”宁从简沉着脸上了车，苏籽也坐到副驾驶座上，对司机道：“回酒店。”

车子开到酒店门口，宁从简突然说道：“苏助理，你留下来处理后续的工作。”

“啊？那您呢？”

“我先回家。”

“现在回家？”苏籽看了看时间，从这里开回家至少要四个半小时，“到家就下半夜了，要不明天一早再走吧。”

“小鱼儿没接电话，我不放心她一个人在家。”宁从简捏了捏眉心，想到刚刚的威胁，那个女人绝对不是说说而已，又是一阵心烦，“德方可能不会再提供技术支持，明天你们也尽快赶回公司开会。”

苏籽惊讶地瞪大眼，半个小时前那些德国佬还和他们称兄道弟，怎么会突然就不合作了呢？可见宁从简丝毫没有解释的意思，他只能满腹疑虑地点点头。

四个半小时的车程中，宁从简一直试图联络江小鱼。可她只在十点钟的时候回复了一条“我睡了”的微信外，就再没有任何回应了。看着那孤零零的三个字，他竟然莫名地感到恐慌，恨不得长了翅膀，立即就飞去她身边。

回到公寓的时候，已经是凌晨两点半了。

卧室内的壁灯没有关，他小心翼翼地走进屋里，一眼便看到蜷曲在床上的小人，一直提着的心总算是落了地。

不过等他走近，却发现小姑娘皱着眉头，眼角还挂着泪，才落地的心又像是扎了一根钉子。

“疼……”她在睡梦中嘤咛了一声。

“哪里疼？”宁从简快速地打开顶灯，这才发现她额头上全是虚汗。

江小鱼被灯光照醒，睁开眼看见身边的男人，恍惚以为自己在做梦，嘴里低喃着“原来是梦”又闭上眼。

宁从简不知该哭还是该笑，心里担心着她的身体，不得不把她叫起来：“小鱼儿，哪里不舒服？”

她哼了哼。

他又叫了一遍，她这才睁开了眼。

她迷蒙的大眼睛看着他眨了眨，眼里闪过一丝亮光：“几点了？你怎么回来了？”

“三个字就把我打发了，我哪里还敢在外面逗留。”他故意逗她，见她嘴唇发白，面色暗淡，心疼地抱了抱她，“是不是哪里不舒服，我带你去医院好不好？”

她摇了摇头，身体还是不舒服，不过看着连夜赶回来的他，感动得想哭。她伸手搂住他的腰：“对不起。”

“傻瓜，该我道歉才对。不应该把你一个人丢在家里，下次再也不会了。”

江小鱼摇了摇头，脸上恢复了些许颜色：“我听见你电话那边有女人的声音，所以……”

“吃醋了？”果然是有原因的，“没想到你醋劲还挺大。”他笑了一声，抱孩子一样将她抱到腿上，满脸宠溺，“就是吃醋也不能和自己的身体过不去啊。”

“没事，就是月事提前了，有点疼。”江小鱼红着脸解释。

女人的事，宁从简不懂，不过看她这样子可不是有点疼而已：“为什么会提前？以前没见你这么疼过啊。”

她垂了垂眼睑：“可能是吃药的关系。”

宁从简突然就哑了声音，好半晌，他抱着她的手紧了紧，无比后悔：“我以后一定做好防护措施，对不起，害你这么难受。”

江小鱼从他回来就一直忍着眼泪，这时再也忍不住了。

如果说爱情是一个时刻，那么在他道歉的这一刻，她发现了爱情。因为只有爱着一个人，才会把错都揽在自己身上。

“不哭，乖。”宁从简抱着哭成泪人的小家伙，耐心地哄着，直到她在怀里睡着。

四点，天还是黑的。

不过他知道，黎明就要到了。

俩人相拥着一直睡到中午才起来，简单地吃了一点东西就窝在江小鱼家的小客厅里，各自做自己的工作。偶尔抬头看看对方，然后就像充了电一样接着干活。

相互依赖，又各自独立。

这大概是两个人相处最融洽舒服的距离。

姜末发了一段机器人吵着要吃炸鸡的视频引起了江小鱼的注意力：

“好可爱。”

“它叫香料，会分辨各种气味，能简单对话，还有自己的小个性。”宁从简翻到姜末的朋友圈，把他发的关于香料的小视频给江小鱼看。

“想不想见见它？”

“可以吗？”

宁从简点了点头，等她用力地在自己脸上“啵”了一下，才心满意足地答应下来。

第二天正是欧芹来看合同的日子，其实宁从简有意将江小鱼介绍给欧芹，却又怕她有压力，才故意用香料引诱她。届时在公司偶遇，介绍双方认识时也不会令她有什么顾忌。

到了公司，姜末得知未来老板娘特意来看香料，索性将它直接放在了公司大堂。江小鱼一进公司，小家伙就迎了上去，极尽谄媚地绕着她大叫：“恭迎老板娘，老板娘吉祥，老板娘真漂亮，老板娘这个贱婢，还不去给朕炸鸡……”

最后一句，把躲在前台的姜末吓得直接冲了上去，恐怕老板一怒之下劈了香料这个小家伙。

宁从简的脸黑得吓人，江小鱼却是毫不介意，反而被逗笑了。

姜末捂着香料的嘴不停地道歉：“这个设定是最原始的设定，制作香料的时候我们就约定好不能更改，所以它时不时就会冒出这么一句。对不起，对不起……”

“没关系，这是它的小个性，无伤大雅，挺好玩的。”

姜末就差谢老板娘大恩了，拍了拍香料的头，狠狠地威胁了一番，才松开捂着它嘴的手。

小家伙一得到自由，立即跑到江小鱼身后，继续“哇哇”大叫：“姜末你这个贱婢，快去给朕炸鸡。”

除了姜末，其他人都忍不住大笑起来。

姜末灰溜溜地回了工作岗位，江小鱼与香料玩得正开心，苏籽带着欧芹进了公司。

“小鱼儿，介绍一个人给你认识。”宁从简牵着她迎上去，主动为两个人介绍，“这是我女朋友江小鱼，这位是欧主席。”

江小鱼看着面前的男人，完全愣住了。

他的面容与她记忆中的某个人缓慢地重合，到了最后，连她自己都惊讶，她居然能一眼就将他认出来。

欧芹已经伸出手要与她握手，不过见她呆愣愣地站着，察觉到不对劲，也打量起这个年轻的女孩来。他也越发觉得眼熟，直到她开口：“我是该称呼您欧主席，还是庄叔叔呢？”

“你是……小鱼儿？”欧芹不敢置信地看着她，眼神慌乱了一下，很快便镇定下来，“小鱼儿，你居然长这么大了。”

“托您的福，还活着。”江小鱼握着拳的手已经有些颤抖。

欧芹一时间有些下不来台，也冷下了脸。

宁从简完全没料到这俩人认识，或许还不仅仅是认识这么简单。他下意识地挡在了江小鱼面前，十足的保护姿态。

欧芹看了看两个人，缓了神色，按了按心脏的位置。他的助手立即上前：“欧主席，是不是不舒服？”

他摆摆手，表示没事。

助理不依不饶：“抱歉，宁总。欧主席的心脏一直不太好，今天的参观就到这里吧，他接下来还要主持全国创意烹饪大赛，日程比较紧。”

苏籽上前要说什么，却被宁从简拦住。他礼貌地欠了欠身：“那就恕不远送了。”

“告辞。”大概谁也没料到宁从简会是这种态度，欧芹几乎是咬牙切齿地吐出这两个字。

看着欧芹匆匆而去，苏籽满脸焦急：“宁总，您怎么能让欧主席就这么走了呢？”

江小鱼：“我是不是给你惹麻烦了？”

宁从简摸摸她的头：“小事。”

苏籽：“……”

这简直是烽火戏诸侯，他怎么就没看出江小鱼有宠妃的潜质啊！

虽然宁从简说是小事，江小鱼却从周围人的态度上看出这绝对不是一件小事。宁从简被叫去参加会议，她一个人则去参观研发部，香料充当她的向导。结果这个小家伙一直喊着要吃炸鸡，带着她直接去找了亲爹姜末。

“江小姐，我带您参观吧。”姜末挠挠头，有点害羞的样子，不过介绍起新研发的智能厨具来，却是丝毫不含糊。

看着一个个还没成形的产品，她又是惊讶，又是好奇。

“你们请欧芹来也是参观这些的？”

“不单单是参观，主要是这些机器需要定制特殊的食谱，只有做到将这些食谱输入机器，才能达到一键烹饪的目的。这一批新产品能不能推进市场，科技是最重要的，其次就是食谱的研发。用人工智能替代厨师，是厨师界极其不认可的一件事。因此，我们需要一位权威的专家加入这个项目，就像用明星代言一样，帮助我们宣传和推广。”

姜末抿抿嘴唇，有点遗憾地叹了口气，可见欧芹对这个项目的影响力有多大。

江小鱼有些后悔自己的冲动，可换了任何人大概都会忍不住吧。

等香料将她带回宁从简办公室的时候，办公室的门大敞着，里面传出几个人争执的声音。

“欧芹的助理刚刚来了电话，正式拒绝了我们的邀请。他说不想为一家没有礼貌的公司服务，这话如果传了出去，新产品不用上市就已经凉凉了。”

"欧芹不认可，我们还能去哪里找权威人士？又有什么真正的权威敢和他唱对台戏？宁总，那位江小姐到底是怎么一回事？"

"我不认为他的拒绝与我女朋友有任何关系，他想做的话，就是杀父仇人在这里，他也会做；他不想做，任我们开出再好的条件，他也不会做。"宁从简严肃地驳斥俩人。

"那你说现在怎么办？"

室内陷入沉默，一时间谁也想不到该怎么办。

江小鱼在门口站立许久，目光始终落在皱着眉头的宁从简身上，从柔软变得坚定。他什么都没有问她，仍旧给了她最大的信任和维护。

她轻轻地敲了敲门："我可以进来吗？"

办公室里的两位部门经理转身看她一眼，随即转过身去，连表面功夫都不做了，冷淡得异常明显。

宁从简站起身，她笑着走了进来。

"小鱼儿，你先……"

江小鱼冲着他摇了摇头，站定在那两位经理身边，开口询问："你们需要什么样的权威？或许我可以帮上忙。"

"别开玩笑了。"这一句很是嘲弄，"江小姐，可能你在网上的影响力很大，可我们的新产品不是要找网红代言，而是一位真正懂厨房、懂厨艺的专家。专家你懂吗？"

"例如呢？"

"例如刚刚被你气走的欧主席。"

"我都说了欧芹离开的事与她无关。"宁从简气得直接拍了桌子。

两位经理均被吓了一跳，面红耳赤地憋着火气。

江小鱼却笑了："如果是你们说的欧主席的师兄呢？不知道能不能称得上权威和专家？"

欧芹师从江派，江老去得很早，留下一位独子，也就是欧芹的师兄。

不过那一位在很多年前就去世了，这是大家都知道的事。此时江小鱼提到那位师兄，两位经理均是冷笑，满脸嘲弄。

“江小姐是要招魂，还是弄个冒牌货来假扮已经去世的人？”

江小鱼并不在意他们的调侃和轻视，淡然地开口：“江清的确去世了，可是他还有一个女儿。”

宁从简看着她的目光越发深沉，江小鱼已经握住了他的手，紧紧的，像是在吸取什么力量。

“我叫江小鱼，家父江清，祖父江川流。”

第十七章

百香果鳜鱼

“你是江清的女儿？”所有人都震惊了。

江清的意外离世在厨师界引起了很大的轰动，只是关于他如何离世、小女儿的去向全都是谜。

“你怎么证明你是江清的女儿？”一位经理弱弱地问。

江小鱼想了想，除了奶奶那边收藏的小时候的照片外，可能只能去查户口本了：“可以去查一下户口。”

那位经理刚想说好，却被宁从简一个眼神杀得彻底失了声。

他扫了一眼众人：“我可以证明。”

“宁总，不能因为江小姐是您的女朋友您就什么都证明，不是我们不信任江小姐，而是我们该如何向普罗大众证明江小姐是江派的传人。这么多年都没有江清的消息，现在突然冒出一个人说是他的女儿，换谁谁都会质疑的。”

“对。”

大家七嘴八舌地讨论起来。

直到有个人提出：“要是有江家的老人出面证明就更好了。”

宁从简和江小鱼对视一眼，眼睛一亮，异口同声地道：“奶奶！”

江奶奶听说江小鱼要以江清女儿的身份出现在公众的视野里，激动得泪眼婆娑。她摸着孙女的头，不住地感叹：“我以为你这辈子都不会对外提及你的父亲了。”

江清的离去太意外了，让这一老一小根本无法面对，所以他们选择了逃避，远离那些关心和怀念，决口不提江派的辉煌。江奶奶一直以为江派会随着江清的离去而变成历史，从来没有想过小鱼儿会再次扛起这个重担。

“我能力有限，总怕辱没了江派的招牌，才一直不敢提及。这一次若不是碰见庄……不对，他现在叫欧芹了，我也不会提起爸爸和爷爷。当年若不是他欠下赌债，让那些讨债的人闹上门来，爷爷不会被气死。他顶着江派传人的名头这么多年，也到了我们清理门户的时候了。”江小鱼紧握着奶奶的手，眼眶红了一圈。

奶奶心疼地拍了拍她的手背：“那么多年了，你也不用强求，有些事老天爷自然会有报应。你只要开开心心的，不管江派能否传承，奶奶都无所谓。”

哪里是无所谓，奶奶只是不想她有太大的压力。

“奶奶，谢谢你。”

“傻孩子，谢什么。”

宁从简看着这祖孙俩，也忍不住鼻酸。他举着相机，故作轻松地道：“可别哭花了妆，我来给大美女和小美女拍合影。”

这一句“大美女”和“小美女”总算是逗笑了两个人。

江奶奶作势要打他：“什么大美女，老得都快让人认不出来了。”

“怎么会，我看老照片的时候可是一眼就认出了您。”宁从简一派真诚地夸赞，“您老风姿犹存，不减当年。”

“你这孩子这张嘴，太油滑了！”奶奶指着他笑，江小鱼也跟着笑。

老人家冲他招招手：“让你带来的年轻人帮忙照相，你也一起来照。”

宁从简受宠若惊，这张照片是要和老照片一起发布的，用以证明江小鱼的身份，意义之重大，不言而喻。

“我可以吗？”他看着江小鱼问。

江小鱼红了脸，撇过头说：“奶奶叫你照，你问我干吗！”

江奶奶看着俩孩子，心里是满满的欢喜，直接把俩人都拉到身边，对着苏籽道：“来，给我和我孙女、孙女婿拍张合影。”

“好咧。”苏籽笑嘻嘻地答应下来。

宁从简和江小鱼站在江奶奶身后，他的大手紧紧牵住她的小手，只听“咔嚓”一声，祖孙三口的照片和谐且温馨。

欧芹以厨协主席的身份抨击某公司要用人工智能取代厨师的行为非常不妥，将其贬低得一文不值的新闻很快便引起了轰动。

虽然新闻中没有点明从简科技的名字，但之前从简科技发出来的几篇关于欧芹视察工厂的新闻似乎辅证了欧芹的话。一时间，舆论一面倒地抨击从简科技。

因为有江小鱼这张底牌，从简科技的高层们起初还沉得住气。直到德方不再提供技术支持的消息传来，公司内部不少人开始恐慌，大家突然觉得大厦倾倒也不是不可能的事。

大会议室里，所有高层彻夜难眠，股东们也隐隐有些担忧。

唯有宁从简稳如泰山，似乎欧芹的抨击和德方撤走技术的事对他来说毫无影响一样。

“现在消息还没有传到外面，我们是不是应该准备应对方法？”一位股东提议，“美国的垦利科技曾向我们抛出过橄榄枝，是否需要去考察一下，看看能否引进？”

众人点头，目光都投向坐在主席位的宁从简身上，等待着他的决定。在大家期待的目光注视下，他坚定地摇了摇头。

“我不想从简科技再受到任何人的威胁和放弃，作为中国的企业，为什么要花那么多资金购买国外的技术？我们国家明明有很多高尖端的科技人才，为什么不能开发属于我们自己的技术？五年前，我们的团队就有这个想法，所以这几年公司一直在致力研究新产品、开发新材料、创新新技术。这支队伍里全都是中国人，平均年龄不超过三十五岁，甚至还有没毕业的大学生。我坚信他们才是从简科技的未来，中国科技的希望！”

苏籽打开投影仪，一些从未对外公开的资料一页页在放映。起初还有人在小声议论，直到放映完毕，会议室里一片寂静。

宁从简站起身，看着几乎不敢相信的众人，由衷地感到骄傲。他面带微笑，是惯有的自信：“未来十年，从简科技不仅领跑中国厨房，更要领跑世界厨房。世界的柜台上也不单单只是中国制造，更多的将会是中国创造！”

掌声不约而同地响起，每个人的眼神都变得炽烈且富有激情。因为他们知道，宁从简这句话不仅仅是说说而已，也不仅仅是一个预言。它是一个目标，一个在这个年轻男人的领导下，这个团队可以实现的目标。

从简科技的大楼彻夜未眠，研发组的全体组员集体加班。因为有江小鱼的加入，组员们特意收拾了一间实验室和一间库房，让她研发食谱和存放食材。

在成千上万的食谱中，她与研发人员一一挑选，然后对选中的菜肴进行反复试验、改良、加工和调配，所有人都在用心做到最好。

大楼外风雨飘摇，大楼内却像是与世隔绝一样，每个人都在努力奋斗。

凌晨时分，一些懒得回家的员工索性住在了公司。

江小鱼取了一条毛毯，小心翼翼地帮姜末盖上，然后又回到试验台计算维生素、蛋白质和碳水化合物的计量。她要做到的不仅仅是有好口感的菜肴，更要营养均衡，能够补充人体所需的多种元素。

宁从简走进实验室的时候，江小鱼正在匹配面条机最佳的面粉比例，机器旁边已经堆了一托盘的面条。听见脚步声，她抬头看到他，眉眼弯了弯，丝毫不见熬夜的疲惫，反而一脸兴奋。

宁从简却是真累了，不仅累，还饿。

他摸了摸肚子，问："有吃的吗？"

"面条行吗？"江小鱼指了指那一托盘的面条，"番茄鸡蛋面。"

"行。"就是给他个白馒头干啃都行。

江小鱼放下面粉，找了一个汤锅，先将番茄烫熟撕掉皮，然后加入一点点油，将葱花和切碎的番茄一起炒香，实验室里瞬间飘散出一股香味，再加上爆锅的声音，叫醒了好几个人。

姜末睁开眼时还一脸迷蒙，等看清是有人在做饭后，瞬间就清醒了。此时她也顾不得什么老板、老板娘，可怜巴巴地凑上去问："能给我也下一碗面吗？"

护食的某人立即瞪大眼睛，却被江小鱼给瞪了回去，然后委屈地撇撇嘴，不敢吭声。

"把大家都叫起来吃夜宵吧。"她笑嘻嘻地道。

姜末兴奋地点头，也不管是不是凌晨，"嗷呜"一声，不用叫，所有人都醒了。

吃的人多了，她又去食材库翻了几个土豆和一把菠菜，简单地做了两个拌菜。几个人就围着试验台，呼噜呼噜地吸着面条吃菜。

姜末满足地喟叹："怎么这么好吃？江小姐，你做饭到底有什么秘诀？就拿这土豆丝来说，明明就是土豆和一点辅料，怎么拌出来就是比我在家吃的要好吃呢！"

其他人也有这个疑惑。

江小鱼却道："哪有什么秘诀，不过是和大家用一样的作料。不过烹饪是一件很神奇的事，有时候同样的配料，不同的人做出来的味道也不一样。我父亲曾跟我说过，食物和人是有缘分的，左手锅右手铲也不是谁都能拿得起来的，要看老天爷赏不赏给你这口饭吃。"

"可以后人工智能势必会代替人工的。"

"错。智能永远不能代替人工，尤其是厨师。吃饭吃的不仅仅是味觉，更是心里的感觉。就像妈妈做的饭，也许并没有我们的机器做出来的好吃，可那是谁都不能替代的。"

"那我们研制这些智能厨具的意义何在呢？"姜末有些糊涂了，他一直以为江小鱼是认可他们的科技的。

江小鱼看了看大家，手突然被握住，像是在鼓励她说下去一样。

"智能厨具的意义从来不是取代谁，而是让我们的生活变得简单、便捷。我们仍需要好的厨师，需要妈妈的味道，可我们也离不开智能厨具带给我们的方便和快捷。它就像一个不求回报的人，需要的时候它在，不需要的时候它就安静地等候着。"

所有人都被她的话震惊了，机器的意义从不是替代人类，而是让人类的生活变得更加便捷。如此简单的道理，为什么这么多人都没有想到呢？

宁从简握着她的手紧了又紧，从来没有这样一刻与一个人心意相通。他也在震惊，不是震惊她的话，而是震惊她说了和他曾说过一样的话。

"创建从简科技的目的就是让生活变得更加简单，世界已经很复杂了，我希望从简的用户走进厨房，里面的一切都是一心从简。"

"面条、土豆，贱婢，你们居然敢背着朕偷吃。"就在大家还沉浸在江小鱼给产品提出的"新定义"时，不知为何，原本该沉睡的香料突然醒了，冲着试验台这边哇哇大叫，气得原地打转。

众人均看向它，随即又哈哈大笑起来。

清晨五点，太阳从地平线一点一点地攀爬上升。

从简科技的十六层实验室内，一群带着梦想的年轻人站在落地窗前，看着晨曦缓缓照射进来。金色的光透过玻璃落在每一个人身上，而他们每一个人的身上都充满了未知和希望。

这是属于世界的朝阳，更是属于他们的朝阳。

宁从简从身后将江小鱼抱住，她自然而然地将头靠在他的肩上，听见他说："从简的黎明也将抵达。"

没日没夜的三个月，从简科技的新型智能料理机概念版正式亮相。虽然还没有推出市场，可刚一在科技展上展出，就引起了很大的轰动。

料理机的人性化和智能化引起了很多人的关注，有赞誉自然就有抨击。以欧芹为首的一些专业人士针对从简科技的新产品纷纷发表意见，有直接批评的，也有明褒暗贬的。到了后期，连德方技术即将被撤走的事情也被披露出来，甚至冒出来一些莫名其妙的专家预测从简在德方撤走技术支持后将面临科技公司无技术可用的情景。

宁从简看着报道，眉头皱得紧紧的。

若不是他清楚从简的技术部门已经做好了技术链接，绝对不会因为德方技术撤资，就让产品链断裂的话，真的会觉得这些报道内容是真实的。

这绝对不是巧合，而是人为操纵下的恶意抹黑。

江小鱼见他神色凝重，有些担忧："问题很大吗？"

"欧芹昨天已经与国外一家电器公司签署了顾问合约，我猜测这是他们一次有计划的阻击。虽然时间可以澄清一切谣言，只是在这种刻意操作的舆论下，从简科技的股价势必会受到影响，对股东来说是极大的损失。"这是宁从简最大的担心。

"如果公开我的身份呢？"

“这个时候公开很被动，如果他联合厨师界的前辈们一起攻击你，也许会起到反作用。”宁从简不想将她卷到舆论的旋涡里。

其实江小鱼心里也明白，她如今只是空有个父亲的名头，对于广大民众来说，就算她是江清的女儿，也只是一个小网红而已，没有任何值得人肯定的履历。

她需要一张漂亮的成绩单，不仅仅证明她是江派传人，也要证明自身的实力。江小鱼想到上次照相时，奶奶偷偷塞给她的那张古老的收据，或许该到它派上用场的时候了。

“欧芹不是主持了一个创意烹饪大赛吗？我去参赛怎么样？”

“疯了。他主持的比赛，怎么可能让你拿奖。”宁从简笑她天真，拍了拍她的头，“那个比赛他是为了捧欧莳萝上位才答应主持的，你就别有病乱投医了，我自己可以解决的。”

“他的确不会让我拿奖，如果他不知道我是江小鱼的话，进入决赛应该没有什么大问题。况且我的目的也不是拿奖，而是要一个当众清理门户的机会。”江小鱼依偎到他怀里，很不愿回忆过去。每每想到被气死的爷爷和意外去世的父母，她都会忍不住难过。

当年爷爷好心收庄芹为徒，不仅传授他技艺，还将他养大。不料他竟沾染了赌博，且欠下一大笔债务就跑了。讨债的人每日都去江家闹，闹到最后生生把老爷子给气死了。可是直到老爷子入土，庄芹都没有出现。

庄芹就是现在的欧芹，他竟然连姓氏都给改了。

不过任他如何改名，也抹杀不了他的过去。况且他也是靠着江派弟子的身份才走到今天这个地位，那么现在也到了江派向他讨债的时候了。

这一次，她要连本带利让他全部还清。

“我查了这个创意烹饪比赛的赛程，他们不接受个人报名，只接受单位推荐。而且初赛、复赛欧芹都只是挂个名而已，只要复赛不与欧莳萝同组，应该就不会引起欧芹的注意。乔木已经联络了一家视频网站，他们同意推荐我匿名参赛。我知道就算没有我你一样能解决，可我仍想去参加这次比赛，为了你也为了奶奶，更是为了我自己。我需要证明自己的实力，有实力的我站在你的身边才有足够的安全感。”江小鱼勾了勾嘴角，从他们相恋以来，所有的争执似乎都源自她没有安全感，她理所当然地认为宁从简没有给她足够的安全感。可自从她加入研发组，发现自己能成为他事业的助力后，心里那种不踏实的感觉突然就消失了。她才明白安全感从来不是别人给的，而是源于自身的。

好的爱情应该像《致橡树》里写的那样：你有你的铜枝铁干，我有我红硕的花朵。

宁从简虽不认为女人一定要有自己的事业，可如果她想要，他一定举双手赞成。江小鱼从不是谁的附属品，他知道她有多优秀：“那你需要我怎么支持你呢？”

江小鱼想了想，俏皮地亲了一口他的下巴，然后道：“需要你做我的小白鼠。”

“乐意至极！”

决定参赛后，江小鱼便全身心地投入厨房。

不仅宁从简成了她的小白鼠，甘菘、唐棠、乔木、宁爸爸和宁妈妈，就连奶奶都答应暂住她的公寓，帮她品鉴新菜品。

要不是他们俩的公寓过小，宁爸爸和宁妈妈都恨不得也住下来，俩人见到江奶奶，拉着手就开始聊婚事。

到了比赛的时候，三位老人连以后他们生的孩子读哪所大学、学什么专业都计划好了，真是令人哭笑不得。

创意烹饪大赛的赛程并不复杂，由各单位组成代表队参赛。初赛分为网络投票和评审打分，两项分数加在一起，就是最后的得分。全国排名前十五的人才有资格进入复赛，复赛分三组比赛，小组赛排名第一的选手才可以进入决赛，争夺冠军。

江小鱼虽然是匿名参赛，不能用“厨娘小鱼儿”的微博账号号召粉丝投票，不过因为她的初赛作品足够有创意，再加上网站的公关，很顺利便进入了复赛。复赛是指定菜品制作，或许连老天爷都在眷顾她，指定的菜品居然是鱼。

得知是鱼后，江奶奶就收拾东西回养老院了。老人家底气十足地说：“我们江家人，做鱼再做不好就不用当厨子了。”

所有人都被老人家的自信感染了，只有江小鱼拍了拍额头，钻进厨房想创意。做鱼对她来说的确不难，不过大家似乎忘了这是一次创意烹饪大赛，菜品的创意分占了很大的比例。

宁从简一桶一桶地往家抬鱼，唐棠和甘菘这两只小白鼠已经吃鱼吃到谈鱼色变，江小鱼对菜品却仍旧不满意。

又一顿纯鱼宴吃完，甘菘、唐棠和宁从简一个人捧着一大杯百香果蜜茶“漱口”。

甘菘忍不住低声抱怨：“我现在打嗝都是鱼味，这几天吃的鱼比我这二十多年加在一起吃的都要多。”

“别说打嗝了，我连放屁都是鱼腥味的。”宁从简觉得复赛结束后，近一年他都不会想吃鱼了。

两个人说得唐棠也是感同身受，不过一切为了比赛，再难也得继续吃下去：“大不了以后吃一口鱼，喝一口我们小鱼儿特制的百香果蜜茶，保证解腥又解腻。”

甘菘无奈地叹了口气，又狠狠地灌下一大口蜜茶。百香果独特的酸甜口感，瞬间就安抚了味蕾。

宁从简看着甘菘喝完蜜茶后满足的模样，低头看着自己手里的蜜茶。不用入口便可以闻到清香的味道，茶香和果香完美地融合，如果这种融合之中再加入一些别的食材呢？

他突然道："如果用百香果去烹饪鱼，算不算是创意呢？"

甘菘一愣，唐棠的眼睛立刻亮了，冲着厨房喊道："小鱼儿，想到创意了。"

小鱼儿听见喊声，立即从厨房跑了出来。

"鱼加上百香果会是什么味道？"宁从简问她。

江小鱼拧着眉头想了想，脑海里立即浮现烹饪的步骤：新鲜的鳜鱼挂糊炸酥，用百香果调制出酸甜口感的酱汁，淋在炸好的鳜鱼上。酸甜香酥，将鱼的鲜味与水果的清香完美融合。

她激动得扑倒宁从简，捧着他的头用力地亲了一下。

"宁先生，我真是太爱你了。"在大家都没反应过来的时候，她又蹦起来，冲进厨房。

客厅里的三个人面面相觑。片刻后，宁从简摸了摸自己的额头，耳根微红，语带抱怨："这告白也太突然了。"

甘菘"呵呵"一声，唐棠摇头叹了一口气。

甘菘：白吃了这么多天的鱼，人家只爱宁先生。

一道百香果酥鳜鱼以高于第二名十三分的好成绩顺利拿下小组第一名进入决赛，这也意味着这次全国性的比赛，小鱼儿最差也能拿到一块铜牌。

推荐江小鱼参赛的视频网站将这道菜的烹饪教学视频放上网，一天的点击量就过了百万。网站已经向她发出正式邀请，要为她开一档美食烹饪类的节目直播。

不过直播的事要等到比赛结束后再商议，如今最重要的就是决战决赛。

决赛名单中除了早就内定好的欧莳萝外，还有一位从海外归来的男厨师。他不仅擅长西式料理，也因为颜值颇高，很有人气。江小鱼报名的时候并没有用"小鱼儿"的名字，所以大家对这位进入了决赛且毫无背景的“江江小姐”很是好奇。

由于决赛采取的是直播形式，进入会场时，评审和选手都要走一段红毯，这个环节的设计直接让江小鱼提前曝了光。站在台上合影时，欧芹意味深长地对着她笑了笑，那笑容似乎早就知道她会参赛一样。

这不怀好意的一笑让江小鱼的心慌了一瞬，她下意识地去找寻宁从简，发现亲友团的位子上只剩下奶奶、唐棠、宁爸爸和宁妈妈，宁从简和甘菘均不知去向。

江小鱼立即察觉到不对，进到场内想给宁从简打个电话，却在休息室门口被欧莳萝给拦住。

“有事吗？”江小鱼冷冷地问。

欧莳萝轻蔑地笑了笑：“如果你要找宁从简的话，我劝你还是别找了，他不会回来看你比赛了。”

“你想说什么？”

“我说你该清醒一点了，无论是宁从简还是这场比赛，你都注定是输家。你爷爷被气死，父母被炸死，你难道就没有自我检讨一下吗？会不会是你的命太硬，克双亲，注孤生？”

江小鱼知道欧莳萝是想故意激怒她，影响她的情绪。她努力克制着自己，可握成拳头的手仍旧止不住地轻轻颤抖。

“还有，知道宁从简为什么一句话都不留就走了吗？因为从简科技的新产品出了意外，两死一伤。这个消息一旦爆出来，宁从简会和从简科技一起玩完。”欧莳萝上前一步，眉宇间全是得意，“一个破了产的男人，送你。”

欧莳萝转身，江小鱼看着她的背影，脑子里反复重播着“破产”两个字。她想到宁从简说起自己的事业时那种意气风发，想到他展示新产品时的骄傲自信，从简科技是融入他生命的一部分，不会倒也不可以倒。

“站住！”她厉声叫住欧莳萝，以一种从未在她身上出现过的凌厉气势开口，“他有钱没钱都是我的，何来你送一说？是你自己送上门人家都不肯要，你哪里来的底气跟我耀武扬威？”

“你！”欧莳萝完全没想到她还有力气反击。

“他成功，我与他共享欢呼；他失败，我陪他东山再起。就算他真的破产了，我养他。”

“哼，说得好听，我看你能养他多久！”欧莳萝咬着牙说完，哼笑一声后不再逗留。

江小鱼走进休息室，之前的凌厉气势一扫而空，整个人像是泄了气般坐在沙发上。手机“嗡嗡”地振动起来，“宁从简”三个字在屏幕上闪烁，莫名地让她红了眼眶。

“从简，你怎么样？”她接起电话，急忙问。

“没事，别担心，是有人恶意炒作，事件的真实性还有待调查。就算是真的，也不可能是我们产品自身的问题，这一点自信我还是有的。”宁从简的语气并无慌乱，瞬间安抚了她焦躁的情绪，“别受任何人的影响，你要记住你是最棒的。”

他的话音刚落，苏籽的催促声便在那边响起。

“宁从简。”江小鱼怕他挂断电话，匆忙喊道。

“怎么了？”

“如果，我是说如果新产品真的有什么意外你也不要气馁，我会一直陪着你的。”

她说完，两个人都沉默了。

时间像是被拉得很长很缓慢，直到苏籽的催促声再次响起，宁从简才开口，回应她重重的一个“好”字。

得意时，同看繁华。

失落时，相依相伴。

两个人竟都有些感谢这一次的危机，让他们看清了对方有多爱自己。

挂断电话，之前一切的慌乱和烦躁突然就消失了。如果像宁从简说的那样，是有人恶意炒作，那么欧莳萝刚刚的出现必然是早计划好的，一方面打击宁从简的事业，一方面影响她参赛的情绪。如此算计，她不回击，还真成了死鱼一条。

江小鱼站起身，对着镜子整理衣服。她看着镜中的自己，露出一个得体的微笑，然后从容地朝着赛场走去。

她从未如此刻这样迫切地想赢，赢回江派属于她的荣耀，更赢回欧芹欠爷爷的一切。

她踏着从容的步伐上场，站在属于她的位置，仔细检查一会儿要用的厨具。

直播已经开始，因为“江江小姐”就是“厨娘小鱼儿”这件事，直播间里已经炸开了锅。她的粉丝几乎毁灭性地刷屏，各种彩虹屁吹了起来——

“小鱼儿不仅做饭好，人也好美。”

“这圆脸一看就是天然美，不像某些整容怪。”

“大家有没有发现，那位男选手小蟹也很帅，他和小鱼儿认真检查厨具的样子，好有 CP 感。”

“小鱼儿是宁大少的。”

“小鱼儿是宁老板的……”

江小鱼检查好厨具，才发现直播间已经被“小鱼儿是宁大少”的弹幕给刷屏了。她对着镜头比了一颗心，说：“我会加油的，你也要加油。”

直播间瞬间沸腾——

“这是表白了吗？”

“虐狗！举报你！”

站在她隔壁的小蟹看了看弹幕，立即举起右手对着屏幕展示无名指上的戒指：“坚决认同小鱼儿是宁大少的，而我是小胖墩的。”

“哈哈哈——小蟹居然叫自己老婆胖墩。”

“参加完比赛会跪花椒吧。”

“小蟹居然结婚了……哇，我又失恋了。”

“……”

小蟹和小鱼儿相视一笑，而备受冷落的欧莳萝紧紧地握着拳头。她自然也有粉丝，欧芹还为她买了水军，可惜完全拼不过江小鱼。自从她和宁从简的恋情曝光后，收割了宁从简不少的粉丝。宁从简以前一直是国民老公的人设，现在江小鱼被戏称“国民婆婆”和“国民丈母娘”，粉丝堪称“邪教”。

选手们都检查好厨具后，主持人介绍评委上场。欧芹作为专家点评团的主席，虽然没有打分的资格，可这些专家的评价会极大地影响评委评分。

主持人有请欧主席抽取比赛的主菜，欧芹直言：“小女也在赛场上，秉持公平公正的原则，我就不参与抽签了，让于教授替我抽签。”

他的推拒刷了一波好感，有人夸自然也有人踩，直播间虽然一直在控评，不过偶尔也有漏网之鱼。就在那位于教授上台抽主菜食材的时候，屏幕上飘过一条吐槽：既然知道自己女儿参加比赛，就应该避嫌不参与评判。假惺惺，真恶心！

于教授此时抽出了主菜食材——五花肉和水果。

肉食和水果的搭配让很多人都很意外，主持人立即想到了江小鱼复赛的作品：“江小姐复赛的百香果鳜鱼得到了极高的分数，不知道这一次是否还会用百香果烹饪五花肉？”

江小鱼腼腆地笑了笑，轻轻地摇摇头，表示不会了。

服务人员送上食材后，会给选手十分钟的时间想创意。

小蟹一直站在水果区，还亲自品尝了几种水果，显然有些迟疑。

欧莳萝先选了五花肉，然后才走到水果区，看似在挑选，实则早就想好了要用什么。

江小鱼原本是要选择柠檬的，柠檬的酸味正好可以解除五花肉的油腻。不过当她看到欧莳萝在倒数的时候毫不犹豫地取走了杨梅，她已经摸到柠檬盘子的手突然改变了方向，也选择了杨梅，而小蟹则选了凤梨。

两位选手选了同样的水果，场上一片哗然。

“这下精彩了，场上的两位厨师选择了同一种水果，万一烹饪方法也一样，那就纯粹是考验技术和评审的舌头了。”主持人诙谐幽默地串场。

选手回到自己的位置，欧莳萝看向江小鱼，不屑地撇撇嘴。五花肉和水果，是她比赛前就知道的决赛题目。为此，她反复练习制作杨梅红烧肉，就为了能够一举夺冠。

“莳萝，你选了杨梅，准备如何烹饪？”

“我要制作的菜品叫杨梅红烧肉，算是对传统红烧肉的改良和创意，老菜品，新做法。”

“听着就觉得好吃，期待你的作品。”主持人接着又问小蟹。

“我要制作的是凤梨烤五花，主要的制作方法是烤制。我会用凤梨制作一种酱汁，淋在烤好的五花肉上，口感鲜香清甜。”

“这道凤梨烤五花也听得我口水直流，不知道江小姐打算做什么呢？不会也是杨梅红烧肉吧？”

主持人将麦克风递给江小鱼，她对着镜头盈盈一笑：“你猜对了。”

场内再次一片哗然。

“哇哦，两位选手居然想到了同样的创意，这场比赛就更让人期待了。”主持人对三位选手做了一个“加油”的姿势，然后由欧芹宣布比赛开始。

赛场内安静下来，注意力全都集中在选手身上。

坐在亲友团的宁妈妈替准儿媳担心：“两个人同样的创意，这样在创意分上两个人都是要吃亏的。这可真是鹬蚌相争，小蟹得利了。”

“这道菜根本得不到创意分。”江奶奶突然开口，回忆起江派风光的时候，目光不自觉地柔和起来，“杨梅红烧肉是江家秘传九菜之一，根本不是她们的创意。”

“什么是江家秘传九菜？”

“江家秘传九菜是祖上传下来的九道私房菜，九菜中分别以鱼、虾、蟹、猪、牛、羊、鸡、鸭、鹅为主材，每一道都颇具新意且口味鲜香。小鱼儿的爸爸当年单凭一道鱼开店就客似云来，络绎不绝。可惜……”江奶奶叹了口气，没再说下去。

“我们还有小鱼儿，她一定能振兴江家的。”宁妈妈拉着江奶奶的手安慰。

江奶奶笑着摆摆手：“我不指望她振兴江家，只愿她此生幸福就好。那些名利不过是过眼云烟。”

江小鱼此时已经将制作好的杨梅汁放进冰箱冷却，欧莳萝慢她一步，不过两个人的制作步骤以及制作手法如出一辙，不仅让直播间沸腾了起来，连场内的评审也有些不淡定了。

这到底是谁抄袭谁的创意呢？总不能说两位女选手心有灵犀吧！

小蟹也注意到两旁的不对劲，不过他很快便拉回注意力，快速地翻烤滋滋作响的五花肉。

江小鱼这时也开始煎五花肉，欧莳萝慢她一步，咬着牙将火调大，果然比她更快地完成煎制。然后她放入茴香、生姜等调料翻炒，再放老抽上色，接着倒入杨梅汁，之后加少许冰糖，以大火烧开，最后倒入啤酒盖锅，中火慢炖。

做完后，欧莳萝松了一口气，对着镜头把后面的步骤也说了出来：“接下来就等着收汁，在汤汁快干了的时候加入杨梅翻炒即可。”

直播间里早就对她和江小鱼选了一样的菜肴开启了热议模式，此时她说出接下来的步骤，粉丝立即刷屏——

“莳萝好单纯，说出来不就是等着被抄袭吗？”

“江小姐明显是看到莳萝选杨梅才跟着选的，要不要这么明显！”

“抵制抄子！”

看着屏幕上的留言，欧莳萝的嘴角微微勾了勾。

小蟹开始摆盘的时候，江小鱼也进入了收尾工作，步骤与欧莳萝所说的并无异样。有人故意带节奏，直播间已经开始刷“抄袭创意”“抵制小鱼儿”的弹幕。

主办方的老总在后台摔了一整套茶具，这么大的赛事，若是出现抄袭，丢脸的可不仅仅是选手。只是比赛采用的是直播，就是想喊停都喊不了。

欧芹的眉头也紧紧地皱着，眼里带出几分浮躁。这道菜的底细他再清楚不过，江家的九道秘菜，江川流一个徒弟只传授一道。据他所知，江清只学了鱼、虾、蟹三道菜，之后江川流就去世了。且不说江清会不会做齐九道菜，就算他会做，也不可能传授给十岁出头的女儿。所以他笃定江小鱼根本不会江家秘菜，才将这道菜教给欧莳萝，让她备战决赛，一举成名。

他万万没有想到会变成现在的局面。

收了欧芹好处的评审们也有些摸不着头脑，纷纷看向欧芹，想询问接下来该怎么办，却接不到任何指点的信息。

评审们也有些生怒，他们不是普罗大众，不会被什么抄袭带节奏，俩人如此相同的步骤和技巧，绝对不是谁抄袭谁，唯一的可能性就是这道菜早有食谱，根本不是他们自己的创意。

欧莳萝选了一个古朴的大碗盛放菜品，第一个按下铃，以示完成。

接着小蟹也完成了菜品，只余江小鱼一人。

她仍不慌不忙，将做好的红烧肉盛放在平盘内，又在剩余的杨梅汁中加入糖浆制成果酱，然后用果酱在平盘的空白处写了一个花体的“江”字，像是为这道菜烙下印记一样。

“三名选手都完成了自己的作品，下面我们有请专家评审团对参赛作品进行品鉴。”

专家和评审拿着分发下去的餐具对菜品一一品尝，然后再一一点评，最后由评审打分。

原本作为主席的欧芹应该先发声的，可由于场上出现两道同样作品的菜式，让他有些迟疑。直到主持人叫他，他才拿起话筒。

“在创意上，小蟹的凤梨烤五花更具特色，尤其是用凤梨制作的酱汁，甜酸中带着一丝辣，最特别的是这一丝辣中还包含清甜。如果我没猜错的话，这个酱汁里应该是放了彩椒。”

“欧主席猜得很对。”小蟹双手合十，对他的赞誉表示感谢。

欧芹说完就要将话筒递到旁边的人手里。江小鱼怎么可能就这么放过他，她在话筒没被接走的一刻突然出声：“欧主席，不对我和欧莳萝的作品点评一下吗？”

欧芹表情不受控制地一僵。

“难道你对我们俩做出同样的作品就没有什么想法吗？”

她咄咄逼人。

欧芹的眼神变得有些阴冷，像一条毒蛇一样盯着江小鱼，是警告，也是威胁。

江小鱼却不怕，她端起自己做的那一盘杨梅红烧肉，展示给现场的每个人看，朗声开口：“大家应该都在好奇为什么我和欧莳萝的作品会一模一样，我们同时选料、制作，根本谈不上抄袭。我们会做出相同的菜品，只有一个原因，那就是这道菜的食谱我们早就知道，根本不是现场创意的。”

欧莳萝万万没有想到江小鱼为了拉她下水，把自己也拖下了水。她气急败坏地质问：“江小鱼，这么做对你有什么好处？”

“我不需要好处，我只要真相。”江小鱼抬手指向欧芹，“一个气死师父，背叛师门的烂赌鬼有什么资格当主席？”她又指向欧莳萝，“一个连煎肉都煎不好，对食材和食物没有信仰的人有什么资格当厨师？”

“请注意你的言行，我会告你诽谤。”欧芹已经气得发抖，眼睛通红，恨不得冲上来咬她一口。现场的人都被这突如其来的一幕惊得目瞪口呆，不知所措。

直播仍在继续，弹幕在疯狂地问什么情况。

“是不是诽谤你自己心里清楚。”江小鱼并没有被他吓到，反而不急不慢地脱下围裙，从裤兜里掏出一沓古老的字据，“这些全都是当年欧芹的师父江川流为他还赌债的收据，当年他欠下赌债潜逃，是他的师父变卖家产替他还清了债务，最后却生生被气死。欧芹，我今天来的目的根本不是拿奖，而是清理门户。”

“我以江派第六代传承人的身份，在此正式将你从江派除名。”她说完，径直走下台。

江奶奶此时已经站起身，握住孙女的手，眼中含泪：“你爷爷可以瞑目了。”

“奶奶，我们回家。”

“回家。”

现场一片混乱，江小鱼已经做完了她该做的事，至于其他的，就让世人去评说吧，她还有更重要的事要去做。

等到深夜，宁从简才回公寓，难掩一身的疲惫，着实让人心疼。

“很麻烦吗？”江小鱼很担心。

“还好。”虽然没有像谣传的那样死了人，可伤人事件却是真实的。电器产品也的确发生了爆炸，只是初步检测爆炸的原因是电引起的，根本不是电器本身。但有人恶意炒作，给从简科技的声誉带来了极大的影响。别人向你泼脏水不过是动动手而已，而要洗去这些脏水却是太难了。

宁从简笑了笑，翻身躺在她的腿上："还没恭喜你终于清理了门户，可惜我没能亲眼见证。"

"那有什么好可惜的，一场闹剧罢了，后面还不知道会闹成什么样。"江小鱼摸了摸他的额头，想到欧莳萝的话，还是有些紧张，"这件事如果处理不好，从简科技会不会像一星集团那样……"

"从简科技……"

"从简。"她打断他的回答，有些害怕，怕他的梦想就此折翼，怕他也会像一星集团的老板那样，经受不起打击，从办公楼楼顶一跃而下。在等待他回家的这几个小时里，她不受控地胡思乱想，越想越心惊，"宁从简，如果真的会那样，你也不要放弃。我存了很多钱，有我陪着你东山再起。"

她在说话的时候紧张得手心里全是汗，可见其认真。

宁从简却被这突如其来的一句"东山再起"弄得有些哭笑不得，却又忍不住感动。他抬手摸摸她的脸："很多钱是多少？"

江小鱼一脸严肃地说了一个数字。

宁从简一惊，这个数字对他来说并不是很多，可对于一个不到三十岁的女孩来说，绝对是一笔巨款。

"你怎么会有这么多钱？"

"我父母离世的时候留下了一大笔钱，再加上我这几年的收入，也积攒了不少。"

"这么多年你就没打算用这些钱做点什么？"这些钱足以让她过上公主一样的生活，可她却开着小破车住在小公寓里当小厨娘。

"原本我是想开店的，只是原来店铺的位置已经被人买走了，房主没有要卖的打算。再加上我也觉得现在开店，手艺还欠点火候。"

"那你把这些钱给我东山再起，以后想开店不就没钱了。"他坐起身，一本正经地问。

江小鱼看着他，目光坚定："我信你，你一定会成功的。"

宁从简的心好像突然被一双温柔的手捧了起来。

她是在用自己的梦想做赌注，赌他会梦想成真。

世上怎么会有这么傻的姑娘！

他又是何其有幸，这个姑娘属于他。

宁从简抬手揉了揉她的发，目光中是满满的宠溺："没有你想的那么严重，这种危机，从简的公关团队每年都会碰上一两次。你这么相信我，我是不会令你失望的。"

江小鱼看着他，原本无措的心突然就安定下来。她笑起来，伸手抱住他的腰，用力地点了点头。

结局篇
江水三千，只取一鱼

创意大赛的直播事件引起了很大的轰动，新闻虽然被官方压了下去，但看了直播的人不在少数，很快就上了微博热搜。大赛结束的时候欧芹还声明会告她诽谤，只是律师函都没发出来，他便自顾不暇了。

这件事就像是一根导火索，短短一个月内，欧芹被厨协除名，他当顾问的几家公司纷纷换人，就连他自营的连锁餐饮店也被彻查。

这个结果是谁都没料到的。

更令人意料不到的是，随着欧芹的倒台，从简科技产品爆炸的新闻又出了新爆点。用户故意点燃产品，致使产品爆炸，之前网传伤两人死一人纯属造谣。从简科技对造谣者正式发出律师函，并且表态会对这件事追究到底。

其实事态已经很明显了，这次事件就是对手公司的恶意诽谤，不过抓不住实质性的证据，从简科技也只能吃了这个哑巴亏。好在公司的危机公关做得好，在事件发生的第一时间发出声明对事件表态负责到底，查明原因后又表态追究到底，全程智商在线，也算是为企业树立了一个不逃避、负责任的好形象。

至于那些造谣的恶人，用江奶奶的话说就是“恶有恶报，老天有眼”，早晚有一天会有报应。

风波过后，日子又回到从前。江小鱼将更多的时间投入厨房，钻研江家秘制九菜。欧芹其实猜对了一半，江清的确没有教过江小鱼厨艺，不过他没猜中的是江小鱼的启蒙读物就是这九道秘菜的食谱。从某种意义上来说，她在六岁的时候就会这九道菜了。

宁从简最近一段时间奔波在各大展会上，推广从简科技最新的智能厨房产品。两个人不管多忙，她都会准备好三餐，他也都会准时回家。哪怕只能匆匆吃个饭再赶回公司继续忙碌，他也不愿错过共进三餐的温暖。

他们好像从热恋直接步入了老夫老妻的状态，一屋两人，三餐四季，简单幸福。

甘菘和唐棠在国庆节顺利完婚，捧花像是长了眼睛一样飞到了江小鱼的怀里，大家伙起哄她和宁从简三个月内完婚。江小鱼看向宁从简，两个人眉眼弯弯地对视着笑，什么都不用做，就塞了所有人一嘴的狗粮。

在一众“求婚”的起哄声中，宁从简只是走过去抱住她亲了亲。在一阵更大的起哄声中，他拉着她离开宴客厅。

“干吗去？我还没换衣服。”江小鱼见他拉着自己往停车场走，很是诧异。

走到车边宁从简才停下脚步，上下打量了一番她的小礼服，拉开车门：“不用换衣服，这件就很适合。”

“适合什么？”

“到时候你就知道了。”他推着她上了车，一路上无论她如何问就是不告诉她目的地是哪里。

江小鱼满心好奇，直到车子停在一家店铺门前，她那颗好奇心突然莫名加速。

店铺拉着铁门，门上还贴着一张迁址的告示。

“这家店搬走了？”她问，声音有些控制不住地轻颤。

宁从简并没有回答她，牵着她走到铁门前，用力地拍了拍。

铁门开始自动上升，江小鱼的心也开始疯狂地跳着。

她不停地告诉自己不可能，别想，却又控制不住去想象。她甚至不敢去看，在铁门升到头顶的一瞬间，她闭上了眼。

“小鱼儿。”

“我是不是在做梦？”江小鱼很没出息地哽咽了，伸手捂住眼睛，连她自己都不知道为什么会有这样的反应。

宁从简无奈地摇头，不得不动手拉开她的手，迫使她睁开眼。

一刹那，时间好像都停止了。

店铺里摆着八张木质方桌，每桌都配了四把条凳。白色的墙上挂着一块块木牌，牌子上刻着菜名。斜对着门口的位置放着一个高柜，柜子上叠着账本和一个红木珠的算盘。

她向前走了两步，又似被惊到一样退了一步，然后愣怔地看着高柜，仿佛看见妈妈站在高柜后面算着账：“六十八块五毛，给六十八块就行了。今天的鱼味道还行吗？好吃的话，以后常来……”

“活鱼一条。”

“好咧，活鱼一条。”妈妈对着厨房喊完，江爸爸都会底气十足地回应一句。

小鱼铺里的这一声吆喝似乎都带着鲜味。

她的手轻颤着摸了摸桌子，小时候大人们总喜欢把她抱到桌子上坐着，故意闹她：“小鱼儿放在桌上就是一盘菜，就叫酱焖小江鱼。”

“不要，我喜欢糖醋鱼。”

“那就把小鱼儿做成糖醋的。”

她傻乎乎地笑着打滚，然后从桌子上跳下来，跑去厨房说自己是糖醋鱼，非要爸爸给加一点“糖醋料”才肯离开。

江爸爸拿女儿没办法，只能往她嘴里塞一颗冰糖，看着她一边喊“我甜了”一边往外跑，又无奈又欢喜。

可刚跑出厨房，小鱼儿就被柜台后的江妈妈给拦住，闻到她嘴巴里的甜味，照着屁股就拍了几下，转过身再冲着厨房吼：“孩子的牙都成什么样了，还给她吃糖？”

江小鱼趁着妈妈对着爸爸吼，像条小江鱼似的赶紧溜走，就怕下一秒妈妈让她把糖给吐出来。

那时候，幸福就像口中的那块冰糖，是很简单的甜味。

而现在，这些甜味变成回忆，显得更加珍贵。

江小鱼转过身，眼眶红得吓人：“你是怎么买下来的？”她一张嘴眼泪就掉下来了。这家店铺的老板之前很固执，死活不肯出售，就连江小鱼都放弃了，可宁从简却做到了。

“秘密。”

他不肯说，可就算他不说，她也能猜到他一定为此付出了很多精力和财力。她想说谢谢，张了张嘴，却发现喉咙涩得根本发不出声音，眼泪控制不住地簌簌下落。

就在她泪眼蒙眬时，宁从简掏出一个蓝色丝绒的小盒子，缓缓单膝跪地。他的鼻子也酸了，准备了一肚子的话突然就说不出来了。认识她的时候，她是个孤僻古怪的单身病患者，不会社交，脾气也硬邦邦的，可偏偏就对上了他的胃口，让他控制不住地靠近、喜欢、深爱、离不开。她就像他的人间至味，让他尝到了什么是幸福的味道。

“江水三千，只取一鱼。江小鱼，你愿意嫁给我吗？”他说完，仰着头等待她的答案。

江小鱼已经哭得泣不成声，想吸吸鼻子说“我愿意”，可发出来的声音都是呜咽。他这么突然地将她的梦想双手奉上，又跪在她的面前许诺一生，这让她怎么冷静地答应他！他怎么这么讨厌！

她心里埋怨，身体却很诚实，说不出话，就拼命点头。然后她直接扑到他怀里，鼻涕眼泪擦了他一身。

“还没戴戒指呢。”他哭笑不得。

“等……会儿。”她抽抽噎噎，已经哭得开始打嗝了。

宁从简从未见她这样哭过，索性一屁股坐在地上抱着她，轻轻地一下下拍着她的背，安抚她的情绪。

好半晌，她推了推他，从他怀里退出来，吸了吸鼻子后伸出手。

宁从简一愣。

江小鱼又哭了：“戒指。”

“哦！”他恍然，立即给她戴上。

胖乎乎的小手上多了一枚钻戒，钻石的光辉一片璀璨。

她看看自己的手，又看看这家店铺：“怎么像做梦一样？”

“我也觉得像做梦一样。”为了这次求婚，他准备了快两个月的时间，结果被江小鱼哭得一塌糊涂……不对，宁从简差点忘了最重要的事，他拉了拉她的手，“后厨还有人。”

“……”

虽很不情愿，可他还是扬声道：“出来吧。”

没等她反应过来，接连传来“啪啪啪”的声音，头顶有许多彩带炸开并纷纷下落，奶奶、宁爸爸、宁妈妈、乔木，还有穿着礼服的唐棠和甘菘。

江小鱼傻了眼。

出来的一众人也傻了眼。

为什么求婚的两个人是坐在地上的？

俩人胸口糊的是什么？鼻涕？好恶心！

唐棠突然干呕一声，打破诡异的安静。

甘菘紧张极了：“难受了吗？是不是宝宝……”

“宝宝？”江小鱼还含着泪水的眼睛豁然瞪圆，“你怀孕了？”

唐棠有些不好意思地点点头：“才一个月，所以我没和大家说。”

江小鱼站起身，抹了把眼泪笑起来，盯着唐棠的肚子满怀期待地说：“我要当干妈。”

“没问题。”唐棠爽快地答应，两姐妹握着手，开心得不得了。

“今天可是三喜临门啊。”奶奶笑道，大家也都跟着笑起来。

只有宁从简看着已经和唐棠抱在一起的江小鱼，莫名觉得喝了一缸子醋。

刚刚答应他求婚的人难道不应该和他抱在一起吗？

同样心塞的甘菘默默地用眼神安慰他：哥们儿，我今天是新郎，我媳妇不是也没抱着我吗！

难兄难弟对了一个眼神，同时伸手，巧妙地将两个又哭起来的女人分开，各自抱着安抚。

嗯，这回就对了！

店里欢声笑语不断，店门口挂着的“鱼”字旗随着微风轻轻地摇着，好像也在笑。

（全文完）

番外一
冰糖葫芦，甘之如饴

宁从简和江小鱼的婚礼是在隔年六月份举办的，结婚当天宾朋满座，即将临盆的唐棠也来了，美其名曰：带着儿子帮她压阵。

迎亲的队伍看见稳坐在门口的大肚婆，别说硬闯了，连声音大一点都不敢，就怕一个不小心把孕妇给吓到了。

这哪里是压阵啊，简直是捣乱。

宁从简敢怒不敢言，直接把甘菘推到前面：“搞定你媳妇。”

甘菘屄屄地靠上去：“老婆……”

他才刚出声，就听唐棠道：“渴了。”

“我去给你倒水。”那奴才样简直让人没眼看。

宁从简不得不亲自出马，举手作揖：“甘太太、唐娘娘，您行行好，给小弟让条路，让我接小鱼儿走。”

“想接小鱼儿走？”

宁从简点点头。

唐棠扫了扫他带来的伴郎团，眉眼一挑，摸着肚子说：“我家宝宝想听歌，唱首《学猫叫》听听。”

“唱。”宁从简高喊一声，一帮老爷们儿齐刷刷地“学猫叫”。

歌唱完了，唐棠又说宝宝要看跳舞。

几个人于是又七扭八歪地跳起海草舞，折腾了好一通，唐棠总算是满意了。

“老公，扶我起来吧。”

听见这一句，宁从简差点没道一句“谢娘娘开恩”，只可惜他这句话还没说出口，握着甘菘手臂起身的唐棠突然叫了一声，然后扶着肚子“哎哟”起来。

甘菘的脸都吓白了：“老婆，你怎么了？”

唐棠疼得哆嗦起来：“老公，我好像是要生了。”

众人都傻了眼，哪还顾得上接亲，七手八脚地抬着人往医院去。

就连坐在屋内的江小鱼都急得要从床上蹦下来跟着去，还好伴娘们死死地摁住了她：“新娘子没穿鞋是不能下地的。”

她一听，扯着嗓子冲外喊：“宁从简，赶紧进来给我穿鞋……”不等新郎进来，她又急急地问伴娘们，“鞋呢？鞋藏哪里了？赶紧拿出来。”

又是一阵兵荒马乱，宁从简很心塞，觉得甘菘和唐棠这一对绝对是和他们犯冲——

他和江小鱼确定恋爱关系那天，他们俩登记结婚。

他和江小鱼求婚的日子，唐棠宣布有孕。

总算是等到了结婚，她竟然在他们的婚礼上生产。

抢戏也没有这么抢的吧！

隆重的婚礼因为唐棠的突然早产，变得有些匆忙。典礼结束，江小鱼等不及送客就催着宁从简去医院。俩人衣服都没换，坐着婚车就往医院赶。

说来也巧，他们才刚跑到产房门口，就传来“生了”的喜讯。

护士抱着小宝宝从产房出来：“恭喜，是个男孩，六斤八两。”

甘菘顾不得儿子，直愣愣地问："产妇怎么样？"

"产妇很快就会出来。"

听见这句，甘菘才放了心，小心翼翼地接过儿子。

看着怀里皱巴巴的小家伙，他几乎要落下泪来，原来这就是当父亲的感觉。

他吸了吸鼻子，咧着嘴喊宁从简："快来看我儿子。"

宁从简凑上去看了看，第一感觉就是丑。可是看着兄弟一副眼眶都红了的感动模样，只能昧着良心夸："小家伙真好看。"

说完，他自己都觉得亏心。

江小鱼也凑了过来，看着干儿子，满心欢喜地问："名字取了吗？"

"取了。"甘菘憨憨地一笑，摸了摸儿子的小脸，"大名叫甘之饴，小名叫糖葫芦。"

"大名响亮，小名可爱，不错不错。"江小鱼诚心诚意地夸赞。

宁从简站在一旁，默默地腹诽：一个男孩名字全是甜的，一点都不阳刚。

殊不知，几年后，宁家的小公主最喜欢的就是追着这个甜甜的葫芦哥哥跑。

番外二
你的味道，我最喜欢

孩子来得很突然，突然到江小鱼坐在马桶上看着验孕棒上的两道杠，一瞬间脑子里闪过很多问题。

智能料理机刚刚推出市场，小鱼馆也刚刚开业，两个人都忙得团团转，哪有时间带孩子？就算宁从简同意她带着孩子在厨房里煎炒烹炸，她自己可能也舍不得。

还有，他们做好了当爸爸妈妈的准备了吗？

江小鱼异常迷茫，直到卫生间的门被拍响。

“老婆，你再不出来，我就要去对面上厕所了。”宁从简的声音响起。

两个人婚后并没有搬离小公寓，一则公寓位置距离从简科技和小鱼馆都很近，另一则江小鱼舍不得她的小厨房，于是两个人一商量，干脆继续蜗居。

江小鱼打开厕所门，宁从简急匆匆地走进去，不等她出来就脱了裤子放水，可见他真是憋急了。放完水一回头，发现江小鱼还站在门口，他边提裤子边调侃：“干吗偷看我上厕所？你说，是不是对我起了什么歹念？花姑娘，起了歹念就直说，哥哥我一定满足……”

“我怀孕了。”

宁从简一肚子的骚话戛然而止，看着她的目光从呆愣、惊讶到恍然，最后化为一声狂喜的尖叫，上前一把将她抱起来。若不是卫生间太小，他八成会抱着她转几圈。

“我要当爸爸了。”宁从简兴奋得像个大孩子，“江小鱼，我要当爸爸了。”

江小鱼回了他一个白眼。

“别翻白眼，小心宝宝生出来就是翻着白眼的。”

江小鱼看着他认真的模样，有点想打人。

不过宁从简可没时间挨打，他小心翼翼地将她抱到沙发上，又殷勤地热了杯牛奶递给她，然后端端正正坐在她身边，掏出手机打电话。

他第一个打给了宁爸宁妈：“恭喜你们要升级当爷爷奶奶了……哈哈哈——是呀，小鱼儿怀孕了。放心，我会好好照顾她……搬家，肯定要搬，不然宝宝没地方玩……”

他第二个打给了奶奶：“奶奶，这回您老可要搬过来和我们一起住了，您得帮忙看重孙啊……对对对，您说得太对了……行，周末我就去接您。”

他第三个打给了甘菘：“唐棠怀孕的时候都吃什么补品了？对呀，小鱼儿怀孕了，我觉得得赶紧补起来，不然生出来的比你儿子还丑可咋办？”

他这句话说完，甘菘直接挂断电话。

宁从简听着忙音，“啧”了一声，打电话的兴致仍旧高昂。

苏籽、乔木、姜末……最后一通大概是越洋电话，说的都是德语，听得江小鱼直犯困。睡着前的最后一秒，她默默地想：这下好了，全世界都知道她怀孕了。

随着怀孕的消息传开，江小鱼的孕期反应也表现了出来，最严重的就是嗜睡。有时候聊着天她就打起瞌睡，最吓人的一次是蒸着馒头就睡着了。宁从简回到家，发现锅都烧干了。自此，他便严禁她孕期进入厨房。

“那你怎么吃饭？”她问。

宁从简咬着牙道：“你陪着我吃饭，应该饿不死。”

那表情壮烈得让人真想赞一声“父爱真伟大”。

江小鱼怀孕五个月的时候，两个人搬到了宁从简之前住的临江别墅。他打着照顾孕妇的名头，将奶奶从养老院接到了别墅。

不过才住了半个月，江奶奶就趁着宁从简上班，跟江小鱼商量：“我这把年纪不给你们添麻烦就不错了，哪能照顾你。你若真是想要人照顾，就把从简的爸妈给接过来。要是让外人知道我这个娘家奶奶住在外孙女婿家，不像话。”

“有什么不像话的，我又不是没有房子，如果您觉得这儿住得不舒服，咱们就搬回公寓。您住在亲孙女的房子里，总不会不像话了吧。”江小鱼抱着肚子就要起身收拾行李，吓得江奶奶再不敢提这种话，心里却觉得孙女让孙女婿惯得脾气越来越大了。

孙女这条路走不通，江奶奶于是转过头找孙女婿商量。

“奶奶，是不是我们哪里做得不周到，让您住得不舒服？”

“没有，没有，我就是惦记养老院的老朋友了。”江奶奶说了实话。

宁从简一脸为难，可看着老人家那期盼的眼神，不得不硬着头皮去和媳妇商量。商量来商量去，两个小的还是没能留住奶奶，于是把老人家又给送了回去。

养老院为了迎接江奶奶回归，还特意搞了个欢迎会。江小鱼看着坐在奶奶身边的张爷爷，心里有些泛酸。奶奶说什么惦记老朋友，其实最惦记的应该就是张爷爷了。可一想到上次奶奶住院，张爷爷来探望时两位老人分食一块发糕的情景，那股子酸意便也就淡了。

人这一辈子，心里有一个惦记的人未尝不是一种幸福。

两个人在一起的幸福，是一个人无法体会的。

她侧了侧头，轻轻靠在宁从简的肩上。

宁从简立即把身子倾向她，让她靠得更舒适些："是不是累了？"

她摇头，嘴角轻轻勾起："就是突然想靠着你。"

"靠吧，我的肩膀是江小鱼的专属位置。"

她闭上眼深呼吸，空气里有着他独有的味道，也是她最喜欢的味道，那种味道叫"幸福"。

四个月后，江小鱼顺产一女，大名宁萌，小名小柠檬。

自此，生活中又多了一种她最爱的味道。

番外三
甜酸苦辣，人生百味

收到张爷爷去世消息的那一天，是小柠檬第一天去幼儿园的日子。刚把小丫头交给老师，江小鱼就接到了乔木的电话，匆匆赶往养老院。

奶奶比她想象中要平静许多，看见她来了，冲着她招了招手。

江小鱼走过去，坐在奶奶身边，轻声问：“奶奶，您还好吧？”

“又让你们担心了。”奶奶拍拍她的手，轻轻地叹了口气，“到了我们这个年纪，都是活一天赚一天。如果真的有一天去了，你们也别太伤心。”

“奶奶，您胡说些什么？”江小鱼被她吓到了。

奶奶摇摇头，欲言又止。

在江小鱼的强烈要求下，奶奶再次被她接回了家。

小柠檬放学回到家看见太奶奶，高兴得像只小麻雀，围着太奶奶讲第一天上幼儿园的趣事，还缠着她要一起睡。

吃完饭，安顿好一老一小，江小鱼忧心忡忡地躺在床上，莫名有些不安。

“怎么了？”宁从简见她一直皱着眉，也跟着忐忑起来，“我看奶奶状态挺好的，以后她搬过来一起住，有我们照顾，你还有什么好担心的？”

“就是太好了才不对劲。我觉得她显得太平静，就算只是老朋友去了，也不应该是这种状态，更何况她与张爷爷……哎哟，我也不知道该怎么说。”她烦躁地把脸埋在枕头里，闭着眼睛哼哼。

对于她这种孩子气的反应，宁从简只觉得好笑。他把她拉进怀里，说了一肚子安慰的话才将她哄睡了。

第二天，老太太的精神头更足了，早早地起来说要亲自送小柠檬去幼儿园。宁从简哪里放心这一老一小，索性一家四口一起去幼儿园。

小柠檬兴奋极了，一路上都在唱歌。在幼儿园门口，她还和太奶奶拉钩，让太奶奶晚上来接自己。

三个人好不容易把这个小磨人精交到老师手上，齐齐地松了口气。

“从简，你把我和小鱼儿送去小鱼馆，我想去小鱼馆看看。”回去的路上，奶奶突然开了口。

宁从简自然不会不答应，开车将祖孙俩送到了小鱼馆。现在的小鱼馆已经是当地小有名气的饭馆，每日限量三十条鱼，不到一点就会售罄，食客们上午就会来排队。

江小鱼收了两个徒弟，小徒弟年纪不大，不过人很勤奋。她不藏私地教，小徒弟用心地学，两年光景已经能在厨房独当一面了。

上午九点钟，小鱼馆还未开张，门口的塑料凳子上已经三三两两坐着等鱼吃的人。

“你去忙你的，今天奶奶帮你当一天掌柜的。”奶奶坐在高柜后，似模似样地拨了拨算盘珠子。

“那您老可别收错了钱。”

奶奶撇撇嘴，很是不屑地道：“我收钱的时候你还没长牙呢。回你的厨房去吧，前面就交给我了。”

"好咧。"江小鱼笑呵呵地进了厨房，做好准备工作就开始营业了。闸门一开，江奶奶的声音就从前面传了过来。

"江家鱼一份、酸汤牛肉一份。"

古老而熟悉的调子，听得人心热腾腾的。江小鱼也扬声回应："好咧，江家鱼一份、酸汤牛肉一份。"

热锅烧油，姜片爆香，厨房里一片忙碌。这一天的小鱼馆反复回荡着祖孙俩的吆喝声，真的好像回到了从前。

到了下午两点钟，厨房的备料都售罄了，食客们才或满足或遗憾地离去。奶奶又数了一遍今日收的现金，把流水单子交给江小鱼的时候还有些不满地抱怨："年轻人都用什么微信、支付宝结账，给现金的人太少了，全是摸不到的钱，不实在。"

江小鱼听着好笑，又给老太太讲了半天微信和支付宝的便捷。

不过老人家对这种东西还是下意识地抗拒的，总觉得"唰"的一下钱就没了，太不安全。

到了江奶奶这把年纪，花钱的机会已经很少了。江小鱼也不执着，再三保证会看好自己的钱，然后带着奶奶下了班，又去幼儿园接了小柠檬。

热热闹闹的一天过去，虽然疲惫，倒也扫清了江小鱼内心的不安。

临睡前，江小鱼抱着小柠檬去洗澡，奶奶叫住宁从简，莫名其妙地说了一句："你照看好小鱼儿。"

说完，不给他反应的时间，她就回了房间。

却不料这句话竟成了她的遗言。

奶奶是在睡梦中离去的，离去时的模样很安详。她把一切都安排得好好的，然后就这样走了。

只是再好的安排也无法阻止江小鱼的伤心。

送走奶奶的那一天，她从墓地回到家后将自己关在房间里，一待就是一天。

宁从简告诉自己要给她足够的时间和空间去伤心，可看着她这样，仍旧忍不住心疼。

她坐在地上一动不动，眼睛憋得通红，却没有流泪。

他走过去坐在她身边，轻轻地将她拥住："奶奶临走前和我说了一句话。"

江小鱼的目光闪动了一下。

"她说，你照看好小鱼儿。"

怀里的人突然开始轻轻颤抖，随之而来的是她再也无法压抑的哭声。

这二十几年来，是奶奶和她相依相伴。在没有遇见宁从简之前，奶奶是她唯一的亲人。这种割舍太疼了。

"她走了，她再也回不来了。"她失声痛哭。

而他只能更用力地抱紧她，一遍又一遍地告诉她："你还有我，还有小柠檬，我们会一直陪着你的。"

夜幕低垂，怀里的人在睡梦中仍然抽噎着。

再次醒来，天还是黑的，还隐约能看见几颗星星。

"醒了？"宁从简的声音传来。

"从简。"她的声音哑得吓人，"我梦见奶奶了，她做了一盘苦瓜给我吃，她说人这一辈子不可能只吃一种味道，有甜有酸、有苦有辣才是真正的人生。她说离别是苦的，可是没有离别就没有新生，只有尝到了离别的苦，才能更珍惜新生的甜。她和我道了别，让我好好的……"

"我们都会好好的。"宁从简抱紧她。

"嗯。"她在他怀里用力地点头。

天一点一点亮起来，初升的太阳充满了希望。

房门被轻轻叩响，小柠檬从门缝中探头进来，揉着迷蒙的眼睛，奶声奶气地道："妈妈，我饿了。"

江小鱼挣扎着起身："宝贝，想吃什么？妈妈给你做。"

"想喝柿子汤，我昨天梦见太奶奶了，她说今年的柿子特别好吃。"小柠檬越说声音越小，眼眶也慢慢红了起来。

她还不知道什么是死亡，可是想到以后再也见不到那个疼爱她的太奶奶，便也忍不住难过。

江小鱼强忍着眼泪，摸了摸小柠檬的头："太奶奶说好吃，那就一定很好吃，妈妈给你熬柿子汤喝。"

"嗯。"她乖巧地点点头，伸手要抱抱。

江小鱼蹲下身去抱她，稍一用力，眼前便是一黑，身体像是不受控一样栽倒下去，眼前闪过宁从简惊恐万分的脸。只是她嘴唇沉重，一点声音都发不来。

等到她再恢复意识的时候，已经躺在了医院的病床上。

"醒了，小鱼儿醒了。"宁妈妈的声音传来。

接着，宁从简又惊又喜的面容出现在眼前，满是关切地问："有没有哪里不舒服？"

她摇摇头。

宁从简的大手轻轻拨了拨她的额发，迫不及待地告诉她："小鱼儿，我们又有宝宝了。"

江小鱼一愣。

宁从简的手已经放在她的小腹处："你感受到他了吗？已经有两个月大了。"

江小鱼缓缓将手贴在小腹上，明明没有什么感觉，心里却好似涌起一股暖流。

"没有离别就没有新生，只有尝到了离别的苦，才能更珍惜新生的甜。"奶奶在梦里说的话在江小鱼的脑海中回荡。

她咧了咧嘴，眼泪又流了下来，声音微颤地道："这一定是奶奶送给我们的礼物……她怕我太伤心，所以又送了一个宝宝陪我。”

“我觉得也是，所以为了宝宝，你也要保重自己。”他耐心地哄着。

江小鱼用力点头，双手贴在小腹上，似乎在摄取某种力量。

她在心里默默地道：奶奶，我会好好的。

人生就像港口，有来有往，谁也不能永久停留。

而我们都是在一段段告别中成长起来的，每一声“再见”都承载着不舍，而“永别”更令人撕心裂肺。只是再多的不舍和疼痛，终究需要我们勇敢地面对。

夕阳西落，旭日东升。

宁家老二出生在一个盛夏的午后，取名宁莳，小名小柿子。

小家伙以啼哭声与亲人们打招呼，大家则用笑声欢迎他的降临。

后记一

我与泰山，有个约会

二〇一七年十月，我与好友第五次登泰山。泰山对我来说，已经成了一种情结。

二〇一三年，初登泰山，那一年是我写作的瓶颈期，网络成绩日益下降，出版更是渺茫无望。已忘记是如何提议，只记得匆匆定下机票，我便与两位好友奔赴泰山之约。人手一根拐杖，每一步都带着期望和忐忑，历经四个小时抵达碧霞元君寺。三个什么都不懂的小姑娘，竭尽所有地虔诚，跪拜、许愿、焚香。离开寺庙，我轻轻地舒了口气，好似把自己的压力都交给了泰山奶奶一般。站在玉皇顶，我们放声大叫“千字一万”，山下竟传来一声“收到”，这份意外之喜至今想起我仍会欣喜异常。虽然“千字一万”对我来说是绝对不可能实现的事，可我仍觉得那是泰山给予我的一份特殊的鼓励。

二〇一四年，我签约出版第一本小说，另外两位好友也纷纷实现愿望，其中一位还找到了真爱。于是乎，二登泰山，我们的队伍里加入了一位幽默先生。因为有他的加入，一路上，我们有了更多的笑声。

二〇一五年，三登泰山，我因事去北京，便拉了心小姐登山。新组合，老路线，一路回忆，一路添加新的记忆。

二〇一六年，我的登山伙伴换成了两位小妹妹，小妹妹笑称她们是我发展的泰山下线。只因我无论在何处，只要觉得对方志同道合，便约人家共赴泰山，几乎成了泰山的宣传员。

二〇一七年十月，《你不来，花不开》交稿，我立即吆喝“爬山去”，很快就组成了四人爬山小组。熟悉的路线，陌生的游人，可爱的同伴。山路行了一半，心小姐体力不支，抬头瞧见一位男士背着女友上山。没等我反应过来，心小姐已大喊一声：“有需要女朋友的吗？”游人纷纷侧目，只有我们俩对视一眼后捧腹大笑，无比肆意。

在这座山上，我们敢大声地说出自己的渴望与期待；在这群陌生的游人里，我们可以肆意地表达与欢笑；在这条要四个小时才能走到山顶的路上，我们能释放出所有的压力和苦闷。

上山时，好似能听见泰山的问候：“嗨，又见面了。”

下山时，也能听见他的告别：“明年再来！”

我在心里轻轻地应了一声：“好。”

这就是泰山对于我的意义，就好像我们做了一个约定：你在那里等我，而我一定会赴你的约会，风雨无阻。

2017 年 10 月

后记二
关于故事，我还想说

敲下“后记”两个字后，我突然不知道要说点什么了。我脑袋空空地对着笔记本，脑海里飘着小鱼馆门口挂着的那个“鱼”字。它随风轻摇，很圆满的样子。

可正是这种圆满让我不知道还能说些什么让故事变得更圆满。

江小鱼这个人物的定位其实和圆满差了十万八千里，年幼失去父母，求学时期备受欺凌，初恋遇上渣男，她丧到不能再丧。可就是如此丧的她，却没有放弃努力，更加没有放弃自己。她珍惜所拥有的一切，亲人、朋友，以及她擅厨的天赋。正是这样努力生活的她，才会格外动人。

至于她凭实力单身这一特性，灵感来源于一位我很喜欢的主持人。其中有一个场景描写，正是这位女主持人参加综艺节目的表现，妥妥的凭实力单身。在恋爱上，她似乎缺少了天赋和运气，可哪怕笨拙，她仍旧在尝试和努力。

虽然知道她看不到，可我还是想对她说：不管是工作还是生活，你努力的样子真的很美。

这个世上所有努力的人都值得期待，都应得到祝福。

命运不会辜负你的努力，终有一天会给你圆满。

而我，期待更努力的自己，期待好运的眷顾。

期待这个故事，是你喜欢的味道。

期待，圆满。

2019 年 7 月 1 日